キミ・カニンガム・グラント
山﨑美紀 訳

この密やかな森の奥で

二見文庫

THESE SILENT WOODS

Published by arrangement with
St. Martin's Publishing Group
through Tuttle-Mori Agency, Inc.

父へ

巣からさまよい飛ぶ鳥のように
自分の場所からさまよい歩く人がいる

――箴言（しんげん）二十七章八節

わたしは自分で思っていたよりも、大きく、善良だ
自分がこれほどまでに善良だとは知らなかった

――ウォルト・ホイットマン

この密やかな森の奥で

登　場　人　物　紹　介

クーパー	アフガニスタンからの帰還兵。 本名ケニー・モリソン
フィンチ	クーパーの娘。 本名グレース＝エリザベス
スコットランド	クーパーの“隣人”
ジェイク	クーパーの親友
マリー	ジェイクの妹
シンディ	フィンチの母親。故人
ケイシー・ウィンターズ	森で写真を撮っていた少女
ラヴランド判事夫妻	シンディの両親
リンカンおば	クーパーの母親の姉。 クーパーの母親代わり

1

何かがおかしい。おれにはわかる。ちくりと肌に触れた針が、奥へ奥へと刺さっていく。

夢かもしれない。あるいは記憶。どちらも運んでくるのは悲しみの断片だ。目をこじ開けると、カーテンを透かして淡い灰色の光が染み込んでいる。夜明け前だ。だが、部屋はほのかに明るく、隣の小さなベッドでまるくなっている娘のシルエットはわかる。毛布に顎をうずめ、細い脚までしっかりくるまっている。フィンチは眠っている。無事だ。

強く抗(あらが)いがたい力で、眠りに引きもどされそうになる。

しかし――キャビンの外で何かが動いている。足を引きずるように、窓の外を歩いている。争う気配。バサッという音、断末魔の叫び、苦痛のうめき。

起きろ、クーパー。起きるんだ。

毛布を蹴りあげ、体を起こす。ヘッドランプをつかんでストラップを額に巻く。傍らの枕の下から装塡済みのルガーを引き出す。

フィンチが寝返りを打って起きあがる。目をこする。「どうしたの？」

「ここにいろ」

静かに寝室を出る。主室に行き、シャベルをつかむ。金属の柄を上にして、いつも玄関ドアに立てかけてあるものだ。ドアのふたつの錠、上のスライドロックと下の留め金をはずしてノブを引くと、きつく閉まっていた木のドアはうめきながらひらく。外はまだ暗く、日もまだ昇っていないが時間の問題で、森は薄闇に包まれ、木々はさまざまな形に浮かびあがっている。歩哨、兵士の影。これほど年月が経つというのに、すべてそこに立ち返る。戦争。

ヘッドランプで庭を照らし、目を走らせる。ただの動物の可能性が高いのはわかっているが、先週の朝起きたとき、いつも我が物顔で歩き回っていた小太りのネプチューン鶏が一羽、消えていた。忽然と。糞もなし、足跡もなし、何もなし。ただ、鶏小屋を囲む金網のフェンスの下に、小さな穴が掘られていた。そうか。キツネ、コヨーテ、アライグマ、テン。いくら万全の策を講じても、ニワトリのお嬢さんたちは簡単にあいつらの餌食になるし、穴が掘られてからどのくらい時間が経ったか、あるいはおれがいつ起きだすかによっては、四羽全部がやられかねない。そうなったら唯一の確実なタンパク源を失うという深刻な問題にぶちあたる。一月にはいって雪が積もるようになったとき、そんな状況に陥っているわけにはいかない。

鶏小屋に何かがいて、暴れている。低いうなり声。おれは金属の屋根をガンガン叩く。たまごの上に居座って動こうとしないお嬢さんたちを追い立てるときのように。騒々しい音が下へ伝わって小屋全体が激しく揺れ、屋根はいまにも陥没しそうだ。いつもお嬢さんたちがそうするように侵入者も飛び出し、短い板の坂をよろめきながら草地におりてくる。ヘッドランプを向けると、暗がりのなかで凶暴な黄緑色の目が光る。アライグマだ。口に咥えたニワトリはぐったりしている。賢い小悪魔、とリンカンおばはよく言っていた。しかも残忍。アライグマは歯を剝き出してうなり、いくぞ、とでも言うように突進してくる。

おれは受けて立つ。戸を開けてフェンスのなかにはいり、シャベルでそいつの頭をしたたかに打つ。ドスッ、ドスッ、ドスッと繰り返し打つとやがて動かなくなり、すっかり抵抗しなくなっても打ち続ける。ここまでするのは残酷だとわかっていたが、ときどき自分のなかの暗く名状しがたい何かに火がつく。それはたしかに存在し、おれの一部であり、急に表に出てきて引っ込められないときがある。ニワトリがびくっと痙攣するが、アライグマの顎はしっかりと首に食らいついたままだ。シャベルで引っぱり出して自由にしてやると、意外にもまだ生きていたのでこっちも打ち据える。小さな頭を一発、強打しただけで頭蓋骨は砕け、なけなしの脳みそが飛び散る。かがんでヘッドランプで照らす。フィンチはうちのお嬢さんをひとり失ったことを喜ばないだろう。もちろんおれもだが、フィンチは——自分ごとのようにショックを受けるはずだ。

「クーパー？」

思わずぎょっとする。暗闇からフィンチの声がする。

「なかにいろと言っただろう、シュガー」

フィンチは人に気づかれずに動くすべを身につけている。おれが教え込んだ。ここでの生き方を。子どもって奴は、森のなかを騒々しく歩き回り、落ち葉を蹴飛ばし、ぺちゃくちゃしゃべって鳥や動物を怯えさせる。びくともしないのはツグミぐらいだ。フィンチはそういう子どもとはちがう。基本的にはいいことだし、狩りのときも普段の生活でも静かにする必要があるから助かっているが、たまに不意打ちを食らう。いまみたいに、暗い庭にひとりでいると思い込み、死を与えるという汚れ仕事の目撃者はいないと油断しているときなんかに。

フィンチが隣に立ち、片手をおれの背中に当てる。もう片方の手をおれの顎に添えて頭全体を動かし、ヘッドランプをニワトリに向けて言う。「スザンナだ」

膝にフィンチを座らせる。

「スザンナをぶった」フィンチは震えている。パジャマしか着ていないせいだ。いまは十二月で寒く、庭におりた霜が光を反射している。フィンチははだしの足をおれの膝の上に引きあげる。

「苦しんでいたから」森の道理はフィンチもわかっている。毎日それと向き合って暮らしているし、しかもフィンチが赤ん坊のころからだ。殺すという行為の目的は、ただ命を奪うことだけではない。苦しみから解放してやることでもある。「ここに転がっていても、ゆっくり死ぬだけだった。だから、こうしてぶって、死を早めてやったんだ。楽にしてあげたんだよ」

フィンチは体を離し、しゃがんでスザンナの黒と白の羽をなでる。プリマスロックという品種で、ニワトリとしては美人だ。おれは頭のなかで計算し、たまごを産むのが毎日ではない三歳のニワトリであるよう願う。たまごはおれたちの好物だ。必需品でもある。冬になり、日照時間とともに産卵数も減っているから、足りなくなるのは目に見えている。

フィンチの背後で森が赤紫色に燃え、太陽が地平線から押し出される。若木から松の木々まで、あらゆるものへと太陽は腕を伸ばし、すべてが明るく輝き、光を浴びて新しい影を生む。世界が活気づく。フィンチの手を握る。

「食べないから」フィンチはそう言って、パジャマの袖で涙をぬぐう。

「そうか」腹の内では、ダッチオーブンで焼いて夕食はローストチキンにでもしようと考えていた。滅多（めった）にないごちそうだ。ジャガイモとニンジンは地下貯蔵庫（ルートセラー）にある。

ああ、想像しただけでも……。

「こんなの正しいことじゃない」フィンチが言う。

「そうなのか？」

「クーパー」

「おまえがそう言うなら」

「お墓つくってもいい？」

「ああ。キャビンの裏にしよう。朝食のあとだ」

フィンチはぱっと立ち上がり、おれたちは並んでふたつの死骸を見おろす。「でもアライグマのお墓はつくらない」フィンチが言う。「埋めたくない。自分のじゃないものを奪ったんだもの。泥棒だから」

アライグマは腹が減っていただけだと言いたかったが、やめておく。わかってはいても、聞きたくないことはある。おれにもわかる。シャベルでアライグマをすくいあげる。太っていて重いが、いまや頭がつぶれていて滑稽な姿になっている。「丘の向こうへ運んでくる。おまえも来るか？」

フィンチはかぶりを振る。おれは顔をあげ、あたりをくまなく見回す。赤い手押しポンプの井戸。洗濯ロープ。おれの青いフランネルのシャツとフィンチのシャツが二枚、黄色のとピンクのがかかっている。家のポーチには薪の山。果樹園の背の低いリンゴの木の枝は、もう重い実でしなっていない。すべていつもどおりだ。

「スキレットをあたためておいてくれ」

フィンチはうなずき、キャビンへ走る。

庭を出る前に、屋外トイレを確認する。いつも不安を覚える場所だからだ——キャビンから離れているし、誰かが隠れているかもしれない——それより問題は、二日前にフィンチと森を偵察して回ったとき、狩猟小屋のひとつの近くで人の足跡を見つけたことだ。フィンチにしては大きすぎ、おれにしては小さすぎた。つまり、ほかの誰かがいた。おれたちの土地に。まあ、厳密にはおれたちの土地ではない。だが、このあたりはおれたちが〝うち〟と呼んでいる土地だ。ほかに人がいた形跡を示すものは見つからなかったし、キャビンからはだいぶ離れているが、それでも。足跡は足跡だ。

フィンチはいま八歳だ。八歳と三百十六日。閏年が二回あったから、生後三千二百三十八日。親というものは子どもが生後何日かを数えているのだろうかと、ふと思うときもあるが、おそらくそんなことをしている親はいないだろう。少なくともおれのように一日一本ずつノートに線を引いている親は。自分が親になる前、食料雑貨店やレストランで、子連れの父親の話し声が耳にはいってきたことがある。ウェイトレスか誰かが子どもの年齢を訊く。子どもが自分で答えられる年齢であれば、たいていは自分で答える。だが、誕生会に出られなかったことでもあったのだろうか、父親が子どもの年齢を一歳少なく言うか、何かしら間違って答える場面に遭遇したことが一度ならずあった。子ども本人か、ときには母親が訂正する。おれはそんなことはない。一日一日を記録し、そのひとつひとつに感謝している。なぜならこの人生で何かを学んだとしたら、すべては一瞬にして終わりを迎えうるということだからだ。いつかはそうなるのもわかっている。終わりが来る、ということが。どういう形にせよ――静かな森の片隅での、フィンチとおれとニワトリの暮らしは――ここでのおれたちの生活は、永遠には続かない。考えたくないことのひとつだ。

森へ百八十メートルほどはいると窪地になり、木が途切れて少し開ける。アライグマを放るとアキグミの木の横にドサッと落ち、裏が銀白色の葉が揺れて散り、祝福を与えるように降りそそぐ。死肉を食べる動物がすぐに寄ってくるだろう。ハゲワシ、カラス。コヨーテや熊も来るかもしれない。どれもこのあたりに棲んでいるし、コヨーテの遠吠えが聞こえる夜もある。

家にもどる途中、シロツメクサを何本か摘む。親指で霜を払う。朝食にたまごと一緒に焼こう。栄養もあるしフィンチの好物だ。

庭ではまだニワトリたちがアライグマの襲撃に興奮していて、鳴きわめきながらフェンス内をうろついている。こいつらは神経質な生き物で、すぐに羽を膨らませる。この説明で伝わるだろうか。おれは低い声で優しく話しかける。「お嬢さんたち、もう心配ないぞ。クーパーがついている。物音がしてすぐに駆けつけたんだ。いじわるな敵は始末したから、もうもどってこない。さあ、落ち着くんだ」

気が立っているから今朝はたまごを産まないだろうが、きのうの分が三個、カウンターの赤いボウルにはいっている。

室内にもどると、薪ストーブではフィンチがのせておいた鋳鉄製のスキレットがあたためられている。本人はソファで本を読んでいる。

「大丈夫か？」

フィンチは顔をあげ、おれはその表情を見て一瞬——記憶と焼けつく痛みがよみがえる。シンディ。フィンチの母親。その亡霊を見るようで、愛しさと憎しみが入り混じる。金髪と緑色の瞳はまぎれもなくシンディのものだ。このこと自体、遺伝の確率に反するようなものじゃないかと、日頃から思っている。おれの褐色の髪と茶色の瞳を受け継いでいてもおかしくなかった。それだけではない。おれに向けるまなざし、足先を外に向ける歩き方、髪を人差し指に巻きつけるしぐさ。すべてシンディのものだ。何より、表情が。こういうものをどうやって身につけ、いまのフィンチがあるのだろうか。ふたりがともに過ごしたのは、たった四カ月だけなのに。

「ちょっと怒ってる」フィンチが言う。「庭でクーパーがやったことに」目をそらす。

おれはスキレットにキャノーラ油を小さじ一杯入れる。きっちりとはかるのは、一日に使う量を決めて管理しているからだ。あした、十二月十四日になれば、ジェイク——陸軍時代の相棒で、この土地の所有者——が物資の補給に来る予定だ。年に一度の来訪だが、正直、おれとフィンチにとって年間最大のイベントだ。でも毎年この時期になると、少し冷や汗が滲んでくる。もし来なかったらどうなるかを考えると。狩りの頻度を増やすことになるだろうし、屋根裏部屋にしまいこんだ罠を掘り出したほうがいいかもしれない。一番厄介なのは、森を出て買い出しに行かなくてはならないだろうということだ。

ジェイクが来ないというのはありうる話で、心構えはできている。冬のはじめにじゅうぶんな食料が手にはいらなかったら、という危惧は常に頭の片隅にある。雪が積もれば道路は閉鎖される。赤いボウルからたまごをひとつ出す。「スザンナのことは悪かった」

「もしかしたら、看病すれば元気になったかもしれないよ。時間があれば回復したかもしれないのに。

「いや、フィンチ。クーパーがチャンスをあげれば」

「いや、フィンチ。アライグマはスザンナの首に噛みついて、骨を折っていたんだ。だからすごい角度で曲がっていた」薪ストーブから顔をあげ、フィンチの目を見る。

「しばらくは息があったかもしれないが、生き延びるのは無理だった」

「ふうん」フィンチは静かに言う。「だからって、クーパーのしたことが正しいとは思えない」

たまごをふたつ割ってスキレットに落とすと、周辺部から焼けて白くなり、ジュージューと音を立ててめくれ上がっていく。シロツメクサを散らし、塩をひと振りする。

「正しいかどうかは、白か黒かではっきり決められないときもあるんだ、フィンチ。こんなことは言いたくないが、本当だ」

フィンチは脚を伸ばして、コーヒーテーブルにしている緑色の小型トランクにのせ、本をパンと閉じる。部屋の隅にある本棚の前に行くと、元の場所に本を差し込み——フィンチは整頓魔で、本はジャンルごとにきちんと並べてある——こっちを向く。口元をゆがめ、ゆっくりと近づいてくる。「でも、クーパーはいつも言ってるじゃない。世の中には正しいことと正しくないことがあって、正しいことをしなさいって」フィンチはそう言って、スキレットをのぞきこむ。顔をあげておれを見る。射貫くような緑色の瞳が、答えを求めている。

そうは言っても。この家は、キッチンとリビングがひと続きの主室と寝室の二部屋、四枚の毛布類、古いテーブル一台、本棚一台がすべてだ。それと、ケトル、ダッチオーブン、鋳鉄製のスキレット。シンクの前には小窓があり、家の前から延びる長い砂利道が見える。薪ストーブの上には二段の棚。おれにとってもフィンチにとっても隔離された小さな世界で、その単純さゆえに、複雑な世の中を説明するのが難しくなっている。善悪の境界線という、当てにならない上に変化しやすいものを説明するには。実際、フィンチはときどき、簡単には答えられない問いを投げかけてくる。答えたくないわけではなく、説明すべきことが多すぎるのだ。フィンチが知っている世界は、この家とこの家がある森だけだ。おれたちふたりのために、おれが選んだ生活。まあ——選択肢があったとは言えないかもしれない。これしか方法はなかった。

いまはこう言うに留めよう。ときには悪いことが起き、心の準備もできていないいま、そのときは良いと思った選択をするが、あとになって振り返ると、やり直したいことがいろいろあり、でもやり直すわけにはいかず、それでおしまいとなる。

たまごをひっくり返すと、黄身がうまそうな音を立てる。

「もうすぐジェイクが来るな」フィンチの気をそらそうとして言ってみる。

フィンチは笑顔になる。「うん。あしただね」

おれは腕時計を見る。電池がいらないセイコーの時計。リンカンおばから卒業祝いにもらったもので、おれの一番上等な所持品だ。あと三十三時間。うまくタイミングを見て渋滞に巻き込まれなければ三十二時間。まずはエンジン音に気づく。松林のざわめきにまぎれて聞こえる低い機械音。そしてトラックの姿が見え、シルバーのボンネットが陽光にきらめき、道の上にカーテンのように垂れている枝を左右に押し分けながら進んでくる。ジェイクは車を庭に乗り入れ、エンジンを切る。トラックからおりるときには、不自由なほうの脚を片腕で持ちあげ、顔をしかめながら立つ。杖にもたれてほほえむ。あの満面の笑み。爆撃を受けた顔のなかで唯一無傷の口を大きく広げて。

フィンチが駆け寄る。両腕を広げ、押し倒しそうな勢いで腰のあたりに抱きつく。ジェイクは頭をのけぞらせて笑い、前回会ったときよりもだいぶ大きくなったなと話しかける。

フィンチとおれは荷物を次々におろす。階段をのぼり、ポーチを渡って家にはいる。鹿肉のシチューを食べ、薪ストーブの前面の扉を開けて、火がはぜる音に耳を傾ける。フィンチがもう起きていられなくなると、ジェイクとおれは夜を楽しもうとばかりにリビングでくつろぎ、ジェイクはこの一年はどうだったかと尋ね、おれは体の調子はどうだと尋ね、ふたりで談笑し、一週間のあいだ、すべてが順調に感じられる。ほとんど順調に。

ジェイクが来れば、おれたちは大丈夫だ。

「プレゼントの用意はできたのか？」準備万端なのは知っているが、フィンチに訊く。もう何週間も前から用意できている。

「うん。骨でつくったナイフと、春に摘んだスミレの押し花」カウンターの上の実物を顎で示す。「それからね」と付け加える。「ショウジョウコウカンチョウの絵」フィンチはたいした画家で、木の枝に止まったショウジョウコウカンチョウの絵は傑作だ。

「いいね」おれは言う。「朝食のあとスザンナを埋めたら、薪割りをして裏に積もうか。もういつ雪が降ってもおかしくないからな。一カ月以内には降るだろう」

フィンチはぱっと顔をあげ、興奮で目を輝かせる。「わたしの雪ぞり」

おれは目玉焼きをひとつずつに分け、片方をフィンチの皿に、もう片方を自分の皿にのせる。「ああ、雪ぞりの出番だ」

去年、ジェイクが雪ぞりを持ってきたが暖冬で、何週間もみぞれが降ったり氷が張ったりはしたものの、いい雪には一度も恵まれなかった。

ボウルからリンゴを取り、ポケットナイフを出して半分に切る。ふたり分の皿をテーブルに置く。「できたぞ」

フィンチは椅子によじのぼる。「十字架をつくってスザンナのお墓に立てるね」

「紐(ひも)は箱のなかだ」

「手斧(ておの)も必要。あと、ポケットナイフを借りてもいい？」

「気をつけて使うならな」

フィンチはたまごを皿の端に押しやる。「これ、あの子のだと思う？」

フィンチの、答えられない質問。どうして森のここには苔(こけ)が生えているのに、ほかの場所には生えていないの？　どうしてニワトリの目は丸いの？　エミリー・ディキンソンは孤独だったと思う？

うちにいたニワトリは四羽。それが三羽になった。スザンナのたまごである可能性は二十五パーセント。「そう思いたかったらそう思えばいい」

フィンチはうなずき、フォークでたまごをすくう。「わたしたちへの最後の贈り物」

「ありがとう、スザンナ」おれは言う。

「ありがとう、スザンナ」

朝食後、哀れなスザンナの命を終わらせたシャベルを持って外に出る。先端にはまだ血がついたままだ。草でぬぐおうとしても、すでに乾いている。小さな墓を掘りはじめる。フィンチのために、敬意をもってスザンナをそっと穴に置き、土をかけて叩いてならす。フィンチは最近覚えた詩を暗誦（あんしょう）する。主室の本棚にぎっしり詰まっている本のおかげだ。厚さ五センチ近くの分厚い本もあり、読むものには困らない。ハンス・クリスチャン・アンデルセン、ウォルト・ホイットマン、オウィディウス。フィンチは全部読んだ。ジェイクの父親が文学教授だったから、キャビンで読む本はどちらかというと高尚なものばかりだと言っていいだろう。〝高尚〟なんて、おれたちのここでの生活とはあまりに縁遠い言葉だから、なんだか愉快に思える。もちろんおれとも縁がない。フィンチは本を何度も読み返し、そこから得た知識を蓄えていて、実際、春に読みはじめた『一九〇〇年以前のアメリカ文学』の膨大な情報がだいぶ頭にはいっている。二千五百六十四ページもあって、めちゃくちゃ字が小さく、おれはしばらく読んでいると頭が痛くなる。ともかく、八歳児がエミリー・ディキンソンやアン・ブラッドストリートやウォルト・ホイットマンの詩を暗誦するなんて普通じゃないのではと思いもするが、フィンチはこの半年、そういうことをしている。

「〝死より美しいことなど起こり得ない〟」フィンチが言う。ホイットマンだ。いや、おれもホイットマンは好きだが、これは子どもの口から聞くには陰気すぎる一節だ。

「スザンナ、あなたは勇敢で美しく、たまごを与えてくれました」

「アーメン」

「何か言ってよ、クーパー。アーメンだけじゃなくて」

フィンチは覚えていないが、おれたちふたりが墓の前に立つのはこれが初めてではなく、今回はニワトリの墓とはいえ、おれは前回のことを思い出さずにはいられない。彼女のことを。シンディ。状況がちがっていたら、おれの妻になっていた、限りなく妻に近かった女性。見あげると、すでに太陽は昇りきっていて、空には雲ひとつなく、青く澄みきった空を飛行機が一機、白い軌跡を伸ばしながら飛んでいる。「スザンナ、きみはすばらしいニワトリで、こんなふうに逝くことになったのは残念だし、シャベルで殴って悪かった。でも長々と苦しんで死ぬよりはましだった」フィンチをちらりと見ると、ぎゅっと目をつぶったままスピーチの最後の一文で鼻にしわを寄せたから、いまだにおれの決断に納得していないのがわかる。「アーメン」

「詩にすればよかったのに」フィンチは言い、眩しさに目を細める。手をかざして光をさえぎり、おれを見る。「さよならを言うには、詩のほうがいいよ」

おれはフィンチの髪を手でくしゃっとする。「じゃあ薪を割ってくる」

フィンチは片手を差し出す。「ナイフを貸して」フィンチに言われ、おれは尻のポケットからナイフを出す。「わたしは十字架づくり、はじめるね」

2

ここに来て八年になるが、たまにのぞきに来る人間はともかく、唯一頭痛の種なのがスコットランドだ。川下の隣人、とは本人の弁だが、正直、寒い日に森の向こうから立ちのぼって見えるひとすじの煙ぐらいしか、そこに住んでいる証拠はない。おれとフィンチがここに来てまだ日が浅かったころ、庭にふらりと、亡霊のように音もなくあらわれた。忽然と。八月のことで、木々の葉は青々と茂り、その影にブランケットを敷いてフィンチを座らせて、太陽が西へ動くのに合わせて位置を変えていた。フィンチはまだ赤ん坊で、ひとり座りができるようになったばかりだった。

「ジェイクじゃないな」声がしたかと思うと、すぐそこに、おれの背後三メートルの地点に男がいた。言っておくが、こっちに来る姿は見なかったし、草がこすれる音も、小枝が折れる音も、何ひとつ聞こえなかった。

とにかく。そのときその場で腹を括った。もうケニー・モリスンではいられないと。

どうして冷静にそう悟ることができたのかわからないが、フィンチ以外の人間に会わずに一カ月以上過ぎたところに、この男がなんの前触れもなくあらわれて心臓が止まるほど驚き、ろくに頭も働かなかったのに、そう決めた。当時はまだここにいることをジェイクに知らせていなかったから、勝手にキャビンに住むのも悪いと思い、テントを張っていた。手元にあった本がリンカンおばの聖書と『北アメリカの鳥類』だけで、そのせいで鳥のことを考えたのだろう。鳥の名前を思いついた。クーパーハイタカにちなんでクーパーでいくことにした。鳥のことを多少でも知っていれば、身を潜めるのがうまい鳥だと思い至るはずだ。地面すれすれに飛んだかと思うと障害物の上まで急上昇し、獲物に奇襲をかける。とにかく、その日からおれはクーパーで、フィンチもおれをそう呼ぶ。ほかの呼び方をしたことはない。

「ここは私有地だ」おれは言った。

「ああ、そうだが、おまえの土地じゃないだろう？」

冷たく、鋭い言い方だった。ただじっとおれを見る。その目はおれの外側の殻を突き抜けて奥まで見透かすようで、そこにあるけれどなくなってほしいと願っているものの存在まで知っているかのようだった。

「あんた、いったい誰だ」

　奴は横を向いて嚙み煙草を吐き、かすが顎に引っかかった。薄汚れた袖でぬぐって言う。「品のない言葉も口調も慎むんだな。そんなものは無用だ。わたしはスコットランド。おまえの隣人だ。あっちに住んでいる」南のほうの、川が湾曲して崖があるあたりに顔を向ける。体をひねったとき、背中に斜め掛けしたＡＫ‐47アサルトライフルが見えた。ＡＫ‐47だぞ！

「狩りをしているのか」おれは顎でライフルを指して訊いた。無知を装い、どんな武器か知らないふりをすれば、森に来た能天気なキャンプ客だと思わせられるかもしれない。だが実際はこう考えていた。なんのために自動小銃を持っている？　それに、なぜここに？　雲行きが怪しくなったらおれはどうする？　そして気づいた。答えはなんでもありうる。なんの制約も、越えてはならない一線もない。考えられる線という線はすでに越えたからだ。ちがうか？　一度その線を越えたら、絶対にやらないと宣言していたことの多くをやりつくしたら、同じことを二度とやらないという保証も失ったことになる。

　おれの質問に奴は笑った。低くしわがれた笑い声で、おれをばかにしている雰囲気だったが、それこそこっちの思うつぼだ。「ああ」奴は答えた。歯は醜く、黒ずんでいる。「狩りに来た。うさちゃんをね」

おれはクーパーと名乗り、グレース＝エリザベスを指して「あの子はフィンチだ」と紹介した。ちょうど、〝フィンチ〟と言ったときに顔をあげたから、それが実の名前だと思っているように、自分の名前だと認め、正しいと思っているように見えた。元の名前を決めたのはシンディで、これだという名前を求めて一万もの名前が載った分厚い本をめくってつけたものだが、いまこの状況でつけた〝フィンチ〟は、代わりの名前としてふさわしく思えた。

奴は軽くうなずいた。「クーパーで構わないが、わたしはアメリカン・プロディガルを気に入ったぞ」

「何だそれは」

「聞こえたとおりだ、お隣さん」そう言って笑い出した。

こいつの何かが引っかかった。どことなくうさんくさいし、突っかかってくるし、あと、何だ？　思いついたのは〝この世の存在とは思えない〟という言葉で、どこか現実味に欠けていた。まあ、現実じゃないのかも、という思いも頭をよぎった。戦地から帰国してまもないころに一度だけ、いるはずのない人間を見たことが実際にあったからだ。だが、この世の存在とは思えないというのもしっくりこない。ただ奇妙で、心をざわつかせる。

近くの松の木から一羽のカラスがおりてきた。小柄でまだ成鳥になりきっておらず、脚に赤い紐が結びつけてある。おれの顔のまわりを飛びながら、ブヨか蚊みたいにまとわりついた。羽をばたつかせ、けんかを売っている。おれが手ではたくと、スコットランドは舌を鳴らし、カラスはそっちに飛んでいって肩に止まった。それから、奴がシャツのポケットから出したパンくずを手から食った。嘘じゃない。「こいつはクロウだ」奴は言った。「いまのは、おまえのことは好きじゃないって意味だ」

　ＡＫを背中からおろし、地面に置いた。背はそれほど高くなく、おれよりやや低いぐらいでやせている。しかし見たところ身のこなしはすばやく、体は引き締まり力もありそうで、腕の血管が太く浮き出ている。おれより年上で、二十歳上かもしれないし十歳上かもしれない。なんとも判断しがたいのは、過酷な人生を送ってきたらしいようすが窺えるからだ。右腕にはブロンドの少女の大きなタトゥーを入れていて、目や鼻や口といった顔のパーツも隅々まで精密に、色鮮やかに描かれている。左腕には大人の女の顔があり、その下の前腕にはＵＳＭＣの文字が彫られている。米国海兵隊。こいつも軍隊あがりか。

　奴はブランケットに座っているフィンチの傍らに膝をつき、薄汚れた手の人差し指でフィンチの顎の下をなでた。「かわいい子だ」そう言って、おれを見る。「〝子どもたちは主から受け継いだもの〟。詩篇(しへん)百二十七篇三節。特に女の子は尊い」口をつぐんで森を見あげると、頭上の豊かな緑の葉がそよ風に揺れる。「この聖句には女の子のことは書かれていない。わたしが足した」

正直に言おう。即刻、殺してやろうと思った。AKは頂戴し、この男とは二度と会わずに済む。そのころのおれは悲しみに狂った、いかれた野獣だった。シンディを失ったばかりで、フィンチとふたりでちっぽけなテントに身を潜めていたところへ、どこからともなく見知らぬ男が押しかけ、おれたちの綱渡り的な状況を脅かしている。もうキレる寸前だった。

落ち着け、ケニー。クーパー。落ち着くんだ。

ここが食料雑貨店か喫茶店だとしたら、と自分に言い聞かせる。フィンチとおれが朝の散歩をしているただの親子で、通りがかった人がかわいい子ですねと声をかけただけだとしたら、おかしなことは何も起きていない。フィンチは美しく、美しい赤ん坊はよく声をかけられる。なんのことはない。**人の一番悪い面ばかり見るのはやめて。妄想に囚(とら)われるのはやめて。**シンディの声が聞こえるようだ。スコットランドは立ち上がり、ポーチのほうに歩いていくと、正面に積んである木切れの山に目をやった。おれが時間を見つけては割っていた薪だ。「これじゃとても足りないな」奴は言った。

「どういう意味だ」

「しばらくここにいるつもりだろ」質問ではなく、事実として言う。「いまある量よりもずっとたくさん必要になる」

「気分転換に来ただけだ」

スコットランドは笑いともうなりともつかない声を出し、真に受けていないという意味だとおれは解釈した。奴は目の上に手をかざして顔をあげ、屋根と煙突を隅々まで見定めた。ささやかな果樹園へ歩いていくと枝を調べ、まだリンゴに見えない小さな玉に顔を寄せて観察する。「ここに来てもう六週間になる」

おれたちを見張っていたのか。行動を把握していた。ルガーで息の根を止めてやろうとふたたび考える。この男を殺すという考えが安易に浮かんだこと、それが自然な解決策だと感じたことに動揺した。これがおまえに起きたことだ。心のなかで思う。これがいまのおまえだ。リンカンおばが鹿の皮を剝ぐのを見て、縮みあがっていた時期もあった。血、筋肉、筋膜、骨。見るのも耐えられなかった。横を向いて立ち、顔をそむけていた。もうそんなおまえはいない。

そのとき、シンディのことが頭をよぎり、夕暮れのなかで満面の笑みにふわりと髪がかかる姿が目に浮かんだ。カブールから帰国したばかりのころは、水面に映る太陽がきらめいて燃えあがるような瞬間があり、おれはシンディと一緒なら以前の自分にもどれるかもしれないと思いを馳せた。時間はかかるかもしれないが、彼女の愛があれば、生活のペースがつかめれば、神の恵みがあれば、実現できるかもしれないと。死に背を向けずにはいられない、死から目をそらす人間にもどれるかもしれないと。

スコットランドは地面に置いたバックパックに手を伸ばし、フラップを開けた。

おれはルガーに手を添える。

奴はバックパックに手を突っ込み、そこから出したのは――

おれはルガーを抜いて構えた。森で狂人に殺されるために、わざわざここまで来たわけじゃない。

スコットランドの肩からクロウが飛び立ってひと声鳴き、翼をばたつかせる。

「ほら」スコットランドが体を起こしながら言った。銃には目もくれず、おれだけを、おれの目を、まっすぐに見据える。銃が自分に向けられていることは気にもせず、恐れもせず、驚きもしていない。笑ってはいないが、目には面白がっているような光があった。「ほら」もう一度言って、手を差し出す。

発炎筒だ。

「いざというときに使ってくれ。うちから見える。単眼鏡があるんでね」スコットランドは言った。

それを使って、おれたちがいつからここにいるかを知ったわけか。おれは銃口を奴から離さないようにする。微動だにしない。ブランケットの上でフィンチがごろんと転がり、泣き出す。

スコットランドはかがんでフィンチのブランケットの上に発炎筒を置いた。フィンチを抱きあげ、優しく上下に揺らす。フィンチはまるまるとした赤い顔でおれを見る。

「銃をおろせ、クーパー」スコットランドが言う。「隣人らしくないぞ。それに娘は抱っこしてほしいようだ」

おれは奴の視線を受け止めた。奴もおれの視線を受け止め、まばたきひとつしなかったが、眉の上を走る細く白い傷跡が日焼けした革のような皮膚の上でひくついた。それでも目はそらさない。おれはルガーをポケットにしまった。手を伸ばすフィンチを受け取り、しっかりと抱きしめる。

「いいか、銃のことならわたしもよくわかっている」スコットランドは言った。「あんなことをしでかしたあとで、ちょっと神経が高ぶっているんだろう」

おれはスコットランドに顔を向け、もう一度目を合わせて真意を探ろうとした。こいつは知っている。

スコットランドは森を見ている。

「要はだな、お隣さん。おまえを始末したいと思っていたら、とっくにできていた。おまえがここに来た六月二十九日にでも。だが、わたしはそんなことをしたいわけではない。隣人はいないほうがありがたいが、おまえはここにいるし、それには相応の理由がある。だからわたしも、いまのところはおまえを信じることにして、クーパーと呼ぶ。そう申し合わせるのであれば、よい隣人同士でありたい。わかるだろう」

嚙み煙草を吐く。

フィンチはスコットランドに目を向け、ぽっちゃりした手を伸ばした。奴はまた手の甲でフィンチの顎の下をなでた。間近で見ると、両手の汚れは泥だけではない。血もついている。赤い線が手首の向こうまで伸びている。スコットランドはまたバックパックに手を突っ込んだ。新聞紙の束を出す。「読むものを持ってきた」おれを見て言う。そしてバックパックに目をもどし、ふたつ目の仕切りから死んだウサギを引きずり出して地面に放り、バックパックは肩にかけた。舌を鳴らしてクロウを呼ぶと、カラスは先に飛んでいき、スコットランドは軽くうなずいて、おれたちを見ていると言い残して歩み去り、坂をくだって視界から消えた。フィンチはずっと後ろ姿を見つめていた。

その日の夕食には、それまでの六週間で初めて、缶詰の豆とダイスカットの桃以外のものを食べた。こんなことを言うとは思いもよらなかったが、嘘じゃなく、スコットランドがくれたウサギはそれまでに食べたもののなかで一番うまかった。夕暮れのなか、おれはウサギの皮を剝いで焚き火であぶり、フィンチはただおれの膝に座って、腕をばたつかせて足を蹴り出し、燃えあがる炎を見ていた。軟骨も脂肪も全部、肉という肉を骨から剝ぎ取り、小さな肉片はフィンチにもやった。フィンチにとっては初めての肉だ。ベビーフードの瓶にはいっているどろどろの何かをのぞけば。

その晩、自分はずっと間違っていたと気づいた。日々、ひたすら何かを待っていたが、いったい何を待っていたのだろうか。スナイパー部隊がキャビンの屋根におりてきておれたちを連行することとか、警察車両の一団が列をなして砂利道を押し寄せてくることとか。おれが待っていたのは終わりが来ることだったが、それでは生きている意味がないし、とはいえ現実への備えはまったくできていなかった。物資は底を尽きかけていて、狩りをはじめなければ絶対に生きていけない。それから、ジェイクに連絡する手段を見つけなくてはと心に決めた。

それから、フィンチに『北アメリカの鳥類』を読み聞かせた。ここに来てから毎晩していることで、それでフィンチは寝つく。もうあたりは暗くなっていたが、スコットランドが持ってきた新聞を読むのを楽しみにしていた。朝になったら、コーヒーでも飲みながら読もうと。限りなく日常に思える行動。焚き火の前に座り、風に揺れるバンクスマツのシルエットや、起きだして闇を飛び回るコウモリを眺める。フィンチの寝息に耳をすますと、赤ん坊の速い呼吸には大人とちがうリズムがあり、シンディが死んでから初めて、平和とは言えずとも限りなくそれに近いものを感じた。いまこの瞬間を必死に乗り越えた先に、何かがあるかもしれないという感覚。もしかしたら、ここにおれたちの居場所を見出せるのかもしれない。フィンチとおれの。

何かのときに助けを求める相手がいるのはいいことかもしれない、と自分を納得させる。この森でいったい、いくつの困難に見舞われるか、見当もつかない。怪我をするかもしれない。おれもフィンチも。病気にかかる恐れもある。そうなったときにどうする？　撤退作戦は？　いままでは誰もいなかったが、ひとり見つかったのかもしれない。スコットランドという隣人が。

しかしその夜、こんな夢を見た。シンディが出てくる幸せな甘い夢で、シンディはフィンチを抱っこ紐で抱えていて、おれは写真を撮らせてくれと言う。この部分は記憶――フィンチが生まれたあと、初めての暖かい日に実際に起きたことだ。しかし、シンディは背を向けて数歩進んだあと、おれがそこでいいと言っても振り返らずにそのまま歩き続けた。それからスコットランドがあらわれてふたりを待ち受け、シンディはおれを見ようともせず、なぜかおれも動けなくて追いかけられず、三人はおれを残して歩み去った。スコットランドだけが振り向いてにやっと笑い、手を振るが、その手は血に染まっていた。

3

十二月十四日。早起きしたフィンチがおれのベッドによじのぼっていて、おれが目を開けるとほんの数センチ先からフィンチの顔が飛び込んでくる。

「ああ、よかった」フィンチはにこにこして言う。「目が覚めたね」両手をおれの頬に押しつけ、ぐっとはさむ。「ぷっくりほっぺ。ぷくぷくぷく」声をあげて笑い、ベッドから転がりおりると、脇を締めて両手をまるめ、ウサギのように部屋じゅうを跳ね回る。

「何時だ？」部屋の薄暗さからすると、まだ相当早い。むしろ夜中かもしれない。

「わからない。きょうはジェイクが来るんだよ。十四日だから。忘れてないよね？忘れたなんて言わないで」

「忘れてないよ」ゆっくりと体を起こす。「フィンチ、まだ夜じゃないか？」

「眠れないの。とにかく無理。寝っ転がったままひと晩じゅう起きてたの」

いや、そんなことはない。おれがベッドにはいったときには深い寝息を立ててぐっすり眠っていた。でも、訂正しない。「夕方遅くになるのはわかっているだろう？」ジェイクは夜明けとともに出発するが、早出をしても丸一日かかる。ジェイクを消耗させるドライブなのはわかっている。それなのに、ここに来るといつも、満面の笑みで車からおりてくる。

「あっちの部屋で本でも読んだらどうだ？」

フィンチはかぶりを振る。「ううん」

本を読むのが嫌だというのはめずらしい。

「そうか。朝食をつくるのは？」

「おなかすいてない」フィンチは言う。「でもいいよ」胸の前で両手をまるめたまま、ぴょんぴょんと寝室から出ていく。

おれは横になって耳をすます。フィンチはストーブのつまみをカチッとひねり、一番左まで回してしばらく待ち、給気口を開け、小箱に入れてある薪を最後に何本かくべる。テーブルの椅子を引いてその上に立ち、棚からスキレットをおろしてストーブの上に置く。ケトルに水を入れ、それもあたためる。

おれはしばらくうとうとするが、はっと目を開ける。いつのまにかフィンチがいて、コーヒーを差し出している。おれはベッドの上で上半身を起こし、背中に枕を当てる。

「ありがとう、シュガー。ベッドで朝食。くせになりそうだ」

フィンチは肩をすくめ、またウサギのまねをしながら部屋を出ると、すぐに目玉焼きと半分に切ったリンゴをのせた皿を持ってもどってくる。フィンチも自分の皿を持っておれの隣に座るが、ほとんど食べず、腹のなかが宙返りしてるから食べ物がはいる場所がないと言う。食べ終わるころ、ようやく外が明るくなってくる。フィンチはしばらく本を読み、空き缶を並べた標的をつくってパチンコの射撃練習をし、ジェイクにあげるショウジョウコウカンチョウの絵がどうのこうのと騒ぎ、手紙を書く。おれはフィンチを忙しくさせておこうとする。一緒にルートセラーからリンゴを三つ出してダッチオーブンで焼き、残っていた最後のシナモンをかける。薪を割り、ライチョウを捕まえられないかと家の南側を散策する。時間は苦痛なほどゆっくりと這うように過ぎ、フィンチのようすも、早朝の興奮から、いまにも爆発しそうな高揚感、そして胸がつぶれそうな失望へと変化する。ふらふらと庭におりては身を乗り出し、曲がり角に目を凝らす。

あたりが暗くなってくると、窓辺に立って外を見る。「いったいどこにいるの？」ガラスに鼻を押しつけて言う。

夕食の時間からは、恐怖が胸に重くのしかかってくる。おれはズボンの腿で手を拭く。唾をのみくだし、どうにかしっかりした声を出す。「なあ、フィンチ、今年は来ないのかもしれないぞ」

「来ない？」フィンチが言う。納得いかないようすで鼻にしわを寄せる。限りなくしかめっ面だ。「なんでそんなことを言うの？　来なかったことなんて一度もないじゃない」

「ああ、そうだな。おれたちを見捨てるなんて、できるかぎりしないはずだ。おまえに会う機会を逃すわけがない。でもわかってやらなくちゃ。来られないとしても、おれたちに伝える手段がない」

「家を出るのが遅かったのかも。それか、ほかの理由があるのかも」フィンチはまた窓にもたれかかる。「きっと来るはず」暗闇を見つめて言い、息で窓が曇る。

夜更かしを認める。一緒にソファに座り、フィンチはおれに本を読み聞かせ、おれは製作中のキルトに四角い端切れを足す。フィンチが着られなくなった服はすべて屋根裏部屋のごみ袋に入れていたが、場所を取るだけだったから活用することにした。フィンチが寝るときにかけている毛布は、フィンチが赤ん坊のころは問題なかったが、いまはちょっと小さい。だから昔の服——ロンパース、シャツ、ワンピース——を小さな四角に切って、ひとつひとつ縫い合わせている。思ったよりも時間がかかり、こんなことをはじめてやや後悔めいたものも感じていたが、これから長い冬がはじまるし、そのあいだは日も早く落ちて夜も長い。いずれにしろ、もう後戻りはできない。ひと回り大きいキルトができるのをフィンチが心待ちにしているからだ。それに、自分のいままでの服を見て楽しんでいる。おれも感傷的な親ばかっぷりを発揮し、フィンチのために過去を残してやるいい方法だと思っている。ここでの幼少期の思い出に。

しばらくすると、フィンチは眠気に負ける——もう十九時間起きている——おれが縫い物を終わらせるまで、フィンチは膝を抱えてソファに横になっている。

おれは端切れを積み重ね、足音を忍ばせて玄関ドアへ向かう。上着に腕を通し、ニット帽を引きおろして耳にかぶせる。夜へと足を踏み出すと、草におりた霜がダイヤモンドのようにきらめき、空気は冷たく乾燥している。満天の星空は明るく、夜空を渡るジェット機が赤くまたたく。おれは両手を上着のポケットに突っ込み、ポーチの柱に体をあずける。

一年前、ジェイクとふたりで焚き火の前に座って話をした。きょうと変わらない夜だった。

ジェイクは小枝で燃えさしをつついた。「わかっているだろうが、もしおれが来なかったら、その年は来られない事情があるってことだ」

おれはわかっていると答えた。

「とにかく、おれは老衰では死なないとだけ伝えておく」ジェイクはそう言い、うめくように続けた。「神経科の医師はそういう言い方をした」

「医者の作法だ」

「まあ、知っておくのは悪くない。そうだろう？」

あのとき、ジェイクはおれの目を見ていただろうか。目を合わせるのを拒み、火を見つめていただろうか。なぜなら一年後のいま、あのときの会話を振り返ると、ジェイクは何か言いたいことがあったんじゃないかと思わずにいられないからだ。何か予兆があったのかもしれないし、病状のことで口に出したくない何かがあったのかもしれない。あるいは、助けを求める叫びだったのだろうか。その夜、家にはいるジェイクを支えながらおれはなんと言った？　**おれたちを残して死ぬな。**いま思えば無神経な物言いだったと気づく。身勝手。ジェイクはたったひとりで苦しみ、あるいはさらにつらい状況に陥っているかもしれないのに。ジェイクはこの世でたったひとりの信頼できる友人であり、あんなことがあったにもかかわらず、おれに寄り添ってくれた。おれとフィンチのためにあらゆることをしてくれた。それなのにおれはジェイクを救えなかった。そばにいてやることもできず。足元の石を蹴る。拾いあげ、きつく握りしめる。冷たい。

いつかは完全に自分たちだけでやりくりしなくてはならないという可能性については、常に考えている。何年も前から庭を活用しようとしているが、実際はここの土壌はやせていて、石も多く酸性だから、追加の食料を育ててはいるものの——まだまだ足りない。店に行くルートの検討や、タイミングの計算、年間の必需品リストの微調整はしてある。その計画を実行しなくてはならない日が来ないよう、ただただ願っていた。

いや、ここに来たばかりのころは何度か森を出た。ジェイクに連絡するために、最寄りのガソリンスタンドの公衆電話に行ったのが最初だ。ついでに店でも少々買い込んだ。牛乳、パン、ピーナッツバター。二回目の外出もうまくいった。でも三回目は大失敗で、思い出す気にもなれない。それ以来、森からは出ていない。

三回目のとき、フィンチは生後二十カ月ぐらいで、何をしでかすかわからないから連れていけなかった。歩きはじめたばかりで、抱きあげようとすると毎回、蹴ったり噛みついたり、ヤダヤダヤダ！　と叫んだりした。全力で大暴れした。店に連れていけば騒ぎになるのは目に見えていて、人目を引くリスクは負えなかったし、大の男がそんな子どもを抱きあげるのを見てまず思うことは、みんな同じときている。だからリスクを天秤にかけ、フィンチをベビーサークルに入れて寝かしつけ、すぐに帰るつもりで出かけた。当時、フィンチはいちど眠ったらなかなか起きなかったから、九十分は大丈夫だろうと見込んだ。七十分でもどってほっとしたものの、庭にフォードブロンコを停めたとき、目に飛び込んできたのは、ポーチにいるスコットランドと、膝の上にいるフィンチだった。フィンチはまるくなって眠っていた。

そのとき、おれは正気を失いかけた。本当に。そのときほど危なかったことはない。ポケットのルガーをさっと抜き、駆け寄ってスコットランドの襟首をつかんだ。フィンチはぱっと目を覚まして泣き出し、おれは奴の腕からフィンチを取りあげた。しっかり抱えたが、フィンチはすぐにおりたがり、押し返してきた。おれはフィンチを地面におろし、スコットランドに詰め寄った。

「いったいここで何をしてる」ぐっと迫ると、ヒメコウジと燻煙のにおいがした。雨樋に止まっていたクロウが飛んできて騒ぎ出し、フィンチが指さして嬉しそうにはしゃいだ。

「まあまあ、クーパー。落ち着け。手を貸しただけだ」

「ふざけるな。あの子はひとりで問題なかった。眠っていたんだぞ」

スコットランドはシャツをととのえながら、首を横に振った。それからいつもの顔でおれの視線を受け止めた。「眠っていなかった」

「なんでわかる？」

「わたしがここにいたからだ。ポーチに」

おれはルガーの銃床に親指を走らせた。心臓が轟音を立て、視界の縁が滲んでくる。スコットランドは肩をすくめた。「ひとりで出かけるのが見えたんでね。フィンチのお守りをしようとここへ来た。おまえはプライドが邪魔して頼んでこないかもしれないが、こっちから手を差し伸べてやろうと思ってな。来てよかったよ。フィンチは目を覚まして、あの妙な囲いをひょいと乗り越えていたから」膝の上で両手の指を組む。「クーパー、あの年頃の子をひとりにしちゃいけない。とにかく安全じゃない」

傷跡が日に当たって銀色にきらめく。「ここに来ておいてよかった」

ぐっと握ったてのひらが汗ばむ。恐怖だけでなく怒りのせいだ。「どうしてこの子はポーチまで出てきて、あんたと一緒にいるんだ？」答えを知るのが怖かった。鍵を持っているのか？　押し入ったのか？

スコットランドはにやっと笑った。「正直、ちょっと手こずったことは認めよう。あれこれおだててやらなくちゃならなかった。でも、ちょっとしたゲームで遊んだら、そのうち入れてくれたのさ」

その日、おれが出かけているあいだに本当は何が起きたのか、一生わからないだろう。いまでも思い返すと胸が痛い。絶対にフィンチを置いていくべきではなかったからだ。まあ、その後はずっと、ジェイクが来るたびにリストを渡し、必要なものを運んでもらうようにしている。手に持っていた石を暗闇へと力任せに投げ、何かしらにぶつかる音を待つ。家のなかにもどる。上下ふたつの錠をかけ、シャベルを立てかける。フィンチをベッドに運び、ロウソクを吹き消して、おれも眠りに落ちる。

十五日の昼食のとき、フィンチに話そうと決める。期待させるのはもうやめにすべきだと考えたからだ。フィンチはひたすら待ち続けて気が気じゃなくなっていて、車の音に耳をすまし、トラックが庭にはいってこないかと外を見続けている。期待をこめて。ジェイクがいつ来てもおかしくないとフィンチは思っているのに、おれのほうは十四日に来なければもう来ないと知っているのは不公平だ。

フィンチはテーブルで食事を終えるところで、おれは家のなかをうろうろと歩き回り、どうやって切り出そうかと考えている。座ってフィンチの手を握ったほうがいいか？　フィンチを膝にのせる？　まだそうしてもおかしくない年齢だ。どうしたらいいかわからないし、こんな経験はしたことがない。フィンチは果物ナイフでリンゴを薄く切っている。慎重に正確に、おれが教えたとおりに。

「ねえ、どうしたの、クーパー？」フィンチは顔をあげ、リンゴをひと切れ口に入れ、ゆっくりと嚙む。

「何がだ？」

「なんだかいらいらしてる」

「どうして――」

「うろうろしてるし」フィンチはナイフをリンゴに押し当て、前後に小刻みに動かして、緑が残る赤い皮と格闘している。「ほら、言ってみな」

最後の部分はほぼ間違いなく、おれが以前フィンチにかけた言葉そのままだ。ほら、言ってみな。おれはフィンチの隣の椅子に腰をおろし、深呼吸する。「ジェイクは来ない」

フィンチはじっとおれを見つめる。大きな緑の瞳が言葉の意味をのみこみ、それから顔全体がゆがんで、何かが揺らめく。苦痛。困惑。「ううん。遅れてるだけだよ。気長に待たなきゃ。クーパーが間違ってる」フィンチはナイフを手に取り、もうひと切れリンゴを切る。

「フィンチ、間違いじゃないんだ」

フィンチは首を振り、ナイフの刃をテーブルに押しつける。「なんでわかるの？ジェイクと話してないじゃない」口の端がさがり、しかめっ面になる。

「ああ、話していない。でもジェイクとおれだけで相談しておいたことがある。お互いに了解していたことが。もしも十四日に来なかったら、来られない事情があるってことだ。そう言っていた。だから、何か事情が変わったんだよ。何かが起きて、いまここに来ていないんだ」医療用サポーターを巻いたジェイクの脚のことや、苦痛に顔をゆがめながらポーチの階段をのぼる姿を思い出す。長年、さまざまな抗生物質で感染症と闘ってきた。どこかの病院のベッドに横たわり、苦しんでいるのだろうか。あるいはついに屈したのか。

おれはフィンチを抱き寄せて膝にのせようとしたが、フィンチは嫌がり、おれが握っていた手首をぐいっと引き抜く。その瞬間、苦痛をもたらしているのはおれだからだ。非があるのはおれだ。

そのとき心のなかで思ったのは、シンディが死んだときに同じ経験をしなくてよかった、ということだ。いままでずっと、フィンチが母親をろくに知らず、ひとつも思い出がないのは不憫だと思っていた。シンディの写真を見せても、思い出話をしても、フィンチはおとなしくほほえんで耳を傾けるだけで、写真を見て浮かぶ思い出もなければ、焼けつくような激しい痛みを感じることもない。でもいまになって思うと、いずれシンディを失うのであれば、あのときに失ったのは幸運だった。

「言ってくれてたらよかったのに」

「確信がなかったから」

「誰か、面倒を見てくれる人はいるの？　誰かがそばにいる？」フィンチは紫色のシャツの袖で目をぬぐう。「助けに行かなくちゃ」

「ああ、フィンチ。おまえは優しい子だ。でもそれが無理なのはわかってるだろう？」フィンチの背中をそっと叩く。

「ルールがあるのはわかってる。でもジェイクのことだよ？」フィンチは唇を噛む。

「例外をつくってもいいと思わない？」

「ごめんな、シュガー。できない」

「でもどうして？」

この一年、フィンチは言い返してくるようになっていた。なぜここに暮らし、なぜここを離れられないのか。もっと知りたがるようになった。おれは深く息を吸い、テーブルのひび割れを親指でなぞる。この話は何度もしてきた。まあ、省略版だが。フィンチを見ると、待っている。「わかっているはずだ」

「なぜならクーパーが、やってはならないことをやったから。ずっと前に。わたしたちが一緒に生きていくために」ひと呼吸置き、顔をあげる。「それは結果を伴うことだった。そのせいでできなくなったことがあって、外の世界に出られないのも、そのひとつ」いつもの言葉を繰り返す。

「いい子だ」

フィンチは髪をひと房、指に巻きつける。「何をしたの、クーパー――悪いことなの？」

痛いところを突く質問。「やるべきことをやった」フィンチの手を自分の手で包み込む。「ジェイクには妹がいる」記憶を掘り起こしながら答える。何年も前、ジェイクと釣りに行ったときに一緒にきて、本に顔を突っ込んでいた。最後に消息を聞いたときは、イギリスに住んでいるとのことだった。

フィンチは少し安心したようだ。とはいえ、残りのリンゴを片づけておれの膝に座ると嗚咽(おえつ)を漏らし、泣き声がキャビンに響く。その音は腹を、胸を、喉を、突き刺して焦がす。おれは新たな苦悶(くもん)を味わう――痛みにあえぐフィンチの声が耳にはいっているのに、その痛みを取り除いてやれないなんて。切り傷や擦り傷や蜂刺されといった、痛みはするがやがて薄れる傷とはちがう。皮膚が癒え、腫れが引くようにはいかない。

「不公平だよ」フィンチははなをすする。「どう考えたって不公平」

おれはフィンチの頭の上に顎をのせて抱きしめ、わかっていると伝える。不公平なのはわかっている。フィンチはそこに座ったまま、膝を抱える。震えが収まったのは、だいぶ経ってからだった。

4

スコットランドは突如として庭に出現する。こういう表現を使うのは、それがあいつの登場のしかたで、いつも忽然と、どこからともなく、まるで幽霊のように、霧のようにあらわれるからだ。森を歩いてくるのを見たこともないし、物音がしたこともなく、念のために言っておくが、おれはいつも目を光らせている。庭に着く前に姿が見えたことは一度もない。足音が聞こえたことも。枝が折れる音も、葉がこすれる音も。それほどまでに音を立てない奴だ。おれたちを驚かすことに病的な喜びを感じているのは、ほぼ間違いない。毎回、おれの顔に純粋な恐怖が浮かぶのは自覚しているし、それを見てあいつは爆笑する。頭をのけぞらせ、醜い歯を見せて笑い声を響かせ、全身を大いに揺らして喜ぶ。

「ジェイクはどこだ」あいつのざらついた声が、すぐそばから、突然聞こえる。

おれは庭の隅でラズベリーの植え込みを刈りながら、これからフィンチとふたりでどうしようか、残された時間はどのくらいあるだろうかと考え込んでいた。「いいかげん趣味でも見つけたらどうだ、スコットランド。隣人の生活をのぞいてばかりいないで」

まあ、失礼な言い方だったかもしれない。そこまで言う必要はないほど。でもここで言っておく。あいつが発炎筒とウサギを持って初めて庭に来たとき——例の新聞は適当に見繕ったものではなかった。注意深く選ばれていた。どの新聞にも、おれに関する記事が載っていた。シンディの両親が権力を行使し、あらゆる場所に情報を公開したと知った。おれはまるで異常者だった。でかでかと〝アメリカの放蕩息子（アメリカン・プロディガル）〟と見出しがついた記事もあった。スコットランドがおれに放った言葉そのままだ（「放蕩息子」は聖書のたとえ話に登場する。父の財産を使い果たした息子が改心して父のもとへ戻ってくる話で、神の慈悲深さを示している）。

スコットランドは例の絶妙かつずる賢い方法で、おれの正体も、おれが何をしたかも、なぜフィンチとふたりで森にいるかも知っているというメッセージを送っていた。おれたちの首根っこは押さえていると見せつけていた。スコープでおれたちを監視し、新聞を読み、関連記事をまとめ、ＡＫ‐47を背中にかけて届けに来るさまを想像する。まあ、新聞のことも内容のことも話題にしたことはない——おれの動揺っぷりを見せて、満足させるつもりはない——が、新聞を見た瞬間、スコットランドの前では絶対に油断するまいと決意した。絶対に信用できない。

　植え込みを地面すれすれまで刈り続け、傍らに枝を積む。作業速度をあげる。クロウはスコットランドの肩に止まっていて、おれがスコットランドに目をやると、くちばしを開けてカーカー騒ぎ出す。

「趣味にかける時間はない」スコットランドは言い、新聞の束をポーチに置く。いまでも折に触れて持ってくる。フィンチは読むのが好きだが、おれは絶対に目を通さない。「それに〝怠け者の手は悪魔の遊び場〟。そういう教えもある。さあ、ジェイクの話にもどろう。どうなっているのか聞かせてくれ。きょうは十五日だ。もう来ていてもおかしくないが」

　おれは勘弁してくれとばかりに首を振る。フィンチに話さざるを得なくなってから、まだ数時間しか経っていない。「あんたは本当に情報収集が好きだな、スコットランド」

「実はな、そうなんだよ、クーパー。日々記録を残している。日記と言ってもいい。その日にあったことを書いているだけだがな。几帳面なもんでね。〝よく気がつき、細部にこだわる〟親父にそう言われたが、まったくそのとおりだ」

　家の裏でニワトリのスザンナの墓参りをしていたフィンチが庭に飛び込んでくる。

「スコットランド！」駆け寄って抱きつく。「ジェイクが死んだの」フィンチが言う。

「フィンチ」おれはスコットランドを見る。「まだわからない」

「本当だよ」フィンチは言う。「魂で感じるの。ジェイクはこの世を離れたの」

スコットランドはポケットに手を突っ込み、おれたちに背を向ける。小さな畑を出て、リンゴの木へと歩み寄る。「ジェイクは果樹園にリンゴを植えるのを手伝っていたよ。覚えている。ああ、おまえと同じぐらいのころだったんじゃないかな、フィンチ」

「昔のジェイクも知ってるの？」

スコットランドは首を傾け、口をゆがめる。「ここに家族と住んでいたのは知っている」

「見守っていたの？　いまわたしたちにしているみたいに」フィンチは尋ね、草地のあいている場所を見つけて座る。

「そうだと言ってもいい」

「スコープで？」フィンチはてのひらの上で小枝を前後に転がす。

「まったく同じやつだ」

アカオノスリが頭上をさっと横切り、落ちた影が波のように庭を渡る。クロウは近くのストローブマツへ飛び移る。

スコットランドは腰をおろしてフィンチの隣であぐらをかき、ふたりの膝が触れる。

「大丈夫か、小鳥ちゃん？　とても大切な人だったのは知っているよ」

「友達だった」フィンチは言う。小枝を膝にのせ、胸の前で手を組む。「〝おお、過去よ！　おお、幸福なる日々よ！　おお、喜びの歌よ！　空を、森を、野原を、愛していた！〟」

ホイットマンだ。おれはスコットランドに目をやり、首を振る。

「いい奴だった」スコットランドが言う。「本当にいい奴だったよ。優しい精神と善意あふれる心を持ち合わせていた」

「そして二度と会えなくなった」

スコットランドは手を差し出し、フィンチがその手を取ると、小さな手が太く薄汚れた指にのみこまれる。「愛する人を失うのはつらい。本当につらい。こんなに傷つくことがあるのかと思い知らされる」

フィンチは震え出し、おれは刈り込みを続けながらも、スコットランドにちょっとまいっている。いつものことだが、不意にこういう深いことを言う。そして、いともたやすく慰めを与え、言うべき言葉も、手の差し伸べ方もわきまえているのが腹立たしくもあった。年月を経て、スコットランドとフィンチは親しくなっていた——避けられないことだったのだろう。他人と交流する機会はないし、フィンチの生来の人懐っこさは言わずもがな——とはいえ、おれは気に入らなかった。

「やがて癒えるよ、フィンチ。いまは悲しみしか感じられなくても。いまは、とんでもない重荷に引きずられて地の底まで沈み、二度と這い上がれないと感じるかもしれない。でも大丈夫だ。やがて抜け出せる。時が経てば。約束する」

フィンチは涙をぬぐい、震える声で尋ねる。「どのくらい？どのくらい時が経てばいいの？」

スコットランドは首を左右に振る。「なんとも言えないよ、フィンチ。教えてあげられればいいんだが。人によってちがったりする。でも、時が来ればわかる。おそらく、ある日ふと、きのうよりも悲しくないと気づくんだ。そしてその日からは、少しずつ大丈夫になっていく。悲しみが完全になくなることはないだろうが、徐々に癒えていく」

フィンチは問いかけるように、大きな緑色の瞳をおれに向ける。本当にそうなるのか、おれの承認を求めるように。

おれはうなずく。「そんなところだ」

そう答えたものの、自分の場合そうだったかは定かでない。シンディが死んだとき、最初の衝撃で脳裏に浮かんだのは遊園地のアトラクションだ。上へ上へとのぼったかと思うと突き落とされ、仰々しい機械で制御されているものの、心臓を置き去りにして体だけすさまじいスピードと勢いで落下するような感覚。そんな感じだった。支えになるものがなく、自分を捕まえていられないような。でもそれから物事は変化し、行き場を失った感覚はほかのちがう何か、殺伐とした残忍なものへと形を変えた。それからフィンチとおれだけが生き続け、おれはフィンチを決して手放さず、ひとりで育てている。何ごとにも邪魔させるつもりはない。

「歯が抜けそうなの」フィンチが思い出したように言う。そうやって悲しみは空の彼方へ消えていくのだろう。そこに心安らぐものを感じる——すぐに悲しみから立ち直れる子どもらしさに。常にほかの何かが、悲しみを超える何かがあることに。フィンチは口を開けて顔をあげ、一本の歯を指さして、ぐらぐらと揺らす。「見える？」

スコットランドは促されるままに顔を寄せてのぞきこむ。「もうすぐだな」そう言っておれをちらりと見る。「枕の下に置いて、歯の妖精さんに一ドルと交換してもらうのかな？」

フィンチは首をかしげ、スコットランドをぎろっと見る。「わたし、もう八歳だよ」

「言い伝えを信じているふりをするのも悪くないぞ」スコットランドはおれに向かってうなずき、片目をつぶる。「父さんのためだ」

フィンチはいたずらっぽく笑う。「枕の下に置いたら、クーパーのことだからきっと取っておくね。歯のことだけど。棚にある黄色の〈レイジネット〉の缶に入れるだろうな。チョコレートがはいっていた缶で、わたしが初めて切ってもらった髪とか、クーパーが軍隊にいたときの認識票（ドッグタグ）がはいってるの。そうでしょ、クーパー？」

「ああ、そうするだろうな、フィンチ」

スコットランドが立ち上がり、おれのところへくる。「物資はどうする？」

おれはかぶりを振る。「まだわからない」

「忘れるところだった」スコットランドはバックパックをおろし、地面に置く。「プレゼントがあるんだ、フィンチ」

おれのポケットナイフで木の枝を削っていたフィンチは手を止め、顔をあげてほほえむ。「何？」

スコットランドはフィンチの横にそっと腰をおろし、バックパックからゆっくりと何かを引き出す。大人の頭ぐらいの大きさで、ミイラみたいに包まれている。おれは剪定（せんてい）の手を止める。

「気をつけて。壊れやすいから、しっかりくるんできた」スコットランドは布の層を剝がしていく。青いスウェットシャツ、ピンクのシャツ、紫色のマフラー。うそだろ。女の子の服だ。いったい、なんでそんなものを持っている？

スコットランドがマフラーをはずすと、頭蓋骨が出てきた。完璧に真っ白で汚れもなく、ふたつの眼窩(がんか)がぽっかりと開き、上下の顎からは長くおそろしい牙が突き出ている。

フィンチは息をのむ。「これは何？」

「熊の頭蓋骨だ」

「持ってもいい？」

「ああ。ただ気をつけて。下から支えるように持つんだ。顎はくっついていないから」

ここ一年ぐらい、フィンチは頭蓋骨やほかの部位の骨に深い興味を示すようになっていた。悪いことじゃないが、ちょっと変わっていると言っていいだろう。ときどき森で見つけると、持ち帰ってコレクションに加える。スコットランドが来るといつもなんの動物かと尋ね、いつもきちんと答えが返ってくる。それはアライグマだ、と言うこともある。こっちはウッドチャックだ。歯を見ればわかる。くるっと曲がっているだろう？　つまり齧歯類ってことだ。ずっと歯が伸び続ける。このちっこいのはヤマアラシ。これは鹿。

そしていま、フィンチは熊の頭蓋骨のてっぺんや、真ん中の浅いへこみ、目があったはずの穴に指を這わせている。長く白い牙をなぞる。「すごくきれい」

「そうだろう？　二、三週間前に森で見つけたんだ。見つけたときには全身が揃っていたが、頭だけいただいてきた。切り落としてな。背骨がとても太いから、チェーンソーを使わなくちゃならなかったよ」

想像してみる。森のなかでチェーンソーをうならせ、断続音を響かせながら、腐りかけた熊の死体から頭を切り落とすスコットランド。しかも、それが日常のことだというように話している。いや本当に、この男は底が知れない。

「傷は見当たらなかった」スコットランドは続ける。「だから、おそらく年のせいで死んだのだろう。時が来て、ただそこに横たわり、動物たちにその身を与え、大地に還るにまかせる」空を見あげる。「そうやって逝くのも悪くないな、考えてみれば。ただ横たわり、身をまかせる」

「どうやったら、こんなにきれいになるの？」

おれも同じ疑問を抱いていた。頭蓋骨は輝くほど白く、肉片という肉片はすっかり取り除かれている。自然にはこうならない。もしもスコットランドの言ったことが正しく、数週間前に森で死んでいるのを見つけたというのなら。

スコットランドは熊の鼻腔の縁をなぞる。「めずらしい虫を飼っているんだ。肉を食べる甲虫。カツオブシムシ。便利な生き物だぞ。大きいドラム缶で飼っていて、頭蓋骨を拾ってきて入れると、十日かそこらで仕上げてくれる。隅々まできれいに、毛も肉もあとかたなく食べつくすから、骨だけが残る」

「すごい」フィンチは手に持った頭蓋骨をひっくり返す。「いつか見せてもらえる？」

「だめだ」おれは言い、スコットランドに一瞥をくれた拍子に親指にとげが刺さる。いったいなぜ、肉を食べる虫を飼っているのか、理由は訊くまいと心に決める。

スコットランドも首を横に振る。「しっかり閉じ込めておかないといけないからな。肉を食べる虫を野放しにはできないだろう？　どこにもぐりこむか、わかったもんじゃない」スコットランドは片目をつむってフィンチに笑いかける。毛布と服を丁寧にたたみ、バックパックにしまう。

フィンチはくすくす笑う。「そうだね。そうなったら困っちゃうもんね」ポケットナイフをたたむ。「気持ち悪い？　その虫」

「いや、そんなことはない。生きるためにすべきことをしているだけだ。みんなと同じように」

フィンチの口の横についていた汚れを、スコットランドが親指をなめてからぬぐう。

「じゃあな、フィンチ。スコットランドおじさんは帰るよ」

フィンチは立ち上がってスコットランドに抱きつき、スコットランドはフィンチの金髪に手をのせて目を閉じ、しばらくそのままでいる。おれはきっと、すさまじい形相をしているだろう。ふたりの親密さが気に入らない。フィンチがあいつを信頼していることが。それをあいつが許していることが。スコットランドはフィンチの肩をぎゅっと握ると体を離し、森にはいって川下へと向かう。来たときと同じく音を立てずに。

5

フィンチとおれはずっと森で暮らしていたわけではない。森〝以前〟があり、ちがう生活があった。

長い話になるが、省略版を語るとすれば、はじまりはこうなる。十七歳のとき、おれは恋に落ちた。目をきらきらと輝かせた、欠点など目にはいらない恋ではない。たしかにそういう面もあったけれど、より意味のあるものだった。おれとシンディの恋は。

はじまりは高校の陸上部の送迎バスだったと言えるだろう。そこで初めて彼女と話した。シンディと。陸上部の仲間で、その日はシンディが遠征の集合時間に遅れ、バスのなかでおれの隣しか席があいていなかった。

青いユニフォーム姿で黄色いバックパックを背負ったシンディは、通路を歩いてきておれの隣に座るとこう言った。「おはよう、ケニーだよね？」

おれのことを知っているのは意外だったが、おれのほうはシンディを知っていた。誰もがシンディ・ラヴランドを知っていた。金持ちの美人で、チアリーダーで陸上部のスターでもあり、三百メートルハードルの選手で、なんでもないことのように軽々と障害物を飛び越えていく。しなやかな動物。ガゼル。そしてすごい美人。これはもう言ったかもしれない。シンディがおれのことをどう思っていたかはわからない。

しばらく経ってもおれは無言で、シンディが肘でつついてきたが、おれはシンディに話しかけられたことにまだ面食らったままだった。「ケニーでいいんだよね？」

「ああ、ケニーだ」

「シンディよ」

「知ってる」

そのとき初めて、シンディがみんなに好かれるのは、好きにならずにいられないからだと悟った。それまでのおれは、みんながシンディに引き寄せられ、シンディに視線を送るのを、遠くから眺めているだけだった。そして、それはシンディが人気者で、父親が地方裁判所判事で、高級住宅街（ハイツ）に住んでいるからだと思っていた。でもちがった。シンディの優しさゆえだった。それと、朗らかな笑顔の。笑い声を高く高く響かせ、完璧ではないがほぼ完璧な歯を白く輝かせる、あの笑顔。シンディの魅力は、シシンディと一緒にいると、ほかの誰もいないような、シンディとふたりきりのような感覚になることだ。そんなふうに、全世界とほかの人間はすべて視界から消えたみたいに感じる。

そのバスで一緒になってから、友達になった。厳密に言えばただの友達だったが、おれはすっかり夢中になった。その日以来、ほかの女子にはろくに目を向けなかった。翌年、おれは卒業してホームセンターで働きはじめ、棚を補充したり、あちこちに電話をかけたりしながら、そのあいだもずっと、それこそ毎日、シンディに会うことばかり考えていた。シンディは一学年下だったから、まだ高校生活が一年残っていて、ときどき家まで送ってくれないかと放課後に連絡してきた。やがてシンディも卒業して大学に進み、おれはリンカンおばにこう言われた。クリスマス休暇までぼやぼや待っているだけじゃだめだと。何かしなくちゃならなかった。そこでおれは考えた。シンディが四年間大学に通っているあいだに、おれもひとかどの人間になろうと。大学を卒業したシンディが、地元のホームセンターで働く男に興味を持つとは思えなかった。

ちょうど当時は対テロ戦争の真っ只中だった。軍隊がどんどんアフガニスタンに送り込まれ、あの起伏の激しい国で洞窟を捜索し、小戦闘を繰り返していた。まもなくイラクにも派遣された。町には陸軍の新兵募集官がいて、おれはある日、こぢんまりした事務所に出向いて志願した。多額の報奨金をもらい、おまえは正しいことをしている、国のために奉仕するのだ、と言われた。目的意識や自制心も身につくだろうと。十九歳のおれは信じた。

基本訓練は楽勝だった。自慢しているわけでも誇張しているわけでもない――本当にたいしたことがなかった。おれは陸上選手だったたし、肉体労働をしてきたし、銃の撃ち方も知っていて、体力もあった。それに、十九歳だった。とにかく若かった。あと十年もすれば悩まされるような痛みや裏切りもまだ経験していなかった。そして一部の新兵とはちがい、郷愁にかられ、心をかき乱されるようなこともなかった。正直、軍隊生活を気に入っていた。家に帰れば、みんなが知っているケニーでしかない。母親に捨てられた少年ケニー、小学校で自分の靴紐を踏んで転んだ少年ケニー、長距離走者のケニー。軍隊はおれに新しいページをめくるチャンスを与えてくれた。それまでとはちがう誰かになるチャンスだ。そう気づくと、おれは軍隊生活を謳歌しはじめた。友人ができた。もちろん最初に親しくなったのはジェイクで、最高の友人でもあったが、ほかにも何人か友人ができた。おれにも得意なものがあったようで、なんと言うのだろう。おそらく内面が変化し、他人からそれまでとはちがう目で見られるようになった。自分でも、自分のことをちがう目で見るようになった。

だから、部隊長に呼ばれて、選抜隊員向けのレンジャースクールに挑戦すべきだと言われたときは、驚くようなことでもなかったはずなのに、驚いた。さっきも言ったが、自分にも得意なものがあるという感覚に、まだ慣れようとしている最中だったのだ。新兵訓練(ブートキャンプ)でも空挺(くうてい)学校でも、みんな弱音を吐いていた。そのあとのレンジャー教化プログラム(RIP)は、はじめのうちはきつかったが、後半は余裕でこなした。そして、RIPを乗り切ったら次はレンジャースクールだ。ここで言っておこう。レンジャースクールでは、何もかもが剝ぎ取ら自分の真の姿を突きつけられる。もはや肉体的な屈強さだけでは不十分だ。三段階の訓練があり——歩行、走行、匍匐(ほふく)前進——最後には山岳地帯をのぼり、湿地を行軍し、空を飛ぶ。陸軍はおれたちレンジャー隊員を〝抜群の攻撃力と機動力、かつ柔軟性を誇る〟と評していた。そしておれはまさにそういう人間だった。

さておき。シンディは金のかかる大学に行って勉強し、女子学生社交クラブ(ソロリティ)にはいったとか、校内新聞に記事を書いた、などと話してくれたが、おれにはいまいちピンとこなかった。ときどきEメールでやりとりしたけれど、シンディもおれの生活はイメージがわかなかったと思う。

最初の四年間が終わるころには三度の海外派遣を経験していたが、ここで言っておきたいのは、嫌なことばかりやったとはいえ、技術的には長けていたということだ。銃撃、潜伏、航空機からの降下。暗闇を上昇していく、あの感覚。飛行。どれも高揚感を覚えつつも、死と隣り合わせのものだった。戦争だから、と言われる。事情が事情だと。でも本当はそうじゃない。そう言っておけば、隊員は努力し、自分を許すから言っているだけだ。しかし、自分が何をして、何を奪い、何を失ったかは、頭の片隅に常にこびりついている。それこそが自分の人生であり、すべては自分の一部だ。だから、好むと好まざるとにかかわらず、本当の意味で自分を切り離して考えることは、永遠にできない。おれはみずから志願し、指示に従ってきた。責任を負った。言いたいのは、自分が手を下したことからは、どうあがいても完全には逃げきれない、ということ。それだけだ。

帰還したときは、自信と不安が入り混じった複雑な心境だったと思う。不安のほうはだいたいにおいて隠すことができ、特にシンディと一緒にいるときにはうまくいっていた。とはいえ、なくなりはせず、しょっちゅう悩まされた。自信がついたのは、いくつか理由がある。まず、身長が十センチ以上伸びた。晩熟型だ。筋肉もだいぶつき、おそらく十キロは体重が増えた。外見も内面も変化し、過去とはちがう自分になった。強くなった。たとえばどこへ行っても——食料雑貨店、レストラン、バー——ふるまい方を心得ていた。すべて映画を観ているようだった。自分を信じることができた。以前は、いつも怯えていた。神経質だった。人にどう見られているか、どう思われているか、気にしてばかりだった。帰還後はもうそんなことはなく、新しい感覚が心地よかった。みんなのおれを見る目が変わり、おれは小さな町のちょっとしたヒーローになった。窓には兵士の無事な帰還を願う黄色いリボンが結ばれ、握手を求めてくる人もいたし、一度などはおばあさんが近づいてきて、しわくちゃの小さな手でおれの顔をはさんで言った。「ありがとう、お若い方」

しかし、ほかの変化もあった。悪い変化で、ここに不安の影響が出てくる。いつのまにか忍び寄ってきた幻想に取りつかれ、自分が何者でどこにいるのかわからなくなるときがあった。おれはあらゆる苦難をともに乗り越えたジェイクに電話して訊いた。同じ目に遭っているか？　車がバックしてきたら遮蔽物の陰に隠れようとしている？　悪夢は？　電話の音で心拍数が跳ねあがる？　人に見られている、品定めされていると信じて疑わないことはあるか？　ジェイクは、問題は抱えているが人に相談している、退役軍人病院で診察を受けているから、おまえも考えたほうがいいと言った。

ジェイクは、家族が所有しているキャビンが森の奥にあるから、よかったらそこで落ち合って二、三日のんびりしないか、と提案してきた。ずっと昔、ジェイクがまだ子どもだったころ、ジェイクの父は完全に森のなかで暮らす生活にあこがれていた。だから、キャビンと言ってもたいていの人が想像するよりも立派だった。一家は小さな果樹園をつくり、家の南側に沿ってブラックベリーとラズベリーの垣根を植えた。電気も水道も通っていなかったが、井戸があり、冷たく澄んだ水が湧いていた。ジェイクの話では、しばらくそこで両親と三人で暮らし、妹も生まれたけれど、母が三人目を流産したときに終わりを迎えたそうだ。詳しいことは聞いていないが、母は体調が回復すると父に迫ったらしい。子どもたちと自分を取るか、キャビンを取るか。ジェイクの父は妻と子どもたちを選び、キャビンをあとにした。

さておき、おれはジェイクにそうしよう、日付を決めてくれと言い、ジェイクは次の週末はどうだと言った。ブロンコに荷物を積み、紙にメモした道順に沿って出かけ、何百回も道を曲がり、やっとのことでキャビンに着いた。まだ少し雪が残っていたのを覚えている。川におりて魚を釣り、火をおこしてカワマスを金網にのせて焼いた。週末の最後に、ジェイクの妹も来た。ほとんどずっと本を読んでいたが、魚も一匹釣りあげた。ジェイクはおれにキャビンの鍵を渡し、しばらくひとりになりたいときがあればいつでも使っていいと言った。鍵を持っているのはジェイクと妹だけで、来るときも連絡はいらないと。おれは甘えさせてもらうかもしれないと言い、感謝を伝えた。

その後ほどなくして、おれとシンディは付き合いはじめた。シンディに恋してからすでに七年近くが経っていて、ついに告白した。シンディは大学を卒業して実家に帰っていて、両親からはパラリーガルとしてしばらく働いたらロースクールに進んで父の跡を継げとせっつかれていた。シンディがやりたいことではなかったし、少なくとも当時はまだ決めかねていた。だが、親の圧力があまりに強かった。父親からも母親からも。何があろうと自分のやり方を貫く人たちだった。

シンディの両親がおれたちの付き合いを快く思うことは、一度もなかった。シンディとおれは住む世界がちがった。ラヴランド家の人々は白壁の大豪邸に住み、屋敷の前庭には噴水があり、掃除には人を雇っている。すべての金はラヴランド夫人の財産で、昔からとんでもない金持ちだった。

さておき。シンディの妊娠が発覚したときにはもう、最高に幸せだった。シンディのほうは身を引き裂かれる思いをしたと言っていいだろう。両親は堕ろせとうるさかったから、余計に葛藤していた。でも、シンディはおれの説得に応じ、リンカンおばの家で一緒に暮らして子どもも産もうということになった。だって、おれたちのものだ――おれたちの子どもを、ふたりで愛し、育てれば、きっと幸せになれる。実際、しばらくのあいだは本当に幸せだった。最初はふたり、それから三人で。

だが、そのあとは。ある夜、おれとシンディとグレース＝エリザベスは車で家に向かっていた。おむつのストックがなくなり、ディスカウントストアへ買いに行った帰りだった。生まれたばかりの赤ん坊がいると外出もほとんどできないから、このときの買い出しはその週の大旅行みたいなもので、家を離れるいい口実になった。シンディは髪をととのえ、メイクもした。ともかく、帰りの雨が降る闇のなかで鹿が飛び出し、おれは急ブレーキを踏んだが、車は滑って何度も何度もスピンした。おれとグレース＝エリザベスは無事だったが、シンディはそうはいかなかった。

そしておれとグレース＝エリザベスのふたりきりになった。

終わった。そんなふうに。あんなに幸せだった三人家族の生活があっけなく――

まあ、シンディが死んでからの日々、いろんなことがあった。できれば思い返したくないことや、人には顔向けできないことも。手短にまとめるとこうだ。おれたちはどこかに行かざるを得なくなった。赤ん坊とおれが安全で一緒にいられて、おれたちを引き離そうとするあらゆる力を遮断できる場所。おれはジェイクの申し出と、渡された鍵のことを思い出した。かろうじて道と言えるほどのでこぼこ道。こぢんまりした、美しい佇まいのキャビン。それを囲む何百エーカーもの森と、敷地の先に広がる何十万エーカーもの国有林。ジェイクと一緒に釣りをした川と、てのひらの上できらめき、身をよじっていたマス。おれとフィンチはその地へと旅立った。

6

フィンチにジェイクのことを話した翌日、おれは薪ストーブでいつものようにたまごを焼き、フィンチはテーブルで本を広げて、小さな文字を指で追いながら、情感たっぷりに音読している。そうやっていつも情熱をこめて読むのは、シンディと同じだ。たまごがジュージューと音を立てるなか、ストーブは低い音を立てて燃え、薪がパチパチとはぜる。

そのとき、足音がした。誰かが前のポーチを歩いている。

心臓が喉元までせりあがり、胃がずしんと重くなる。スキレットをストーブからおろす。おれが「ルートビア」と言うとフィンチはさっと立ち上がり、すばやくルートセラーに飛び込む。体にしみついている。何十回も訓練してきた。おれが振り向くと、もうルートセラーのところにいた。

コツ、コツ、コツ。

それから窓に男の顔があらわれる。スコットランドだ。玄関から来るのはだいぶひさしい。ガラスに額を当て、ドアを指さしている。

「大丈夫だ、フィンチ」おれは言う。

フィンチはすでに階段をおりかけていたが、もどってきて窓の外のスコットランドに気づく。笑顔でドアに駆け寄り、ふたつの錠をはずす。おれはルートセラーの跳ねあげ戸を閉め、ラグを平らにならす。

長年住んでいると、たまに迷い込んでくる人がいる。厳密には国有林で狩りをしていたが、うちの近くまで足を延ばしてきた狩猟者。片手を挙げて挨拶してきたので、こっちも手を振った。やりとりは以上。でも別のときには、森林警備員がうちの庭に迷い込んできた。そのときおれとフィンチは外にいたから、森に隠れた。警備員は窓をのぞき、熟れたブルーベリーをいくつか摘んでいった。一年後ぐらいに、迷子のハイキング客がふたり来た。そのときも隠れた。あわててルートセラーに駆け込んだから、玄関の錠をかけ忘れた。ふたりはノックし、ドアを開け、誰かいますかと声をかけた。それから玄関前のポーチに座り込んでグラノーラを食べた。嘘じゃない。話し声が聞こえた。だから、通行人は多いわけではないが、いざというときの対策を立てておいたほうがいいと考えるにはじゅうぶんだった。誰かがいきなりあらわれたときのために。

フィンチはドアを勢いよく開ける。「スコットランド！」抱きついて頭をあいつの胸に押しつける。

「危ないぞ、小鳥ちゃん。気をつけて」スコットランドは自分の胸を軽く叩く。「ここに特別なものを入れてきた。華奢なものだ」戸口に立ったままだ。

「はいっていいぞ」おれは言う。

スコットランドは家のなかにはいってドアを閉め、部屋全体を見回す。下見でもしているのか。「ほら」フィンチと目の高さを合わせてかがみ、自分の上着を指さす。「ファスナーをおろしてごらん」

フィンチはきゃあと歓声をあげて近づく。ゆっくりとスコットランドの上着のファスナーをおろす。

「自分でできないのか、スコットランド？」おれはフライ返しをたまごに突き立てる。

スコットランドの胸元からピンク色の鼻とひげが出てくる。それから目、耳、前足。白い子猫だ。

「わあ、スコットランド」フィンチはささやくように言う。「こんなにすてきなもの、いままでの人生で見たことない。抱いてもいい？」

「もちろん」

フィンチはスコットランドの上着から子猫の残りの部分を引き出す。おれの片手に収まるほど小さく、やせっぽちで、やわらかい毛が白く輝いている。認めよう。かわいい小悪魔だ。

フィンチは子猫を膝にのせ、背中をなでる。「ちょっと見てよ、クープ」

「ああ、かわいいな。とてもかわいい」

スコットランドは立ち上がり、ストーブに寄ってきてフライパンをのぞきこむ。

「いいにおいだ」

「この子の名前は？」フィンチが尋ねる。

「名前は——そうだな、まかせる。ちなみに男の子だ。おまえにあげるよ」

フィンチは息をのむ。「ほんとに？　ほんとのほんとに？」

スコットランドはおれを見る。「まあ、お父さんがいいと言えばだが」

おれの考えでは、まずは親に許可を得てから子どもにペットをやるのが常識だ。しかしもちろんスコットランドは明らかにその逆の手を使っている。もしおれがだめだと言えば——この状況では、断っても不合理ということにはならないが——憎まれ役になるのはおれだ。

フィンチは子猫を抱いたままそっと立ち上がる。胸にしっかりと抱えておれに見せに来る。「ねえ、クープ？　飼ってもいい？　いいでしょ？」

おれはスコットランドをにらみつける。「ちょっと考えさせてくれ、フィンチ」

「でも見てよ、この顔。青いお目々と長いおひげ。きっといい子だから。約束する。お願い、お願い、お願い」子猫はフィンチの胸をよじのぼり、肩の上にのる。フィンチは大喜びで部屋じゅうを歩き回る。

おれはスコットランドに詰め寄る。「先におれに訊くべきだ」

「だめだと言っただろう」

「当たり前だ」

「いいか、クーパー。あの子はきのう、友達を亡くしたんだ。悲しみに暮れている。ペットは人の心を明るくし、概して気持ちを楽にするという研究結果もある。フィンチの目の輝きを見たか？　あの子猫はいい相棒になる。友達にも。ここには友達らしい友達はいないからな、おまえとわたし以外、心の癒やしになるし、すでにそうなっている」スコットランドはソファのほうに顔を向けてうなずく。子猫がフィンチの首にすり寄っている。

「養わなきゃならん口が増えた。すでに状況が厳しいのは知っているだろう」

スコットランドは首を振る。「猫は有能で無慈悲な捕食動物だぞ、クーパー。忘れられがちだが。餌をやり、一日じゅう部屋のなかでごろごろさせて、くだらないおもちゃで遊ばせる。不名誉なことだよ、実に。猫にとっても人間にとっても。ここに居着くよう、そのあたりに食べ物を置く必要はたしかにある。必要とされていると思わせるんだ。でもきちんとした餌はやるな。わたしを信じろ。うちの納屋には猫がうじゃうじゃいるが、餌はひとかけらもやっていない。猫はたくましくて有能な動物だ。神がそう定められたように」

「面倒を起こしたら追い出すからな」

スコットランドは顔をしかめる。「その言い方は気に入らんな、クーパー。悪意を感じる。知ってるだろうが、猫は繊細な生き物だ。おまえの不信や敵意を感じたら、喜ばないだろう。友達になれないぞ」スコットランドは隅が欠けているカウンターに身をもたせかける。「だが構わん。もし面倒を起こしたら、おれが引き取る。どうだ？」

フィンチがソファからおれを見る。「わたしがきちんと世話するよ。猫がいるって、クーパーが気づかないぐらい。全然面倒なんか起こさないから。約束する」子猫はフィンチの顎をなめる。「お願い、クープ？」

おれはたまごを二枚の皿に乱暴にのせる。「選択の余地はろくにないようだな」

フィンチは子猫をテーブルに運んできて座る。「子猫をありがとう」スコットランドに寄り添って言う。「いままでもらったなかで、一番最高のプレゼントだよ」

スコットランドはフィンチの肩に手を置き、子猫の鼻をなでる。「気に入ってもらえてよかったよ、小鳥ちゃん。きっと気に入ってくれると思っていた」それからおれを見て言う。「それで、買い出しには行くつもりか？」

湯気が立つ目玉焼きを皿にのせ、テーブルに置く。塩入れを取り、てのひらに打ちつける。空なのはわかっているが、習慣で思わずそうする。「ほかにどうしようもないだろ」

「町の店には行けないぞ」スコットランドは言う。「おまえが予定しているような大量購入をするなら。わかっているよな。人に怪しまれる。うわさになる。ここから南に八十キロほど行くとウォルマートがある。サマーズビルに。九三号線をおりてすぐだ。見逃すことはないだろう」

すでにそのことは考えていて、サマーズビルまでのルートも調べてあったが、黙ってうなずく。

「ここでフィンチと留守番しようか？」

最後にフィンチをここにひとりで残したときの記憶がよみがえる。錠ははずされ、フィンチはポーチでスコットランドと一緒にいた。それだけではなく、もっと最近の、狩猟小屋の近くで足跡を見つけたことも頭に浮かぶ。誰かがおれたちの森に、キャビンの近くにいたことが。「フィンチも連れていく」

「危険だぞ、ふたり一緒だと」

「大丈夫だ」

「そうか」スコットランドは玄関へ向かいながら言う。「おれはここでしっかり目を光らせておく」

「そうだろうな」

7

いままで冬の訪れを気にしたことはない。寒い夜も短い昼も、フィンチとふたりで最大限に満喫してきたからだ。〈ラミーキューブ〉やチェッカーといったボードゲームを何ラウンドも遊び、本を読んで詩を覚え、いつもより手のこんだ料理をつくる。こつこつと働く日々から解放され、一年のうちで時の流れがゆったりする時期を楽しむ自分もいる。ほとんどの期間は森の道路が閉鎖されるから、侵入者の心配をしなくて済むという安心感も気に入っている。

しかしもちろん、今年はちがう。朝食後、戸棚を開けて中身をすべて出す。チキンヌードルスープ、ベイクドビーンズ。ごくわずかな砂糖。四分の一カップほどだろうか。ルートセラーの戸を引きあげて階段をおりると、足元で木の段がきしむ。そこで秋の収穫物の残りを数える。リンゴ一箱。バターナッツかぼちゃ三つ、ニンジン十四本、ジャガイモ七つ。八年の経験でやりくりはうまくなっているから、十一月にはいってやっと在庫不足になるぐらいだ。きちんと計画を立て、慎重にならないといけないが、フィンチもおれもバランスのよい健康的な食事をしっかりとっている。残りの食料を小分けにすると一目瞭然だ。クリスマスまでには食料が尽きる。

おれだけならどうにでもなる。大人の男だし、数カ月ぐらいろくに食べなくてもたいしたことはないし、生きていける。問題はフィンチだ。フィンチを育てるうえで、タンパク質と穀物と野菜、さらにはフルーツもきちんと食べさせてきた。できるかぎり最高の生活を与え、ここでのふたり暮らしを正当化できている。ひもじい思いや、不自由をさせたことはない。フィンチはいつも体に合う服を着て、暖かな家で寝ている。空腹に苦しんだことも一度もない。ジェイクのおかげだ。しかしきのう、フィンチがこっそりポケットにリンゴを忍ばせ、おれに気づかれないうちに外に出ようとしているのを目撃した。おれは何も言わなかった。言えるわけがない。盗んだり隠れたりしなくてはと考えざるを得ないフィンチの気持ちを思うと。

絶対にフィンチを飢えさせない。

買い出しは一度きりだ。スコットランドが言っていたウォルマートまで八十キロで、キャビンから二十キロの地点にガソリンスタンドがあるから、まずはウォルマートに行き、帰りにガソリンスタンドに寄って燃料を買う。シンプルな外出だ。たいていの人が普段の生活でやっているような食料品や燃料の調達で、おれはただ大量に買い込むだけだ。

買い物リスト。

生鮮食品：オレンジ、レモン、バナナ。

乾燥食品：プルーン、レーズン、チェリー、アプリコット。各種豆類。オートミール、米。ナッツ。

缶詰：豆、マッシュルーム、コーン、サヤインゲン、桃、梨、スープ。

ロウソク。いま使っているのが最後の一本で、ロウはほとんど残っていない。マッチ。電池。

小麦粉、塩、ベーキングパウダー、酢、砂糖、コーヒー、スキムミルク、食用油。

歯ブラシ、歯磨き粉、マウスウォッシュ、トイレットペーパー。

フィンチの新しいズボン、シャツ、靴下、下着。冬用の上着、スノーパンツ、手袋、ブーツ。どれも小さくなってきていて、サイズの合わない装備だと狩りも外仕事の手伝いもさせられない。

贅沢品など。紙とペン。ホットチョコレートの粉。ミルク、バター、風味の強いチーズの塊を五つ。冬にはいったから、家の裏のアイスボックスに冷やしておける。

鳥の粒餌、キャットフード、猫用トイレ。

店内の商品がどう並んでいるかを思い出しながら分類し、移動にかかる時間に買い物の時間を足して、ガソリンスタンドに寄る時間を加えると、なんの問題も起こらなければ四時間で帰ってこられる計算だ。一年間の安全な暮らしのための二百四十分間のリスク。犯す価値はあると判断した。

まあ、選択の余地があるわけではないが。

さまざまなリスクがあり、たくさんありすぎて考えるのも嫌だが、人はあらゆる可能性に備えなくてはならないと軍隊生活で学んだ。

ひとつ目、渋滞あるいはほかの不測の事態による立ち往生。ふたつ目、店内でのおせっかいな客や疑い深い客。他人のことに首を突っ込み、あれこれ質問するしかやることのないばあさん連中。何に備えているの？　大災害？　どこかにお出かけ？　なんでそんなにたくさん？

三つ目、車が故障して助けを求めなくてはならなくなる。四つ目、事故に巻き込まれる。五つ目、帰りの車内でガソリンがこぼれて荷物がガソリンまみれになり、はいったらまずいところにも染み込んで大破する。

やれやれ。

全部ばからしいと思うだろう。病的な妄想だと。もちろんそうだと認めよう。おれはどこからどこまでも妄想に取りつかれている。心の底では、唯一本当のリスクは六つ目だとわかっている。誰かと目が合い、そいつがおれに見覚えがあること。人の顔を認識するという超人的な能力のある人間が。それから、誰かが通報して警官があらわれ、おれを逮捕すること。フィンチが目にするおれの最後の姿は手錠をかけられるところで、おれは乱暴に引き立てられ、フィンチに説明する機会を永遠に失う。あのとき本当は何が起きたかを。おれたちの真実を。

野球帽をかぶっていく。それにいまはひげが生えていて、しかも伸び放題だし量も多い。この家には鏡もあるが、八年間、自分の顔はろくに見ていない。それでも以前と外見が変わったと言いきれるかは定かでない。年齢とストレス。その影響は如実に出ている。ただ明らかに、最大のリスクは人に気づかれることだ。姿を消すのは簡単なことではないが、おれたちはやってのけた。そのすべてをいま、危険にさらすのだと気づく。しかし食料が尽きかけたいま、雪が降ればキャビンに何週間も閉じ込められることになるし、ほかの道はない。

翌朝早く、フィンチはもう大興奮ではしゃぎ回っているが、誰が責められようか。

森を出るのは赤ん坊のとき以来だ。おれはフィンチに、水筒に水を入れ、枕を持ってくるようにと言う。二台のベッドから毛布を剝がし、ブロンコに運ぶ。

「しっかりくるまってるんだぞ。風邪を引かないようにな」

フィンチは上着と帽子と手袋を抱え、ウサギのまねをして部屋じゅうをぴょんぴょん跳ね回っている。それからかがんで子猫を拾いあげ、片腕に抱える。「さあ、行くよ」

「ウォルト・ホイットマンは留守番だ」おれはだめだと首を振る。ウォルト・ホイットマンというのはフィンチが子猫につけた名前だ。

「でもきっとさみしがるよ。怖がるかも。狭い隙間にはいりこむかもしれないし」

おれは肩をすくめる。「じゃあ外に出しておけ」

「まだこんなに小さいんだよ？　森には敵がうじゃうじゃいるのは知ってるでしょ。殺されちゃう」フィンチはおれをぐっとにらみつける。「スザンナのことを思い出してよ、クーパー」

「じゃあ、家のなかでいい子にしてろと言っておけ」

フィンチはふてくされ、足を引きずるようにして歩くと、嘆きの声をあげる。ようやく子猫を古いスウェットシャツにくるみ、ルートセラーから持ってきた木箱に入れる。寝床の横に水を入れた小皿を置く。

やっと、出発するぞとフィンチに言う。「途中までは普通に座っていてもいいが、おれが指示したら後部座席の足元に伏せて毛布をかぶること」体が小さいから、運転席と後部座席のあいだに寝転がれば、枕と毛布の山に隠れられる。

フィンチの顔が一気に曇る。「お店には入れてもらえないの？」

おれにとっても、そうだと言うのはつらかったが、それが一番いい。フィンチが足手まといになるのは避けられないのだから。見たりさわったり、これはなんだと訊きたいものにあふれている。おそらく倍近く時間がかかる。それに、フィンチが何を訊いたり言ったりするのか見当もつかないし、誰に聞かれているかもわからない。「すまない、シュガー」

「でも一緒にはいるのかと思った。ふたりで」

「ちがう」

「ジェイクが来なかったから、いろんなことが変わったのかなって思ったの。いままでとちがうルールになったのかなって」

「まあ、ある意味そうだ。でも、店内には連れていけない。状況がちがっていればと思うよ、フィンチ」

「わたしも」

「でもそうじゃないんだ」

「わかった」失望がなかなか顔から消えない。

埋め合わせに、何か特別なものを買ってやろうと心に決める。「そういうわけだが、言われたとおりにしてくれると信じていいか？」

「言われたとおりにする。行きたい」ウサギのまねを再開する。

「車のなかでは身動きひとつするんじゃないぞ。誰かが通りがかったとき、もぞもぞしているのを見られたらまずい。怪しまれる」フィンチはまだ跳び回っている。

「フィンチ、聞いてるか？」

「クーパーが見たことないくらい動かない女の子になるよ。ぴくりともしなくて、死んだかと思うかも」

「フィンチ」

「わかった、銅像だと思うくらい動かない」

「よし。完璧だ」

車のエンジンをかけ、長い砂利道を進み、門の前で停まる。車からおり、錠をはずし、車を出し、もう一度停まり、錠をかける。いつも閉じている門が開けっぱなしになっていたら、詮索好きの人間を歓迎するようなものだ。ひらいている門を見れば、どうぞなかへという招待状だと考え、〝立入禁止〟の標識があってもお構いなしだ。きちんと施錠し、未舗装の道をさらに進む。ストローブマツの木々が空高くへと伸び、葉が厚く重なっている。しばらくすると、帰りに寄る予定のガソリンスタンドの前を通過する。外にはグリーンのフォードレンジャーとピックアップトラックが二台とシルバーのセダンが停まっている。それから村とでも言うのだろう、家が何軒か立ち並ぶ地区を通る。一軒の家の庭では大きなトランポリンが横倒しになっている。最近の強風のせいだろう。「あれ見て」フィンチが窓ガラスに額を押しつけてささやく。幹線道路を進むと、何キロも飛ぶように過ぎていく。標識にサマーズビルの名前が出てくると、隠れる時間だと伝え、フィンチは言われたとおりにする。ウォルマートの駐車場に車を入れ、後部座席をのぞき、フィンチの全身が隠れて人目を引かないことを確認する。毛布の端を引っぱり、はみ出ていた靴を覆う。

「なるべく早くもどってくる」おれは言う。「そこにいたまま、なるべく動かないように。いいな？　長くはかからない」

「わかった」フィンチは小声で答え、毛布がわずかに動く。

おれはドアを開けておりる。

「フィンチ」

「なあに？」

「愛してる」

「知ってる。わたしもだよ」

8

この十年間のほとんどを、何十万エーカーという森にぽつんとある小さなキャビン以外の建物に足を踏み入れずに過ごした人間にとって、ウォルマートは驚きと戸惑いに満ちた空間だ。果てるともなく並ぶ蛍光灯が、目もくらむほど煌々と光っている。何列も何列も連なる大画面テレビが同じ映像をさまざまな画質で見せていて、タイミングがほんのわずかにちがうから、立ち止まってよく見比べると目の前のテレビより隣のテレビは一ミリ秒ぐらい遅れているかもしれない。めまいがしそうで途方に暮れる。あちこちに青と黄色の広告が貼り出されている。低価格！　電気代を大幅節約！　とはいえ、休暇目前なので意味はなく、店内にはクリスマスツリーやオーナメントやプラスチックのトナカイがあり、巨大な風船のサンタクロースが揺れている。とにかくすべてが大量にある。何もかもありすぎる。控えめな雰囲気はまったくなく、節約とはほど遠い。

店にはいった瞬間、パニックが涌きあがっておれにつかみかかる。溺れている人が手近の救助者にしがみつくように。その先はわかるだろう。つかまれたほうは水中に引きずり込まれる。下へ、下へ、下へ。まばたきし、集中する。だめだ。きょうだけは。きょうは使命があり、やり遂げなくてはならない仕事があり、すべてはフィンチのためだ。おれを待っているフィンチ。後部座席の床で毛布の山に覆われて。おれを頼りにしているフィンチ。腕時計をちらっと見る。七時ちょっと過ぎ。計画では、ここには朝早く着くようにしていた。混雑する前だが早すぎない時間帯だ。早すぎると夜間の警備員がまだ勤務中で、眠気ざましのカフェインでハイになり、充血した目で退屈そうに店内をうろついている。

店の入り口に並んでいるカートから一台を引き出し、シャツのポケットから買い物リストを出して〝生鮮食品〟という青い表示を目指す。さっさと必要なものを集め、手際よくこなせたのでやや気持ちが楽になる。しかし、その後は少し雲行きが怪しくなってくる。

どうして忘れていたのだろう。オートミールを買うという単純な行為が、そんなに単純にはいかないことを。全粒粉オーツ、インスタントオーツ、スティールカットオーツ、マルチグレインオーツという分類だけではなく、ブランドもいろいろある。

どれだ？　本当にちがいはあるのか、あるいはオートミールをもっと買わせるための大企業の戦略か？　ジェイクがいつも買ってくる細長い筒型のパッケージを思い浮かべ、側面に書いてある文字を思い出そうとするが、それでもまだ選択肢が六つもあっては——六つだぞ！——無理だ。

「普段は食料品を買いに来ないんでしょう？」

おれはしゃがみこんでオートミールのラベルとにらめっこしていたが、そこはたまたま、シリアルの箱がおそらく八千個並んでいる通路の一番下の棚だった。振り向くと、中年のおばさんが食料品を山と積んだ青いカートの横でこっちを見おろしている。おれはあたりを見回し、ほかの人に話しかけているのか、電話でもかけているのではと思ったふりをする。

おばさんはオートミールを指さす。「ラベルを全部読んでいたでしょ。うちの旦那もそうだから。ヨーグルトを買ってきてと頼むと、必ず電話がかかってきて、どのブランドでどのフレーバーかって訊くのよ」やれやれと首を振る。「うちはいつも決まったものしか買わないのに。ダノンのライト&フィットのバニラフレーバー。同じブランド、同じフレーバー、毎回そう。うちにあるのはそれだけなの。長年それしか見ていないんだから、パッケージぐらいわかると思わない？」

返事をすべきかわからないでいたが、おばさんはその場を離れずにおれを見て、反応を待っているようだ。「そうですね」オートミールに目をもどし、袋をひとつ取って栄養成分表示をじっくり吟味しているふりをしながら、空気を読んでくれと期待する。

そんな幸運は訪れない。

「ええ、だから買い物はわたしがするの。わたしだったら、三十分で店内をひと巡りして、一週間分の食料品をカートに入れられるから。それに、ほかのあれこれもね。洗面用具、ペーパータオル、ナプキン――わたしは生活雑貨って呼んでるんだけど」

おれの人生でこういうことが起きるのは初めてではない。話し相手を求めているさみしがり屋は、願いを叶えられる人間がどこにでもいる世界で誰に声をかける？　おれだ。どうしてそうなるのかわからないが、こっちは〝会話下手〟だ――少なくとも十一年生のときの進路カウンセラーはそう言った。卒業後の進路について面談したときだ。なんの計画もなかったから、その旨を伝え、ほかに言うことがなくて黙っていたらそう言われた。シンディは別のもっと肯定的な言い方をしてくれた。「聞き上手だよね」そう表現した。

さておき。おれには若干そういう引力があり、話したくもない人を引き寄せることがあって、それを呪いと呼んでいる。まさにそうだからだ。実際、こんなことがあった。いつものように喫茶店でコーヒーを飲みながらくつろいでいたとき、女が近づいてきておれの向かいに座り、自分は浮気していて夫と別れたいが子どもがいる、と話し出した。嘘じゃない——女はどうしたらいいかとおれに意見を求めた。まったくの他人に身の上話をして、アドバイスを求めたんだ。別のとき、八年生のときの話だが、学校でひとりだけ居残りをさせられたことがある。監督はマークスという男の先生で、おれの隣の席にどかっと腰をおろすと、恋人とのいざこざについて話しはじめた。ちなみに当時のおれは生意気なガキで、こう言ってやりたくてしかたなかった。**おれが誰に見えます？　告解を聞く牧師だとでも？**　とはいえ黙って話を聞き、居残りの六十分を刻んでいく時計を見ていた。

「オールドファッション」おばさんが言う。

「えっ？」

「オートミール。オールドファッションがいいわ」おれに会話する気がないとやっと悟ると、おばさんはカートを押して動き出し、車輪がガタガタと音を立ててラミネートの床を転がっていく。

おれはオートミールを八袋カートに入れ、次に進む。

ウォルマートにいると、人生で失っていたものの数々に気づかされる。そう感じたのは、行程を半分ほど終えたあたりだ。たとえばヨーグルト。ワッフルコーンにのったアイスクリーム。エムアンドエムズ、プレッツェル、化粧水、色鉛筆。店内には連れていけないと言われたときのフィンチの顔を思い出し、全部カートに突っ込む。どれもリストにはない。

半分終わったところでカートが満杯になる。一旦会計を済ませ、荷物を車に運び、フィンチにじっとしているようにとささやく。もうすぐ終わるよと。

店内にもどり、フィンチのスノーパンツと、裏地を取りはずせるコートを選びながら、春夏の雨の日や涼しい日も着られるだろうが、秋になって冷え込むようになると厳しいだろうと考える。迷彩柄にしないといけないから、両方とも男児服売り場で選ぶ。迷彩柄の手袋だけでなく、ピンクのラメつきのもカートに入れる。キャビンを出る前に、リストの紙の裏にフィンチの足の輪郭をなぞって描いておいたから、靴売り場で紙の足型とさまざまな冬用ブーツを見比べ、ほどよく大きいサイズのものを選ぶ。

電気製品売り場は素通りするが、一千万ピクセルの色と光を放つテレビ画面は騒々しく、こちらの神経を逆なでする。ささやかな本売り場。フィンチのことを考えると、真新しい本の魅力が岩場のセイレーンのように誘いかけてくるが、腕時計を見て足を止めずに進む。フィンチが車のなかで、毛布の下に隠れて待っているからだ。言われたとおりにしてくれていれば。カートには商品が危なっかしいほど山と積まれている。電池式のクリスマスツリー用の電飾を荷物の山に加え、最後にもう一度リストを見て買い忘れがないか確認し、積みすぎてぐらつくカートを店の入り口のほうへ押していく。レジにいたのは二重顎かつ棍棒（こんぼう）みたいに肘の太い女で、世間話をするつもりはまったくなく、こちらには目もくれず、おれは胸をなでおろす。レジ係は仕事にかかり、商品を手早くスキャンし、袋がたくさんかかっている風変わりな台の上にのせ、袋がいっぱいになると回転させる。六百ドルを現金で渡すと、嫌そうに息をつく。クレジットカードではないのが苛立（いらだ）つのだろう。一枚ずつ光に照らして透かし模様を確認し、レジに金額を打ち込む。釣りを出し、おれが礼をつぶやくと、レジのランプを消して持ち場をふらふらと離れる。

外に出て、ウォルマートの恐ろしいほどの物量から解放されると、気温が上がっていることに気づく。今度はグレーのレジ袋であふれそうなカートを押して、車を停めてある場所まで駐車場をガタガタと進む。認めよう。おれは浮かれていてスキップするほどだった。幸せな勝利の感覚を味わう。価値のあることを成し遂げ、恐怖にくじけそうだったのを耐えたのだ。あるいは、ただ新鮮な空気と、一年間必要な物資を無事に手に入れて心配ごとから解放されたおかげかもしれない。フィンチが暖かく過ごし、大切に育てられ、ちょっとした贅沢も味わえると思うと豊かな気分になれる。

駐車場は着いたときよりも混んでいて、ブロンコが視界にはいったとき、横に男が立っていて車内をのぞこうとしているのに気づく。カートを進める速度をあげ、小走りになりながらも冷静でいようと努める。

「何かご用ですか」おれは言う。声にとげがあるが、少なくとも真っ先に頭に浮かんだように、そこをどけとは言わない。

年寄りだ。しわだらけのよぼよぼで、キャスケット帽をかぶり、格子模様のマフラーを巻いてグレーのコートを着ている。

「あれはなんだい？」車内を指さして言う。「動いてるぞ」

「子犬です」嘘をつく。「娘へのプレゼントです。ちょうど引き取ってきた帰りで。寒くないように毛布をかけておいたんですよ」

じいさんは車に近づいて、もっとよく見ようとする。耳の奥で轟音が響く。おれの声がドアのすぐ近くから聞こえたら、フィンチは顔を出すかもしれない。

「そうだと思ったよ」じいさんは言う。「子犬だろうって」眼鏡の位置を直す。「クリスマスに？」

「そうです」

「犬種は？」

「ああ、ラブラドールです」言いながら毛布の山にちらりと目をやる。フィンチの金髪が毛布の隅からはみ出している。

じいさんはおれの荷物の山をじろじろ見る。「イエローの」

毛色はイエローで、パットンって名前だった。戦車部隊のパットン将軍にちなんでな」体重を右足から左足へ、また右足へと移し替える。「首を突っ込むつもりはないんだが、ちょっと見せてもらえるかい？」

おれは喉の塊をのみこもうとする。「すみません、実は今朝、母犬から離すときにだいぶ嫌がったので、この駐車場で出してさらに刺激するのは避けたいんです。まっすぐうちに帰るほうがいいかと。悪気はないんですが」

じいさんはうなずく。「そうだろうとも。かわいそうに、わが家で落ち着くのが一番いい」

「そうですよね」

「じゃあ、楽しんで。おまえさんもお嬢さんも。メリークリスマス」

「メリークリスマス」

じいさんはよろよろと立ち去り、足を引きずりながら歩道を渡る。

危なかった。危ないどころじゃない。もう大丈夫だと思った矢先だ。一番安全な計画はフィンチを車内に隠れさせることだと考え、店内に連れていくよりは安全、家で留守番をさせるよりは安全だと想定していたが、このささやかな事故で思い知らされた。おれたちは決して安全ではいられない。確実な安全などない。

五十メートルほどじいさんが離れてから、車のドアを開ける。

「フィンチ、そのまま伏せていて」小声で言う。「あとほんの数分だ。カートの荷物をおろさなきゃいけない。

「寒い。ふくらはぎがつってる。大丈夫か？」血栓ができてて死んじゃうかも」

「ごめんな。もうすぐ終わる」

すべて積み込み、カートを返しに行く。ハンドルをしっかり握り、片足をカートの下部にかけ、もう片方の足を強く蹴り出す。勢いよく、滑るように、細い車輪は騒々しい音を立ててでこぼこの地面を転がっていき、ひんやりした空気が頬をなでる。

ブロンコまで駆けもどり、乗り込んで車内をあたためてから帰路につく。町を出たところで、フィンチに体を起こしてもいいと声をかける。ラジオをつけ、意外かもしれないがカントリーミュージックを流している放送局に合わせると、ギターとドラムとバンジョーの音色と、カントリーミュージックの歌手といって思い浮かぶような、甘く哀愁の漂う、鼻にかかった女の歌声が流れてくる。どの曲も歌詞は知らず、新しい曲ばかりだと思うが、昔はよくラジオをかけながらドライブしたなと、数年ぶりに思い出す。当時かかっていた曲はどれも知っていて、歌詞だけでなく、どこでどう盛りあがって静かになるかもわかっていたから、曲の展開も予期しながら聴いていた。サマーズビルを出てキャビンを目指しながら、最後に寄るガソリンスタンドに向かう。古いラジオから聞こえる音楽は時折とぎれ、冬の太陽はすべてを、まばらな木々や茶色の大地を黄金色に染めている。おれは勝利の気分を味わう――いや、それ以上だ。歓喜。有頂天と言ってもいい。

「あと一か所だ、フィンチ。そこに寄ったら家に帰る」

「今度は一緒に行ってもいい?」

おれは葛藤する。たいしたことのないガソリンスタンドで、何もない場所に薄緑色の壁の小さな四角い建物が立っているだけだ。それに、ウォルマートでの一件を考えると、フィンチを連れていくのは不合理だとも思えない。

「お店にはいったことが一度もないんだよ、クーパー。それに車のなかは凍えそう」

用事はほんの数分で済むし、監視カメラがない可能性もきわめて高い。フィンチには全世界に思えるだろう。

「いいでしょ、クープ？　お願い」

「駐車場にほかの車がなかったら、一緒に来てもいい」

「やったー！」フィンチは脚をばたつかせる。

「ただし、絶対にしゃべらないこと。何があっても。誰かに話しかけられたら、にっこり笑って目をそらす。わかったな？」

フィンチはぎゅっと口を引き結ぶ。目をまんまるにしてうなずく。

9

ガソリンスタンドの駐車場に停まっている車は一台だけで、三時間前と同じフォードレンジャーだ。おそらく店員の車だろう。給油機の横にブロンコを停め、フィンチにおりるように言い、料金を前払いするために一緒に店にはいる。おれの手を握るフィンチのてのひらが、興奮で汗ばんでいる。

なかにはいると、レジ係はシーラと書かれた名札をつけていて、まだ午前も半ばだというのにマウンテンデューを飲み、紐状のリコリスキャンディを中指に巻きつけていじっている。小型テレビを観ていて、クイズ番組の〈ザ・プライス・イズ・ライト〉が放送されているが、おれは思わずこう思う。司会はボブ・パーカーじゃないのか？（ボブ・パーカーは、一九七二〜二〇〇七年まで長期にわたり司会を務めた）フィンチはカウンターの前に立ち、食い入るようにテレビを見つめている。白髪の女性が巨大なルーレットのようなものを回し、新しい司会者は満面の笑みをたたえている。フィンチはいままでテレビを見たことがない。

シーラがカウンターの向こうからこっちに視線を移し、フィンチをじろじろ見る。

「〈ザ・プライス・イズ・ライト〉、好きなの？」

フィンチはシーラを見てからおれを見て、それからテレビに目をもどす。

「恥ずかしがり屋でね」おれはシーラに言う。車の横に出した四つの赤い容器を指さす。「灯油四十リットル、ガソリン四十リットルと、ブロンコにも六十リットル頼む」

「あたしもあんたぐらいのころは恥ずかしがり屋だった」シーラは言う。「誰にも話しかけなかった。うちの母は初めての保護者面談のとき、お宅のお子さんはこの一年間まったくしゃべっていません、って先生に言われたんだ。面談は十一月。それまでずっと静かだったの」

おれはどうにか笑顔をつくり、二十ドル札を数枚、カウンターに置く。

「前にもここに来たよね」シーラは言い、フィンチを見てからおれを見る。金には目もくれない。

「いいや」心拍数が一気に跳ねあがる。「誰かと勘違いしてるんだろう」

シーラは考え込むように目を細め、紐状のリコリスを結ぶ。「ううん。だいぶ前だけど。五年か六年？　もっと前かも。でも覚えてる」

何年も前、ジェイクに電話をかけに来たのがここだ。外の公衆電話を使ったが、店でも多少買い物をした。「よくある顔だから」おれは言う。

シーラは舌を鳴らしてにやっと笑う。大きくてゆがんだ笑顔。「そこなのよ。顔は覚えてないの。でも、あのブロンコは覚えてる」窓の外を指さす。「一九九四年式でしょ？　わたしも持ってたから。色も年式も同じ。あんたのは陸軍（アーミー）のステッカーが貼ってあるけど」

胃のなかがひっくり返り、心臓が激しく打ち、息が詰まりそうになりながらも考える――シーラはパニックの兆候に気づくだろうか？　すべてを投げ出し、燃料のことは忘れて、まっすぐ家に帰りたい。おれたちふたりはガソリンスタンドにいて、そこらじゅうに人がいて、おれはいったい何を考えていたんだ、フィンチを外の世界に連れ出すなんて――

深く息を吸い、しばらくためてから吐き出す。**落ち着け、クーパー。呼吸しろ。**

「いままで乗ったなかで、最高の車だ」おれは言う。なぜそうしたのかわからないが、キャンディバーを一本取ってカウンターに置く。震えている手をポケットに突っ込む。

シーラはうなずく。「あたしのはぶっ壊れちゃって。去年の大晦日（おおみそか）にどぶに突っ込んだの。いまはレンジャーに乗ってる」まだレジに手をつけていない――おしゃべりしたい気分らしい――だがおれは金をシーラのほうへ押し出す。

そのとき、騒々しい金属音とともにドアがひらき、光が射し込む。車が駐車場にはいってくる音は聞こえなかった。シーラのおしゃべりと、テレビから大音量で流れてくる〈ザ・プライス・イズ・ライト〉のせいだ。

男がひとりはいってくる。背が高くやせていて、カウボーイブーツを履き、黄褐色と茶色の制服を着ている。胸ポケットにはバッジを留めている。おそらくおれと同じ年頃で、髪は短く刈り込み、ととのった顔立ちで、軍人らしい堅苦しさがある。

「おはようございます、保安官」シーラが言う。

よりによって。店内が白く燃え、すべてがまぶしく光りはじめる。

ここまでやり遂げたんだ。こんな森はずれのちっぽけなガソリンスタンドで怖じ気づくわけにはいかない。家までもう少しだ、クーパー。すぐそこまで来ている。車には一年分の食料を積んでいるんだ。それにフィンチのことを考えろ。おまえだけが頼りなんだ。期待を裏切るわけにはいかない。ここでは。いまはだめだ。

フィンチはテレビに目をもどし、口をあんぐり開ける。〈ザ・プライス・イズ・ライト〉の女は飛びはねながら手を叩いている。

「やあ、シーラ」男は帽子を脇にはさみ、発泡スチロールのコーヒーカップの山からひとつを取る。砂糖のパックを破り、中身をカップにあける。

「お嬢さん」おれは懸命に笑顔をつくる。ジェイクに教えてもらった技だ。声をかけるときは〝奥さん〟ではなく必ず〝お嬢さん〟で。〝奥さん〟と言われると老けた気がするからだ、と言っていた。「気を悪くしないでほしいんだが、家に帰らなくちゃならない」

「ええ、そうよね」シーラは数字を打ち込み、札をレジに入れる。釣りをおれに渡す。

「助かるよ」促すと、フィンチは足を引きずるようにしながら、おれの前をうつむいて歩き出す。

「車に乗ってなさい、シュガー」

フィンチは後部座席に乗り込む。おれはまずブロンコに給油し、それから燃料の容器をつかむ。ガソリンと灯油を入れる手が震える。給油機は古く、何ひとつデジタル化されていなくて、ボタンもない。つまり遅いということでもある。フィンチはポンプの上のカウンターの数字が変わっていくのを窓から見ている。やっとのことで、四つの容器すべてが満タンになる。助手席の床に押し込み、運転席に座る。

保安官が店の前に立ち、こっちを見ている。人差し指を立てて片手を挙げ、待つようにと合図する。

おれは葛藤する。見なかったふりをして、車を出してもいい。

保安官が歩いてくる。

「クーパー」フィンチが小声で言う。

保安官は助手席側の窓を叩く。

おれはボタンを押して窓をおろす。

「きみのお嬢さん？」保安官はのぞきこむようにして言う。

おれはうなずく。

「何歳？」

鼓動が速くなる。店でほんの一分観察しただけで、すべてをつなぎあわせたはずはない。ありえない、絶対に無理だ。念のため、嘘をつこうかと考える。

「八歳」後ろからフィンチが答える。

保安官はカップをすすり、コーヒーの熱さに顔をしかめる。「このぐらいの体格の子は、チャイルドシートを使うことになっている」

「すみません。先週はずして、もどすのを忘れていました」

「まあ、次回は忘れないように。この子の安全のためだ」保安官は言う。「法律でも決まっている」

「はい、そうですね。ありがとうございます」

保安官は車から離れる。「よし。行っていいぞ」

キーを回して車のエンジンをかけながらも、頭はガンガンし、強烈なパニックが押し寄せ、息が詰まってどんどん苦しくなる。

呼吸しろ。

水筒の蓋を開け、ごくごくと飲む。

「チャイルドシートって何？」ガソリンスタンドから出ると、フィンチが尋ねる。

「保安官と話したらだめだったんだ」おれは言う。「誰とも話すな、と言っただろう。何があっても」

「ウォルト・ホイットマンは大丈夫かな」

ときどき、フィンチはこんなふうにおれの言葉を無視し、話を変える。「フィンチ」

「だって、質問されたのに、クーパーが答えなかったから。あの人、外に立ってただけだし」

「真面目に言ってるんだ、フィンチ。おれの言うことをきちんと守ってくれるのか、知っておく必要がある」

「わかった」フィンチはぼそりと言う。曇った窓にハートの絵と自分の名前を書く。

左に折れてから右折し、曲がりくねった道を十キロ、土埃をあげて飛ばす。門に着くと車からおり、錠をはずし、車をなかに入れ、錠をかける。庭に着くとエンジンを切り、ハンドルにどさっと頭をあずける。

「大丈夫、クーパー？」

うなずいて車からおりると、安堵と疲労がどっと押し寄せる。「任務完了」後部座席から飛びおりてきたフィンチに言うと、フィンチは両手を腰に当ててにっこりする。フィンチが座っていた席のところへ行き、窓に書かれた名前を消す。

フィンチはブロンコの後ろに回ると、グレーのレジ袋の山を眺める。「すごいね、この量」

全部の荷物を片づけるのに何時間もかかる。まずは全部をキャビンに運ぶ。すべてなかに入れたら、ブロンコを薪小屋の後ろに停め直して隠す。念のためだ。それから荷物を整理しなくちゃならない。ウォルト・ホイットマンはずっと足元にまとわりついて、細いしっぽを高く掲げている。フィンチは袋を開けて中身を調べ、ラベルを読む。

「リッツクラッカー」赤と青の箱を持って言う。「おいしそう」

「ああ、うまいぞ。バターの味がしてサクサクする」

「チェリオ」フィンチが読みあげる。「見て、この小さい蜂の絵。食べ終わったら箱を取っておくね。蜂を切り抜いて、釣り糸をつけるの」フィンチは箱を振る。「屋根裏の梁にぶらさげるんだ。蜂が飛んでいるように見えると思う」

「いまはひとつだけ開けていいぞ」フィンチに声をかけ、荷物を抱えてルートセラーに運ぶ。「しけるから一度に全部は開けられない。だから、よく考えて選びなさい」ようやく、フィンチは上位五点をテーブルに並べる。リッツクラッカー、ハニーバンズ、プレッツェルロッド、ピーチカップ、レイズのポテトチップス。そして最終的に、ハニーバンズに決める。

フィンチは買ってきた服をすべて試着する——これがまた時間のかかるファッションショーだ。まず、すべてを寝室に運び、ひとつずつ着替えては、おれが遅い昼食を用意している主室に披露しに来る。ありがたいことに、どれもサイズは大丈夫そうだ。特にピンクの手袋を気に入り、その日はずっとつけている。

すべての荷物を仕分けして、しかるべき場所に収めると、満足感が訪れる。おれが口笛を吹きはじめると、あとからフィンチも加わる。ふたりで奏でるメロディは軽快だ。なぜなら、途中で肝を冷やす場面はあったものの——ウォルマートのおしゃべりおばさん、車を嗅ぎ回っていたじいさん、ガソリンスタンドのシーラと保安官——やり遂げたからだ。おれたちは安全だ。

10

「お母さんの話をして」フィンチはベッドにはいり、毛布を顎まで引きあげて言う。ときどきそうねだられ、おれも断る勇気はないから、どうにか彼女のことを考える。シンディのことを。

おれ自身はリンカンおばに、こんなふうに話をしてと頼んだことはないが、ときどき夜になると、母親の不在、母への切望を手で触れられそうなほどはっきりと感じることがあった。そんなときは母のことを考えたくなり、『スター・ウォーズ』のポスターと〈マッチボックス〉のミニカーを入れた箱がある小さな部屋で一緒にいるところを想像しようとした。何か物語が欲しかった。思い出話をおばにせがんでもよかったかもしれない――そうしようかと思った記憶はあるが、おばが母のことを怒っているのも知っていた。もしかしたら、おれよりも腹を立てていた。そこは最初からはっきりさせていた。

「おまえの母親が死んでいたらね」母が家を出てすぐに一度、こう言われた。「悲しんだと思うよ。でもあの女はそれよりずっとひどいことをしたんだ、ケニー。母親が絶対にしちゃいけないことをね。だから、最初からいなかったことにする」

言わせてもらうが、これは子どもには実に厄介で悩ましい課題だ。母親のことしか考えられないのに、どうして最初からいなかったことにできようか。とはいえ、おばの考えも一理あると学んだ。年が経つにつれ、母のことをあまり考えなくなった。ゆっくり、ゆっくりと、まるで霧が晴れて視界から散っていくように心のなかから消えていき、高校にあがるころにはまったくと言っていいほど母のことは考えなかった。

「どの話がいい？」フィンチの小さなベッドに強引にはいり、壁にもたれかかる。

「リスを助けた話」

「本当に？」背骨にベッドの木枠が当たるので、体勢をととのえながら言う。

「うん、それがいい」フィンチはくすくす笑い、もぞもぞ動く。

「おまえのお母さんは動物に甘かった。前にも話したな。いつも動物を助けたがり、動物とも気が合っていて、いろんな動物が寄ってきた。つまり、動物のほうもお母さんを特別な目で見ていた。森の鳥がおまえを特別な目で見るようにね」

「〝わたしは骨の髄まで美しい女性を知っていた。小鳥が吐息をつくと、彼女もまた吐息を返す〞これ、覚えてる？　セオドア・レトキ。アメリカの詩人。一九〇八年生まれ、一九六三年没」

出た。知識を反芻するフィンチ。「覚えてるよ」

「この詩を読むとね、いつもお母さんのことを思い出すの。って言っても、クーパーから聞くお母さんのことだけど」

胸に痛みが走る。「話を聞く気はあるのか？」

フィンチはうなずく。

「よし、どこまで話したかな。そうだ、おまえのお母さん。農場には猫がいて、リンカンおばさんが昔から飼っていた猫だったんだが、こいつはいじわるで荒っぽかった。人が近づくと歯を剝き出して威嚇した。しかも、体がでかくて、猫のわりに重くて七キロ近くあったし、全身真っ黒だったから、余計になんだかいじわるに見えた。ほかの猫より、目もぎらぎらしているみたいだった。お母さんは動物が大好きだったが、この猫だけは別だった。いちおう言っておくと、最初のうちはキティと仲良くしようとしたんだ。缶詰の餌を買い、古い段ボール箱でベッドをつくり、ぼろ布を入れて寝心地をよくしてやった。まあ、キティのほうは全然気にも留めなかった。お母さんが仲良くしようとすればするほど、嫌いになるみたいだった。キティはそういう猫だった。ひねくれ猫だ」

フィンチはくすくす笑い、体にかけているシーツを噛む。ウォルト・ホイットマンが膝の上で喉を鳴らす。

「おれはお母さんに訊いたんだ。猫をどっかに追っ払おうかって。もちろん、やめてくれと言われたよ。とにかく動物には甘かったから。相手がいじわるな奴でもね」

フィンチが口をはさむ。「クーパーがスザンナにしたこと、許さないと思うよ。お母さんは」

「ああ、そうだろうな。まあ、とにかく。ある日、キティは死んだリス、いや、死にかけたリスを咥えてポーチにのぼってきた。そこではお母さんがレモネードを片手に、座って本を読んでいた。お母さんのおなかにはおまえがいた。リスは身をよじったりくねらせたりしていたけれど、キティは叩いて遊んだ。猫にはそういう習性があるんだ。とどめを刺す前に獲物をもてあそぶ。お母さんがキティをポーチから追い払うと、キティは耳を寝かせ、目をぎらつかせて威嚇したが、しぶしぶ庭におりた。それからまっすぐに樫（かし）の大木へ向かうと、木の皮に爪を引っかけてのぼった。お母さんはまた読書に没頭した——おまえに似て、いつも本を読んでいて、物語の世界に夢中になるから、ときどきまわりの世界が消えたようになるんだ。次にお母さんが気づいたとき、キティは木からリスの赤ちゃんを咥えて引きずってきて、ポーチのリスの隣に置こうとしていた。ちなみに、リスのお母さんはこのときまだ生きていた」

「わたしのお母さんは、どうしたの？」

「お母さんは、さっと立って、ほうきで猫をポーチからはたき出した。何がぶつかったのか、キティが考える間もなくね」

ここでフィンチは大笑いし、きゃあきゃあ言って毛布の下で足をばたつかせる。

「キティはぴんぴんしていた——いや本当に、その日にまた見かけたときは、いつもどおり無愛想で、びくともしていなかった——が、ここでお母さんがおれを呼びに来た。おれは納屋にいて、がらくたを片づけていた。お母さんはおれを例の木にのぼらせて、残りのリスを集めさせた。言っとくが、おまえがおなかにいなかったら自分でのぼっていたよ。おまえみたいに、やせていたけど力はあったからね。前にも話したが、すごく運動神経がよかった。本当に必要なときにしか、人に助けを求めなかった。だから、おれは木にのぼった。有袋動物みたいにリスの赤ちゃんたちをシャツに入れて、すごく気をつけておりた。赤ちゃんは三匹いた。お母さんがキティのためにつくった箱に入れて、キティの手が届かない室内に置いた。お母さんに頼まれて店に行き、スポイトと成分無調整のミルクを買ってきて、ふたりで一日に何回も飲ませた。

元気になるまで世話をしたよ」

「それから？」

「しばらくすると、スポイトで餌をやる必要はなくなった。ほかのものを食べさせた。鳥の粒餌をね」

「粒餌、好きだよね！」

このキャビンでも、すぐ外の杭に設置した鳥の餌台にリスがよくのぼってきて、粒餌を失敬していく。おれたちは大声を出したり、ポーチで足を踏みならしたりして追い払っている。ほかのものと同じく粒餌も限られているから、リスに在庫を脅かされる恐れがある。真冬の鳥はおれたちを頼りにしているのに、餌を切らすわけにはいかない。

「そうだ。しかもお母さんはときどき、クラッカーにピーナッツバターを塗ってあげていたよ。これがまた、実に大人気だった」

「キティはどうなったの？」

「そう、リスを育てはじめたら、キティが問題になるのはわかっていた。だから、通りの先に連れていって、近所の農場に放してきた。元気に暮らしたと思うよ。ひとりで生きるすべは身についていたから。いまもあのあたりにいて、罪のない人を怖がらせたり、リスの巣を襲ったりしているかもしれないな。そうなっていてもおれは驚かないよ」フィンチの髪をくしゃっとする。

「リス、かわいかった？」

「ああ、本当にかわいかった。小動物が好きだったらもっとそう思うだろうな」

「そしてお母さんは一匹ずつスポイトで餌をあげたの？」

「ああ、そうだ。母親になる前から母親らしいところがあった」

「もっとお母さんのこと知りたかったな」

急に悲しみのうずきが押し寄せ、喉につかえる。「そうだよな」フィンチの額に顔を寄せてキスをする。「さあ、寝る時間だ、シュガー。おやすみ」

「おやすみ、クーパー」

寝室を出てキッチンに行き、カウンターにもたれて外を見ると、空には沸き立つ湯気のような雲が広がっている。リスの話は実話だが、エンディングは変えた。実際は、リスを助けて二日間スポイトで餌をやったが、一匹ずつ衰弱していき、頭をあげることもなくなっていき、やがてミルクを飲むのも拒否し、三日目には三匹とも小さな段ボール箱のなかで死んだ。シンディは悲嘆に暮れた。ひたすら泣き続けた。妊娠のせいで余計に悪いほうに考えがちだったのかもしれないが、わからない。おれは猫を責め、自然のなりゆきだと言ったが、シンディは自分を責めた。正直、おれは自分がでっちあげたバージョンを気に入っている。シンディとおれがいて、三匹のペットのリスが家じゅうをちょこまか走り回る、幸せな騒動。フィンチも気に入っているし、全部が全部真実というわけではないが、一部は真実だし、シンディがどんな人間だったかをフィンチが理解するのに役立つ、重要な部分は変えていない。本当に大事なのはそこだ。それに、悲しい物語はもういらない。誰も求めていないし、とりわけおれにには必要ない。

外に出て、耳をすます。一年のこの時期は静かで、暖かい季節ににぎやかなカエルやコオロギも鳴りを潜めている。今夜は雲が月を隠しているから、庭は暗くてすべてがぼやけて見える。ブーツを履いてポーチからおりる。鶏小屋に気になるところがないか確認し、ヘッドランプをつけて庭を左から右へとゆっくり照らす。異状なし。家にはいり、ドアのふたつの錠をかけ、ノブの下にシャベルを立てかける。

一日のなかでつらい時間があるとすれば、それは夜だ。理由はわからないが、フィンチが寝たあとはひとりになり、シンディに思いを馳せるからかもしれない。もしかしたら、その日の家事を終えたあとのひと息つく時間に、シンディの不在を余計に強く感じるからかもしれない。おれはひとりなんだと、余計に思い知らされる。おれの人生のつかの間の幸せな日々、シンディが妊娠し、リンカンおばの農場にふたりで暮らしていたとき、夕食後はくつろいで語り合った。家の前のポーチに座ることもあれば、川辺や池のほとりに行くこともあった。場所はどこでもよかった。夜の語らいはふたりの大切な時間だった。その日の仕事のこと、会った人のこと。そういう話でもよかったが、それだけじゃなかった。どんな人生を送りたいかを語り合った。未来を語り合った。農場をどう改築するか。子どもたちをどこへ連れていきたいか。どんな家庭を築きたいか。

まあ、いまとなってはもちろん、どれも実現しないのはわかっているし、考えすぎると滅入ることもある。シンディに話しかけてもいい、と自分を許した時期もあった。そういうときの思考は、後悔と願望と回想がぐるぐると巡って渦となる。強い力で吸い込まれるから、抜け出すには全力で必死にもがかなくてはならない。現在に留まるほうがましだ。灯油ランプを弱め、炎が青く淡くなっていくのを見つめる。

「ここを気に入ったと思うよ」とささやく。今夜語りかける言葉はこれがすべてだ。

11

次の日の朝食後、フィンチはニワトリのスザンナの墓に立てる十字架づくりを再開する。ストローブマツの枝を二本見つけてきて、手斧で好みの長さに折る。おれは薪割りをはじめ、斧を振りあげては強く振りおろす。夕方には右肩に張りと痛みを感じるだろう。二回目の海外派遣のときの怪我のせいだ。建物の一部が崩れて梁が落ち、関節がはずれたが、脱臼をもどしたらあとはそのままにしておくのが一番いいと医者に言われた。普段は気にならない――まあ、慣れただけとも言え、鈍痛が消えることはない――が、特定の動作をすると悪化する。薪を割る。弓を引く。

フィンチは注意深くポケットナイフをひらき、枝の皮を剝ぐ。手元は安定し、迷いはない。おれがポーチに用意しておいた紐を持っていき、二本の枝を十字に重ねた部分にぐるぐると巻きつけて縛る。おれは腕いっぱいに薪を抱え、ポーチに運ぶ。薪ストーブは暖を取るためだけではなく料理用でもあるから、毎日使っている。つまり、大量の薪を消費している。

フィンチは十字架を完成させ、家の裏のスザンナを埋めた場所へ持っていく。十字架を地面に打ちつける音が聞こえ、家の角からそっとのぞくと、膝をついて石で叩いている。ウォルト・ホイットマンはフィンチの背中に体をこすりつけたり、まわりをうろうろしたりしている。十字架が傾き、フィンチは角度を調節してもうしばらく叩く。手伝うこともできるが、人生ではいつ何が起こるかわからないから、娘には創意工夫ができる自立した人間に育ってほしいと常々思っている。そしてフィンチはそういう人間に育っている。それにどっちにしろ、おれの申し出に腹を立てるだろうし、こっそり見られていたことも気に入らないだろう。

ついに満足の出来に仕上がる。おれは頭を引っ込めて薪割りにもどり、すぐにフィンチも庭にもどってくる。つかつかと家にはいり、日記帳を持って出てくる。ジェイクからのプレゼントで、森で見つけたものの絵を描いたり、あれこれ書き残したりしている。後ろにポケットがついていて、いろんなものを入れている。押し花、めずらしい羽根。フィンチは脇にパチンコも抱えている。

「ウォルトと一緒にちょっと偵察してくるね」

おれはうなずく。「どこに行くんだ？」

フィンチは左を指さす。「東」

一年ほど前、近場ならひとりで歩き回ってもいいことにした。いまでも少し心配だが、ずっとここに閉じ込められて、外を眺めたり手伝いをしたりするだけではいらいらするようになったから、おれも我慢ばかりさせていることに後ろめたさを覚えはじめた。多少の自由なら――与えてやれる。フィンチはじっくりと地面を調べ、動物の痕跡を探す。しゃがみこんで身じろぎひとつせず、何か生き物が姿をあらわすのを待つ。そして実際に生き物が姿をあらわす。気配を消し、隠れることにかけて、フィンチの能力は驚異的だ。フィンチがその気になったら、おれでも見つけられるか怪しい。フィンチはうちを通る動物の痕跡はすべて把握している。動物の通り道、どっちへ向かったか、どこをすみかにしているか。鳥の鳴き声も聞き分ける。おれに劣らず森のことも熟知していて、遠くまでは決して行かない。やたらとうろつかないように、しっかりと言い聞かせてある。

丸太を縦四つに割ってフィンチ用の山に加える。あとでフィンチがさらに細かく切って焚き付けにする分で、これがあれば寒い朝でもすぐに火をつけられる。それから大きめの塊に取り掛かる。夜間用、とおれは呼んでいる。硬材の厚い薪で、寝るときにくべる。

しばらくすると、ヒュィピュルル……と、ホイップアーウィルヨタカの鳴き声が聞こえる。森のなかで声を張らずに呼び合うために、フィンチと決めた合図だ。おれはフィンチを待ち受け、同じ鳴き声を返す。フィンチは片手に日記帳、片手にパチンコを持って庭に滑り込み、おれはそんなフィンチをよく見る。ひょろっと背が高く、手足も長い。去年から穿(は)いているズボンの裾がくるぶしよりも上にある。

「どうだった？」

「ハイイロリスが三匹いたよ。エボシガラとエボシクマゲラも」

「充実した偵察だったな」

「クマゲラがアカガシワの木をつついてた。丘を百メートルぐらいのぼったところ」

フィンチは指さす。「枯れてる木。薪に使えるよ」

「よくやった」

フィンチは鉛筆をもてあそぶ。「あれ、すごかったよね、クーパー？　大きい道路でウォルマートに行ったこと。すれちがう木とか車がびゅんびゅん後ろに遠ざかっていって。飛んでるみたいだった」

そうだな、とつぶやく。

「ガソリンスタンド、たくさんの家、いろんなものがある庭」丸太の上に立ち、バランスを取りながら前後に揺れる。「もっとたくさんあるよね、絶対。森の外には広い世界があるんだよ、クーパー」

ドールハウス。図書館。メラミン樹脂のトレーにのせた学校のランチ。遊園地のファンネルケーキに観覧車。プール。髪に残る塩素のにおい、かびて白く色褪せた椅子。土曜日の朝のテレビアニメ。スクールバスでの通学。電話。遠く離れている人の声が聞こえる安心感。飛行機。空を飛ぶという奇跡。海。恋。友達とのお泊まり会。新学期のためのショッピング。仮装パーティ。運転免許取得。ボーリング場。ディッシャーでまるく盛ったアイスクリーム。親友との内緒話。プロム。遠足。映画館。ウォルマート。

なんのリストかはわかっている。ここで生きていくとおれが決めたことで、フィンチが経験できないことの数々だ。単純に手にはいらないものもあれば、本来なら経験すべきものもあるのは、じゅうぶんに承知している。そしてもちろん、アメリカでの王道とされる子ども時代からはずれた生活が、本人にとって公平だろうかと自問自答することもある。おれの個人的な問題のせいでいまの生活を強いられていることに、フィンチはいつか憤るかもしれない。しかしおれが心の支えにしているのは、申し訳ないという気持ちにがんじがらめにならずにいられるのは、フィンチに与えていることの生活が——世間一般とはちがうとはいえ、本質的に豊かな生活だということだ。身心ともに健康でいられる。生きていくために必要なものは、何ひとつ欠けていない。フィンチはきちんと世話されている。愛されている。

斧を高く振りあげ、勢いよく振りおろし、てのひらが持ち手を滑る。樫の木は半分に割れ、左右に落ちる。かがんで拾い、新しい山に積む。「必要なものはすべてここに揃っているよ、フィンチ。食料、服、暖かい家、平和。フィンチにはおれが、おれにはフィンチが」そう言いながらも、胸の片隅に痛みを覚える。フィンチにはいい。どうにかうまくやっている。しかし、認めるのは悔しいが、わかっている。いつか——そしてその日はいつのまにか訪れる——この場所はフィンチにとって窮屈になると。

フィンチはウォルト・ホイットマンを顔の前に掲げる。「ときどき、どんな感じなのかなって思うだけだよ。森の外に出ることが。たくさん人がいる世界ってどうなのかなって。それに、考えてもみてよ。お城、村、町、建物。馬も！　馬に乗るってどんな感じかな？　電車、飛行機。ねえ、空を飛ぶなんて想像できる？」

「それが本のいいところだ。いろんな人になりきって、いろんな場所に行ける。しかも全部、安全な家でくつろいだまま体験できる」

風が出てきて落ち葉が舞い上がり、くるくると転がりながら庭を渡る。次の丸太を立て、斧を振る。フィンチはやがてここを去るだろう。わかっている。おれたちが築きあげたこの世界——狩りと釣りと、同じ本を何度も読む生活——は永遠に続くものではないと理解している。かりそめのものだとわかっているから、余計に愛しく思える。まあ、この世のものはすべて、かりそめにすぎないが。この森にも暮らしにも、自分がしがみついているのは認める。だが、最終的にどうするかは決めてある。フィンチが十八歳になったら、祖父母に会いに行かせる。フィンチに名前と電話番号と住所を教える。祖父母のことを少々話す。会いに行ってみろと促す。フィンチを見れば、この子が誰か、判事夫妻は即座にわかると確信している。幼いころのシンディに瓜二つだ。証拠が足りない場合に備えて、シンディの写真も持っていかせる。でも必要ないだろう。

ここではっきり言っておくが——おれはこんな計画は嫌だ。フィンチがここを去り、おれのいない世界をひとりで歩むと考えただけで吐きそうになる。でもフィンチにはフィンチの人生があり、それを手に入れてほしいと願っている。やがてその日は来る。

「夕食にジャガイモを揚げようか」おれは言う。「風がそんなに強くなかったら、外で焚き火をしよう。ウォルマートでおまえが見たことないものを買ってきたぞ。これは知っておかなきゃいけない。ホットドッグだ」

より多くを求める日が来るのはわかっている。世界のことを知りたがるだけでなく、見たいと思うだろう。味わい、感じたいと。自分で体験したくなる。責めることはできない。その望みはいつか必ず叶えられるが、いまではない。いまはまだ、なぜおれたちがここにいるのか、長く恐ろしい本当の事情を話していない。フィンチを奪い返すためにおれがやらざるを得なかったことについて、詳しくは話していない。知らなくていい。少なくとも、いまはまだ。フィンチは八歳で、おれをいい父親だと思っていて、そう思うにまかせているが、それは悪いことだろうか――こう見てほしいという父親像を描くのは。いや、そんなことはない。おれにとって最重要なのは親として敬われることであり、そう認めることも厭わない。フィンチがおれにどんなまなざしを向けるか。この世界での安定した居場所、拠りどころをおれがいかに与えてきたか。いつかは話す。すべてを。この何百エーカーという森の向こうの世界が、おれたちに何をしたかを。いまでもその世界が、おれたちに何をしうるかを。

12

シンディの死後、シンディの両親が問題になるのはすぐに察しがついた。実際、そうなった。でも、想像していた形とはちがった。

まず、判事夫人はミートパイを持ってきた。ミルクとたまごとパンも。おれは玄関先で応対し、パイと食料品の紙袋を受け取った。家のなかには招かなかった。向こうも、入れてくれとは言わなかった。翌日にはラザニアを、翌々日には粉ミルクとおむつを持ってきた。三回目で、家に入れた。

「何時間か預かってもいいわよ」赤ん坊を抱いて夫人は言った。「疲れているでしょ、ケニー。誰でもそうよね？　ちょっと休んだほうがいいわ」

そのとおりだった。おれは疲れていた。グレース＝エリザベスがめずらしく夜にまとまった時間眠っているときでさえ、おれは不安で眠れなかった。目を閉じるたびに、事故の光景が浮かぶ。シンディの顔。

「わたしたちはこの子の祖父母なのよ、ケニー」判事夫人は言った。「手助けさせて。シンディもそうしてほしいと思っているわ。わかってるでしょう?」

だからおれは同意した。二日後、判事夫人がうちに来た。おむつバッグを用意したが、夫人は必要なものはもう家にあると言った。チャイルドシートも用意していたらしい。

「じゃあ、夕方にね」

夫人は言い、おれがグレース＝エリザベスに行ってらっしゃいのキスをする間もなく、赤ん坊を抱いて弾むような足取りで出ていった。数時間後、判事夫人が送り届けにきたが、赤ん坊は出かけたときはちがう服を着て、頭にはヘッドバンドをつけていた。

次の日の朝、二台の車が私道にはいってきた。青のセダンとパトカーだ。パトカーからは誰もおりてこなかったが、セダンからはふたり、男と女がおりてきた。まっすぐに玄関に来て、ドアをノックした。児童保護サービス(CPS)の者だと、ふたりは言った。シンディを埋葬してたった十一日後のことだったから、男手ひとつで赤ん坊を抱えて、大変だと思われていたのも当然だ。まず、シンディは母乳で育てていた。グレース＝エリザベスは哺乳びんで飲んだことがなく、おれがプラスチックの乳首を強引に口に押し込むのをあまり歓迎しなかった。それに、赤ん坊を正しい角度で抱けているか、きちんとげっぷをさせているかもよくわからなかった。とはいえ、十回目か十二回目になると赤ん坊は粉ミルクを受け入れるようになり、全部飲み干した。腹が減って、抵抗する気が失せたのだろう。おれも飲ませるのがうまくなっていた。睡眠は、さっきも言ったが課題のままだった。グレース＝エリザベスは夜寝ないことが多く、昼間にうつらうつらとしていたが、しっかり目が覚めているときは抱っこをせがんだ。だから、ほかのことにはろくに手をつけられなかった。

つまり、ＣＰＳが来たとき、うちの状況はあまりよろしく見えなかった。汚れた皿があちこちにあった。カウンターの上、テーブル、ソファ。シンディが死んでから洗面所は掃除していなかったし、ごみも出していない。近所の人が差し入れてくれたキャセロールなんかもまだ冷蔵庫に残っていて、カウンターには処分しようと思っていたニワトリの死骸が放置されたままだった。ドアをノックされたときは、グレース＝エリザベスのおむつを替えている最中で、おれはいつも床に寝かせてやっていた。立ち上がってドアを開け、振り向くと、赤ん坊の顔には汚れたおむつがのっていた。

おれがドアに向かった途端に自分で引っぱったようだ。

「モリソンさん」男のほうが、しばらく室内をじろじろ見てから言った。「児童保護サービスは、お子さんにとって、この家からの保護が最善だと判断しました」

「保護？」

「ええ。我々のほうで監護するということです」

「ふざけんな」おれはグレース＝エリザベスを床から抱きあげ、しっかりと抱きかかえた。自分の耳が信じられなかった。

女のほうがドアの隙間から外に出て、ポーチからパトカーに手を振った。

「モリソンさん、穏便にいきましょう」

「いきなりうちに来て、汚れ物やごみの山を見ただけで、おれを不適格だと決めつけ、娘を連れていけるとでも？　それなら、おれからも言うことがある。娘は連れていかせない」

「いや、ケニー、連れていけるんだ」戸口から別の声がした。ドン・ウィリアムズ、おれの友人だ。高校時代、シンディとおれと一緒に陸上部で走っていた。いまは保安官補だ。

「ドニー――」

「いいか、ケニー。保護を指示する裁判所命令もある」

「裁判所命令？」グレース＝エリザベスを抱え直す。「しかもおまえを連れてきたのか。援護要員として」点と点をつなぎはじめる。「つまり、汚れた皿もごみも関係ないってことか。しばらく前から動いていたんだな、この――計画は。おれから娘を取りあげるために。〝保護〟するために」ここ数日のできごとを脳内再生する。判事夫人がうちに食料品を持ってきたこと、おれが休めるよう赤ん坊を預かると言ってきたこと。おれはドニーをにらみつけ、震える指を突き立てた。「前もって警告してくれてもよかったじゃないか、ドン」しかし、ドニーの性格はわかっている。倫理意識が高く、職務に対しても忠実で、旧友のためとはいえ決して規則は曲げない。

ドニーは両手を茶色いズボンのポケットに突っ込む。「一時的な措置だ、ケニー。それだけだから。永久に会えないわけじゃない。おまえにはこの子に対する権利がある」

「権利なんかクソ食らえ。おれはこの子の父親だ。無傷でここから帰れると思ったら――」

「つらいことが続いたのは知っている。まずはリンカンおばさん、それからシンディ。言うまでもないが――」言葉を探す。「アメリカに帰ってきてから、普通の生活に慣れるためにいろいろ苦労していることも」

なんの話かはわかっている。帰国してまだ日が浅かったころに起きた事件のことだ。

あれはきつかった。ＣＰＳの女はを一瞥すると、じりじりと後ろに足をずらしながら、わかるかわからないかの速度でおれから遠ざかっている。

「残念だよ、何もかも」ドンは言った。「でも聞いてくれ。家族は一緒にいるべきだと裁判所は考えている。弁護士を雇えば、あとはどうにかしてくれる」

「それで、裁判官は誰だ？　当ててやろうか。高潔なるラヴランド判事だろう」おれはかぶりを振る。「おまえもおれも、結果はわかっている」

「ケニー、判事は本件の裁判官にはならない」ドンはキッチンのほうへついてこいと合図する。「友達として忠告しておく。ここで癇癪を起こすな」顔を近づけて言う。「いまここで騒ぎを起こすのはまずい。おまえの——過去を考えると。全部記録に残る。立場がずっと悪くなる」ごくりと唾をのむ。「特におれの前ではやめてくれ。本気で、おまえに不利な証言なんかしたくないんだ、ケニー。しかもおまえと赤ん坊の娘のことでなんて。だが、必要とあらば証言するし、おまえもそこはわかっているよな」

「うちに来たんだよ、シンディの母親が。家に入れた。赤ん坊を午後いっぱいあずからせた。信用したんだ」

「残念だ」ドンは首を振る。「正しいやり方とは思えん」カウンターに手を伸ばし、塩入れと胡椒入れの位置をととのえる。しばらくしてからやっと、こっちを向いた。

「さあ」娘を受け取ろうと腕を広げる。ドンにもふたりの子どもがいる。男の子と女の子だ。

おれはグレース＝エリザベスを抱きしめる。CPSの職員は隅に立って見ていて、女のほうは不安そうだ。おれは娘の額にキスをし、髪のにおいを吸い込む。ドンに渡すと、ドンはセダンへと歩いていき、後部座席のチャイルドシートに娘を座らせた。おれはポーチから見守った。そのあいだもおれの心臓は激しく打ち、心のなかで激しく葛藤していた。駆け寄って娘を取り返したかったが、すべてが記録に残るというドンの警告に従おうともしていた。

「きょうの午後、ケースワーカーが来ると思います」女が顔だけこっちに向けて言った。

そして全員が車に乗り込むと出ていった。ドンは窓をおろし、私道を出るときに指を二本掲げて挨拶した。タイヤが砂利を踏む音がしたあと、静寂が訪れた。

連中が視界から消えた瞬間、おれはとんでもない間違いを犯したと気づいた。

不適格。おれはそう評価されるだろう。そしてグレース＝エリザベスも失う。あっけなく。シンディのように。

だめだ。

シンディのときは一瞬のできごとで、抵抗のしようもなかった。シンディが鹿を見つけ、おれの腕をつかんで息をのみ、ケニーと言葉を発した直後、鹿は土手から助手席側の窓へひとっ飛びし、ひづめが窓を直撃し、おれは必死にブレーキを踏み、雨で車はアスファルトの上を滑り、車の後部が路肩を向き、そのまま何度も何度もスピンした。

今回は、そんなふうには手放さない。おれはグレース＝エリザベスのために闘えるし、実際そうする。裁判所ではない場所で。

動物の世界では、親は子どもを守るためにとんでもないことをする。自分が傷つこうとも身を投げ出す。翼や鉤爪や牙を駆使して戦う。たとえば、イワガネグモ。子どもたちがじゅうぶん大きくなると、母親はひっくり返り、子どもたちを自分の体にのぼらせてその身を食べさせる。おれが言いたいのは、人間だって子どもを守るためにあらゆることをしても、不自然ではないということだ。間違ったことではない。

数時間後、言われていたようにケースワーカーが来た。そのときまでにはすでに計画を立て終えていて、準備も結構進んでいたが、ばれないように気をつけた。思いつくかぎりの荷物をブロンコに積め込んだ。まずは武器と弾薬。ショットガンを三挺。

十六番径と二〇番径とリンカンおばが生涯ベッドサイドから離さなかったソードオフ。ライフル。口径違いで四挺。リンカンおばが狩りのシーズン終わりにときどき使っていた、におい消し用のスモークスティック。それにもちろん、おれのルガー。グレース＝エリザベスの服とおむつと三枚の写真。シンディだけの写真、シンディとおれの写真、そして三人の写真。毛布類とマッチとタオルと石鹸（せっけん）。粉ミルク、缶詰。現金すべて。陸軍に志願したときの報奨金にはまったく手をつけていなかったし、海外に派遣されたときの報酬もほとんど使っていなかったから、かなりの額になっていた。帰還したとき、全額現金でおろして家の金庫にしまった。当時のおれは、銀行をまったく当てにしていなかったから。

最後の最後に、本を二冊つかんで助手席の下に入れた。聖書と、リンカンおばが読み古した愛読書『北アメリカの鳥類』だ。

ケースワーカーが来たときには、ここまですべて完了していた。ほとんど準備はできていたが、さっきも言ったように、冷静を装い、ばれないようにした。

相手はリンダという女性で、感じは悪くなかった。お嬢さまを取りもどせる可能性は高いでしょう、とリンダは言った。そのためには、家を清潔にすること。そして、それよりも大事なのは、安定して信頼できる父親だという証拠を示すことだと。

「圧倒的多数の事例では」リンダは説明する。「国は、親と子どもが一緒に暮らすことを望んでいます」ひと呼吸置き、上着の袖口をなぞる。「あなたの場合は、ちょっと厄介なんです。お子さんの母親とあなたが結婚していなかったので。ご理解いただきたいのですが、法律面ではちょっと難しい状況になります。不可能ではないんです。ただ、もう一段階、複雑になります」

「もう一段階、複雑になるとは？」

「父親を確認する工程が必要になります。要は、残念ながら、時間がかかります」

「どのくらい？」おれはずっと寝不足だったし、そのころには内心煮えくり返っていたが、判事夫妻とCPSだけでなく、自分にも腹が立っていた。娘を手放した自分に。

「そうですね、もちろん状況によります。通常、ご家族の再統合には六カ月から十八カ月かかります」

「十八カ月だと⁉」グレース＝エリザベスは歩いて、しゃべって、自分で食べられるようになっているだろう。そのすべてに立ち会えないなんて。

「モリソンさん、お願いします。ご理解ください。こういうことは時間がかかるんです。そのあいだの時間を、ご自身の状況改善のために使ってはいかがでしょうか。たとえばセラピーを受けるとか。心身の健康を目指しているという意思表示にもなります。それからモリソンさん、悪く思わないでいただきたいのですが、もう少し片づけもなさったほうがいいでしょう。わたくしどもは講座も用意しておりまして……」

そのときにはもう、ろくに聞いていなかった。きちんとは。六カ月、十八カ月。裁判所だかなんだかが、おれが自分の子どもにとっていい父親かどうか判断をくだすまで、ぐずぐず待っているつもりはない。願いさげだ。ケースワーカーとの面談で気持ちが固まった。何をすべきかはわかっている。

その日の夜遅く、判事の家に行き、グレース＝エリザベスを取り返した。こう言うに留めておこう。おれはすべきことをし、娘を奪還した。

13

　ウォルマートで物資を補給できたいま、次の生存計画として狩りの範囲を広げる。〝谷〟と呼んでいる川へおりる予定だ。水があるから獲物が集まる可能性が高いし、肉は必需品だ。いつもなら、フィンチはこういう遠征は大はしゃぎし、普段はあまり行かない場所だとなおさら喜ぶ。しかしきょうの午後は、いつもとようすがちがう。猫をいじめている。おれのそばに立ってそわそわし、深くうなだれる。おれは弓をドアに立てかけ、片手をフィンチの肩にのせる。「どうした？」

　フィンチは気が進まないながらも、尻のポケットから何かを出す。「見つけたの」床に目を落としたままぼそりと言う。「きのう、偵察したとき」

　受け取った物をてのひらの上で裏返す。プラスチックの円盤。レンズのキャップだろう。黒地に銀色の文字がはいっている。ＮＩＫＯＮ。

　スコットランドのことが脳裏に浮かぶ。あいつのスコープ。「どこで？」

「東」

「ここからどのくらい離れてる？」

フィンチは新しいブーツを履いた足をもぞもぞさせる。「〈長老の木〉のそば」〈長老の木〉というのは、キャビンから谷のほうへ四百メートルほど行った場所にある節くれ立ったストローブマツの大木のことで、フィンチが名前をつけた。

おれはレンズキャップを握りしめ、苛立ちを抑えようとする。遠くまでほっつき歩いたフィンチに対して、そしてスコットランドに対しても。「そんなに遠くまで行って、ひとりで何してたんだ？　ルールはわかっているだろう？」

「リスを追いかけてたの。夢中になっちゃって」

「どうしてきのう見せなかった？」

フィンチは肩をすくめる。「遠くまで行ったのを怒られるから」

あることに気づいて心がざわつく。フィンチはおれに隠しごとができる。何か知っていたとしても黙っておくことができる。自分の秘密を持つことができる。「よく聞きなさい」フィンチの横に膝をつく。「森を好きに歩く自由を奪いたくはない。でもおれの信頼を裏切るようなことをしたら禁止する。わかったか？」

フィンチはうなずく。

おれはレンズキャップを薪ストーブの上の棚に置く。この発見で、前々から抱いていた疑問が確信に変わる。スコットランドはうちの敷地内をうろついている。キャビンに来るときだけではなく、ほかのときも。狩猟小屋の足跡の次はこれで、しかも前よりも近い。おれたちの家にさらに近く、あいつの家からはさらに遠い。まったく気に入らない。

ささいな罪——無断での立ち入り——じゃないかと思われるかもしれないが、スコットランドの場合、そう簡単には片づけられない。なぜなら、もちろん、狩りをしたければ声をかけてくれればいい。おれはだめだと言える立場にないし、弱みも握られている。あいつはおれたちの素性も、ここにいる理由も知っている。こう言ってきてもいいはずだ。クーパー、おまえの谷で狩りをさせてもらう。だが、それはあいつのやり方じゃない。人に訊くなんてあいつの辞書にはない。忍び込むことを選ぶ。むかつく。おれの知るかぎり、おれたちがここに来てからずっと、もしかしたらその前から、あいつはおれたちの森を使っていて、今回たまたまミスを犯し、レンズキャップを落としたのだろう。

そして、疑問が湧く。あいつが監視しているのは、おれたちがキャビンにいるときだけじゃないかもしれない。もしかしたら、おれたちが谷でしていることもすべて追跡しているのかもしれない。狩り、魚釣り。メイプルシロップ集め。もしかしたら、いつもそうやっておれたちを監視し、あの狩猟小屋に身を潜めているのを、こっちが気づいていなかっただけかもしれない。小屋は谷の遠い側の端にあるし、スコープを持っているなら、小屋に隠れておれたちを見張ることはできるが、こっちからは見えない。もし本当にそうだったら、おれたちがキャビンを出るのを見たあと、すぐに小屋に移動し、おれたちが谷に着くまでに隠れていられる。

だが、レンズキャップが〈長老の木〉周辺にあったのなら、思っていたよりも近くまで侵入していたことになる。

正直、いいかげんもうたくさんだった。もちろん、こう言ってやることもできる。おい、あんたの落とし物を見つけたぞ。狩猟小屋を使っているのもお見通しだ。おれたちが知っていると、あいつにわからせる。だが、おれに関する記事が載った新聞の束を持ってきた相手には、もっとふさわしい方法で思い知らせてやる。それに、ただあいつに知らせればいいってわけじゃない。おれたちにちょっかいを出すべきではないと肝に銘じてもらう必要がある。どこで線を引くべきかを。

だから、今回はおれが一歩先を行く。

スコットランドは、おれたちが鹿を必要としていると知っていて、監視している。

自信を持って言える。おれは寝室にもどり、銃のラックからライフルをつかむ。

　ポーチに出てライフルを肩にかけ、銃弾をひとつポケットに突っ込む。

「ライフルも持っていくの？」フィンチが尋ねる。

狩りは弓矢でやるが、もしもスコットランドがうちの狩猟小屋にいるなら、ライフルのスコープで見てやろうという心づもりだ。そしてもしそこにいたら、一発撃つ。一発だけ、あいつに向かってではなく、左にそらして土手に当てる。それだけで言いたいことは伝わるはずだ。メッセージはこう。そこにいるのはわかっている。いいかげんにしろ。

「必要なかったら使わないよ」おれは答える。

　出発だ。

　フィンチは慣れたようすで静かに森を進む。足音を立てず、口を閉じていて、唇を引き結んだ表情からは、口から言葉がこぼれないよう意識していることがうかがえる。さらに、身のこなしはまるで動物そのもので、あらゆるものに目を向け、耳をすまし、感じ取っている。フィンチの血のなかに生まれつき流れている野生の本能のようなものだが、おれはそれを学んで身につけなくてはならなかった。どうやって静かにし、どうやって気取られずに動き、どうやって観察して理解し、どうやって待つのか。子どものころ、リンカンおばに連れられて七面鳥を狩りに行ったのを覚えている。森は暗く静まりかえり、機会を逃したくなかったら微動だにしてはいけなかったが、とにかくおれには無理だった。動かずにいることも、静かにしていることも。見たり嗅いだり吸収したりするものがありすぎて、もぞもぞ動いたり足首を回したり、全然じっとしていられなかった。フィンチはそんなことはない。

もしかしたら、ずっと森で育ったせいかもしれない。はじめのうちは、シーツでスリングらしきものをつくってフィンチを連れて歩いた。やるべき仕事があったし――食料を手に入れたり、薪を割ったり――フィンチもそばに置いておかないといけなかった。狩り、釣り、偵察、畑の耕作と植え付け。どれもフィンチと一緒で、最初は胸に抱き、それから背中におぶった。狩りのときには、カバノキの皮をポケットナイフで剝がし、小さく切ってフィンチに嚙ませた。そうしておけば静かだったし、よくある赤ん坊用のプラスチック製品よりは体によかっただろう。おしゃぶり。おれに言わせれば残酷なしつけだ。ただ静かにさせるためだけに、そんなものを子どもの口に押し込むなんて。

フィンチが前を歩く。谷まではちょっと距離があるが、フィンチのことだからいざとなれば暗闇でも道はわかるだろう。背が高くて細いバンクスマツの木立を蛇行する。

風が吹き抜け、葉が波のようにさざめく。木々がしなり、一本きしむ。ここには落葉樹がないから地面には落ち葉がなく、音を立てずに歩きやすい。弓に矢をつがえ、何かに遭遇する場合に備える。座り込んでいる鹿や、空に飛び立つ七面鳥の群れに。松林を抜け、〈長老の木〉の前で止まると、フィンチは幹を手でなでる。おれは木のまわりを一周し、ほかの痕跡がないか探す。何もない。窪地に向かう。木がまばらで、急斜面に挟まれた場所だ。苔むした灰色の岩で縁取られ、巨大な砂岩のかたまりがところどころにそびえ立っている。斜面をおりる前にフィンチは道をそれ、岩のひとつによじのぼる。両腕をいっぱいに広げて空を見あげ、日光を顔に浴びる。ここに来るたびにやっていることで、ただ景色を眺め、味わっている。おれは待ちながら、岩場の陰に何か動きがないかと目を配る。岩沿いには動物のすみかがあり、小動物から大型動物までが暮らしている。雪が降り出したら、このあたりに生き物がひしめき合うのは確実だ。

フィンチはずるずると岩をおりると、また先に立って歩き出す。おれもときどき足を滑らせながらくだっていく。斜面は急で、森のこのあたりの地面は落ち葉が厚く積もっている。おりきったところには小川が流れていて、上流の泉から湧き出しているから一年じゅう涸(か)れない。泉の近くにはクルミの群生地がある。ほかの木は生えていない。クルミの毒素が土壌に染み出しているからだ。フィンチは小川を飛び越え、おれも続くと対岸の斜面をのぼり、次の窪地へと向かう。そこが〝谷〟だ。谷の縁に沿ってしばらく進んでから、下へとおりる。川が流れているから水を求めて動物が集まり、いい狩り場になっている。上流の奥にはカエデが生えていて、春になると樹液を集めに行く。

谷には一本の大きなスズカケノキがあり、その上に見張り台をつくってある。幅が広くて枝が交互に生えている大木で、堂々としていてあまりに見事なので、フィンチは〈森の王〉と名づけた。ぴったりの名前だ。直径は二メートル近くあり、太くまるい幹から長い枝が悠々と伸びて、十二月の日射しに白く輝いている。川からは、ゆったりと流れる低い水音が聞こえる。川の湾曲部が見え、岩の崖が長年の水流で浸食されている。春になると湿地が広がり、川は雪解け水で勢いを増して、荒れ狂う奔流となる。しかし一年のいまの時期は、心が落ち着くような水音が流れ、静かで平和に満ちている。太陽はゆっくりと空を渡りながら谷に光を投げかけて影を生み、そんな日には〈森の王〉の根元に腰をおろして過ごす。

ガマの茂みに分け入ってハンノキのアーチを抜け、ぬかるみに足を取られながら進むと、ついに〈森の王〉に到着する。見張り台を設置したのは三年前だ。はしごのてっぺんに板を張り、幹の曲線に沿って大きく切り抜いてあるから、木に抱きついているように見える。キャビンで組み立てて、ここまで引きずってきた。いやほんと、簡単な作業ではなかったが、やる価値はあった。それまでの五年間はフィンチをつれて地上で弓矢での狩りをしていたが、草木が生い茂るなかでは不可能と言ってよかったからだ。

木からぶらさがっているロープに弓を結びつける。フィンチが先にのぼり、おれはすぐ後ろからついていき、万が一フィンチが足を踏みはずしてもすぐに抱き留められるようにする。それから、ふたりとも見張り台にのぼりきると、慎重に弓を引きあげる。木にもたれて座り、体勢をととのえてから大判の迷彩柄の毛布を体にかけ、端の部分は体の下にたくしこむ。弓も準備できていて、矢もつがえてある。

この場所の穏やかさにのみこまれそうになる――静けさのなか、聞こえてくるのはゆったりと流れる川のせせらぎとそよ風、木々が最後の葉を落とす音、そしてハンノキの赤紫色の枝のあいだを縫って飛ぶツグミの声だけだ。フィンチはそのすべてを受けとめながら、おれの隣でうずくまっている――しかし、おれたちは狩りに来たのではない。きょうは。おれはあいつを待っている。

まず、ライフルのスコープで谷全体を見渡し、スコットランドを探す。狩猟小屋に照準を合わせ、じっくりと念入りに見るが、異状なし。そこにはいない。少なくともいまはまだ。

フィンチは細い脚を蹴り出して膝を立て、つま先で板のへりをこする。

「どうした、フィンチ?」フィンチの耳に口を寄せ、小声で言う。「じっと座っていないと鹿は出てこないぞ」

フィンチは脚を動かすのをやめておれに顔を向け、目を見開き、鼻にしわを寄せて乳歯を剝き出す。一本は抜けそうで、かろうじて歯茎につながっている。フィンチの新しい表情だ。熊の顔、と本人は言っている。怖い顔だと思っているのだろうが、フィンチはかわいい八歳児だから、どんなに醜い顔をつくっても怖くない。自分の娘だからとひいきしているわけでもない。おそらく親というものは全員、自分の子どもを特別なレンズで見ていて、実際よりも魅力的だと考えているとは思うが。でもフィンチは——誰が見ても愛くるしい子どもだ。ブロンドの髪に、水のようにすんだ表情豊かな瞳。なぜか緑と灰色と青が同時に入り混じることもあれば、どれかの色味が強く見えるときもある。昔のシンディそのままだ。

フィンチは枝から葉をむしると〈森の王〉にもたれ、人差し指で葉脈をたどりはじめる。おれはフィンチの手を握り、並んで木にもたれて考える。この世の誰であれ、この瞬間を超える経験はなかなかできないだろう。十二月の日射しは暖かく、まだ高い位置にあるが傾きはじめていて、若い木々に光を投げかけている。微風。空気には松と土のにおいに加えて、オジロジカのにおいが混じっている。そのにおいに、何かがあらわれそうな気配を感じる。期待が高まる。目を閉じて耳をすまし――

落ち葉を踏む音。サクッ、サクッ、サクッ。フィンチもその音に気づき、おれの手に自分の指先を押しつける。サクッ、サクッ。なんであれ相手は近くにいるが、おれたちの背中側だから〈森の王〉に視界をさえぎられている。トン。ひづめが地面を打つ音だ。これは鹿の足音で、何かがおかしいと感じている。しかし、サクッ、サクッ、サクッ、サクッ、と歩を進め、まもなくおれたちの視界にはいる。あたりを警戒し、体をこわばらせている。母鹿と子鹿の二頭で、子鹿のほうは夏毛の黄褐色から冬毛の灰がかった茶色に生えかわる途中だ。

おれの嫌いな組み合わせだ。母鹿と子鹿。母親を取れば、子どもが残され、ひとりで生きていくことになる。子どもを取れば、母親の目の前で子どもを殺すことになる。動物はただの動物で、愛情を感じることなんてないかもしれないが、そうは言ってもやはり。どっちにしろつらい状況で、避けられればと思うが、そうもいかない。そう、おれたちも食っていかなきゃいけないから、おれは母親を取ることにしている。肉が多いほうだ。ゆっくりと、弓へ手を伸ばす。

二頭は森を出て、ひらけた草地に足を踏み入れる。母鹿はあたりを見回し、すべてを注意深く見定めている。おれはもっと弓を引かなくてはならないが、そのためには鹿の親子におれたちのすぐ横で止まるのではなく、もっと先まで歩いてもらう必要がある。弓矢で狩りをするときの悩ましい問題だ。弓を引くのを見られないよう、もっと距離を取らないといけないが、離れすぎると射程範囲からはずれる。母鹿は頭をあげて空気のにおいを嗅ぎ、少し安心したようすで鼻先を地面に寄せて草を食べはじめる。かなり近いけれど、おれたちは風下にいるから、においで気づかれることはない。

サクッ。美しい、繊細な動物。あまりにも近くて、母鹿のふさふさしたまつげの影まで見える。警戒心の強い茶色の瞳。二頭はもう少し前に進み、そのころにはおれの鼓動も速くなって時が来るのを待っている。その時になったら、すばやく動かなくてはならない。

サクッ、サクッ。よし。立て。弓を引き、狙い、呼吸しろ。

いや、だめだ。おれたちの後ろ側に何かがいる。物音がする。

鹿は逃げた。母鹿が先に、子鹿もすぐあとに続く。ハンノキとハナミズキの低木を飛び越え、もと来たほうへと駆けていくと、綿毛のような白い尾が見え隠れしながら消えていく。

また音がした。離れているとはいえ、大きな音だ。こすれるような音と、叩くような音。スコットランドだ。フィンチに弓を渡し、ゆっくりとかがんでライフルをつかむ。人差し指を口に当て、フィンチに黙っているよう指示する。音がするほうの谷は緑が茂っているから、何が近づいているのか見えないが、ハンノキとハナミズキの高い梢が動き、影が曲がったり揺れたりするのが見える。空に向けて発砲すれば、メッセージは伝わるだろう。

しかしそのとき、声が、歌声が聞こえる。スコットランドじゃない。ちがう――ふと気がつく。あいつはこんなに音を立てない。

声はこちらへ、こちらへと近づき、突然、彼女はそこにあらわれる。茂みから出てくる。若い女。少女。正確にはわからない――年齢を当てる自信はないが、この子は大人と子どもの中間だろう。やせていてかわいらしく、大きな青いバックパックを背負っている。右脇には三脚を抱え、首からは大きくて高価そうなカメラをぶらさげている。一陣の風が吹き、少女の髪が顔にかかる。長い赤毛で、日光が当たるとつややかにきらめく。歌い続けたまま近づいてきて途中で立ち止まり、前かがみになってバックパックを肩からはずす。両腕をストラップから抜き、中を探ってから、カエデの木の根元に置く。

近すぎる。あまりにも近い。百メートルか、もっと近いかもしれない。おれはフィンチの胸を手で押さえ、じっとさせる。てのひらにフィンチの鼓動を感じる。フィンチの顔をちらりと見る。怖がってはいない。むしろ、魅了されている。夢心地で見つめている。しばらくのあいだ、少女はただそこに立っている。耳をすまし、目を凝らす。待っている。おれは焦りはじめる。フィンチとおれは見られるわけにいかない。絶対に。

少女は三脚のそれぞれの脚を地面に突き立てる。その上にのせたカメラをねじって固定しながら、きょろきょろと上を見たり周囲を見たりしている。それから、背中をまるめてファインダーをのぞく。左に振り、右に振り、写真を撮る。いつまでここにいて、レンズを調整し、のぞきこみ、すべてを撮りつくすのだろうか？ 気の遠くなるような長い時間、フィンチとおれは心臓を激しく波打たせ、木の上で固まっている。少女はカメラの後ろで背を伸ばし、おれたちのほうを見て、額に手をかざす。わずかに首をかしげる。

神よ——あの子が見ているのはおれたちでしょうか。

14

ようやく少女は帰り支度をはじめ、荷物をまとめる。三脚をバックパックにストラップで留め、カメラを首にかけると、西の国有林へと向かい、松林に消える。フィンチの胸から手を離す。その途端、頭のなかで異様な音が鳴り響く。走行中の列車の隣に立っているような感じだが、そんなもんじゃない。

「クープ、大丈夫？」

フィンチの手をつかみ、しっかりと握る。喉が詰まり、声は出ず、ただ轟音だけが響き、沈みはじめた太陽が耐えがたいほどに眩しく、あらゆるもの——森、崖、ガマの茂み——がぐるぐると回転し、視界がぼやける。

「わたしたち、見られたかな？　クーパー、大丈夫？」

おれは頭を左右に振り、人差し指を立てる。木から離れたほうがいいと気づき、向きを変えて急いでおりはじめる。

呼吸しろ。

やっとのことで足が地面に触れると、もう膝から崩れ落ちるにまかせる。フィンチもそこにいるから、おれのすぐあとからおりたのだろう。

「クーパー、あれが起きてる」フィンチはしゃがんで、おれの顔をのぞきこむ。「聞こえる？ 顔が真っ白で、汗かいてるよ」後ろを向いて水筒を出す。蓋をねじって開け、おれの唇に当てるが、おれは飲めない。

口のなかに恐怖と刺激と金属の味が広がり、酸っぱく焼けつくようだ。いまや心臓は激しく鼓動し、あまりのすさまじさに胸が万力にはさまれているように感じる。すべてが熱い、熱い、熱い。何もかもが近すぎる。木、空、大気、すべてが押し寄せる。立ち上がって上着を脱ぎ捨てるとふらつき、木の根につまずいたかと思うと、うつ伏せに地面に倒れる。歯に草がはさまり、体じゅうが震えて、とにかく怖い。

「パニック発作ですね」シングラーという女性医師はそう言った。何年も前、退役軍人病院を受診したときのことで、おれは医師に、ときどきすさまじい恐怖に支配され、視界が激しく荒々しく回転し、まるで小さな山火事が風に煽られて燃え広がるようだ、と話した。〝パニック発作〟なんて専門用語に腹が立った。白衣を着た気取った人間がでっちあげた病名に思えたからだ。でも正直、まさにそのとおりだと思った。誰かに攻撃（アタック）されているような、世界に追いつめられて、身動きが取れないような感覚になるからだ。それに、この人生で学んだことのひとつに、何よりも残酷な武器は人間の心だというのがある。戦場では、規模の大小にかかわらず、卑劣な仕事をすればそれで終わりだが、心には傷が残る。かさぶた、みみず腫れ、あばた跡。すっかりなくなるということはない。ぶり返しては、また襲ってくる。

「あちらでは精神的なショックをたくさん受けましたよね」シングラー医師は言った。「友人を失った。ひどい経験をした。当時は、こういったことをすべて咀嚼（そしゃく）する機会はなかったでしょう。とにかく生き延びなくてはならなかったから」

おれは最悪の部分を話してもいなかった。死んだら必ず地獄の業火に焼かれるほどの罪を犯したことを。深い眠りの奥でも夢に見るできごとのことを。そのことは一切誰にも話していない。ジェイクにも、シンディにも、ほかの誰にも。

「乗り越えなくてはね」シングラー医師は言った。「恐怖を感じるでしょうが、肉体的な脅威はないと自分に言い聞かせるんです。つまり、心停止に陥ったりするようなことはないと。そうなるよう感じたとしてもです。仕事中に起きたことは？」

「一度だけ」そのときはトイレの個室にはいってドアの鍵をかけ、治まるまで閉じこもり、上司には昼食で食べたものが当たったらしいと伝えた。

「そうですか。もしまた起きたら、なるべく仕事を続けるようにしてください」医師は眼鏡をはずした。「呼吸法を教えますから。楽になるかもしれません」

おれは座ったまま医師を凝視し、相手はおれの不信を察したようだった。

「さあ、ケニー。やってみましょう。鼻から深く息を吸って」医師は言った。「鼻から吐く。ゆっくり、優しく。意識を呼吸だけに向けて、ほかのことは考えない。呼吸のことだけを考える」

息を吸い、息を吐く。正直、ばかばかしいと思った。ただ座って、医師と呼吸法を練習するなんて。でも効果はあり、森に来て半年が経って薬が切れたとき、あの日の診察室を思い出した。大きな窓、隅に置かれた小さな電動の噴水。静かなモーター音と泡がはじける音は、おそらく患者をリラックスさせる効果があるのだろう。それからシングラー医師の青い瞳、呼吸のことだけ考えなさいと言われたこと。

深く息を吸い、ゆっくりと吐く。

ようやく、地面のにおいに気づく。豊かで甘い土の香り。折れた草が口の横をついている。すぐにはどこにいるのかわからない。しかし近くから川のせせらぎが聞こえ、記憶がよみがえる。フィンチとおれは狩りに出ていた。母鹿と子鹿、そして少女。手をついて体を起こし、座ってあたりを見回すと、もうほとんど真っ暗で、森はさまざまな輪郭と影の残骸と化している。視界のすべてがぐるぐると回転する。唇は乾いてこわばっているが、合図の口笛を試みる。「フィンチ？」

「ここだよ」暗闇から声が漂ってきて、シルエットが見える。すぐ近く、〈森の王〉の隣にうずくまり、迷彩柄の毛布をしっかりと体に巻きつけている。

「大丈夫か、シュガー？」

フィンチはうなずき、暗がりのなかでさえ、いままで泣いていたのがわかる。

「すまない。今回はどのくらいだった？」

「すごく長かった。寒い」

おれは立ち上がり、脚に力がはいらないが、何歩かフィンチに近づく。膝をつき、フィンチの小さな頭を抱き寄せる。「ごめんよ、フィンチ」いつものように謝る。こんな症状を目の当たりにしなくてはならないのも、回復を待つのもつらいのはわかっている。頭をなでる。「さあ、うちに帰ろう。ホットチョコレートをつくるよ」

フィンチはうなずき、一緒に立ち上がってキャビンへの帰路につく。カラスムギの茂みにつまずき、いばらにズボンが引っかかる。おれは寒さで足の感覚がなくなっているが、だからといって楽なわけではない。バックパックに入れてきたヘッドランプで足元を照らすが、今夜は雲が厚く、闇は容赦なく深い。フィンチはおれの手をしっかりと握っている。

フィンチの上着がとげに引っかかり、立ち止まる。「あれが起きると怖いの」フィンチが消え入りそうな声で言う。

「わかってる。おれもだ」隠そうとしても、怖がることはないと気の利いたことを言っても、なんの意味があるだろうか。いずれにせよ、フィンチはいつも真実を見抜く。

「わたしにもいつか起きると思う？」

おれは足を止め、フィンチの隣にしゃがんで抱き寄せる。頬に当たる長い髪が冷たい。フィンチに受け継がれるなんて、考えただけでもぞっとする。フィンチもまったく同じ苦しみを味わう可能性があるとしたら、完全におれのせいだ。遺伝、近接性、影響力。「なんとも言えないよ、フィンチ。でも大丈夫だと思う。おれも子どものころからこうなったわけじゃない。発作が起きるようになったのは――そうだな、兵士になって、遠い国に行ってからだ。そこでは、おれも仲間もつらいことがたくさんあって、そういう経験をすると心も体も元にもどるのが難しい場合があるんだ。とにかく、そうやってはじまった。そしておまえが兵士になることはないだろうから、きっと大丈夫だ」

フィンチはおれの顔に自分の顔を押しつけたままうなずく。おれはフィンチの手を二回強く握り、ふたたび歩き出す。

「どうしていままで話してくれなかったの？」

「何を？」

「遠い国で戦ったこと」

「ああ、どうしてだろう。思いつかなかったからかな」

「どこに行ったの？　どこで戦ったの？」

「おもにアフガニスタンっていう国だ」

「どんなところ？」

「茶色い。いろんな茶色だ。薄茶、焦げ茶、緑っぽい茶色、日焼けの茶色。黄色っぽい茶色。土の茶色」

フィンチはくすくす笑う。「クーパー」

家に着くと、キッチンの灯油ランプとトランクの上のロウソクに火をともす。フィンチはまっすぐに寝室へ行き、日記帳と色鉛筆を持ってくる。テーブルの椅子を引いて座り、絵を描きはじめる。ウォルト・ホイットマンがフィンチの膝に飛びのってまるくなり、喉を鳴らす。

おれは外に出る。井戸から水を汲みあげて顔にかけ、疲労が洗い流されるのを期待する。近くでフクロウの鳴き声がして、暗闇から翼の音が聞こえる。それ以外にあるのは、静けさ、闇、寒さ。家にはいり、ストーブでシチューをあたため、鍋の内側をこそげ取る。ボウルをふたつ出して取り分け、フィンチには少し多めに入れる。

「夕食ができたぞ」ボウルをテーブルに置き、猫をどかせる。「あっちへ行ってなさい、ウォルト」

フィンチは日記帳を脇へずらす。森で見たものの絵をもう描き終えている。〈森の王〉、川、青いバックパックを背負った、長い赤毛の少女。

15

ほとんど真っ暗な部屋でシチューを食べる。ロウソクの光は壁に影を投げかけ、ストーブでは薪がはぜている。パニック発作のあとで体じゅうが痛く、重ったるいだるさがあり、視界はまだ少しぼやけ、回復しきっていない。頭痛で目の奥が激しく痛み、こめかみを突き上げてくる。

「あの人、何してたと思う？」フィンチが言う。

おれはテーブルを離れ、ケトルをストーブにかける。「さあな」

「でも、なんであそこにいたと思う？」フィンチはスプーンでシチューをつつく。

「うちの森に」

おれはかぶりを振る。「わからないよ、フィンチ。どうしてあそこにいたのか、見当もつかない」

「あの人が持ってた、目に当てて見てた黒いもの――あれってカメラだよね？」

「ああ」湯が沸きはじめる。

「わたしも欲しいな」シチューをひと口食べる。「どんな写真が撮れるか、考えてみてよ。わたし、動物のすごく近くまで行けるし。すごくきれいなお姉さんだったよ?」

おれは棚のマグカップを取り、フィンチの質問には答えない。

「髪が、風でふわっとなった感じとか」フィンチは髪を人差し指に巻きつける。「わたしもいつかあんなふうになると思う? 美人になれるかな、ってことだけど」

指定量の半分の粉を入れて熱湯をそそぐ。「おまえは世界一の美人だよ、フィンチ。お世辞じゃない」マグカップをフィンチの前に置き、肩をつかむ。「お母さんよりも美人だ。本当のことを言うとな」

フィンチはほほえみ、ホットチョコレートに顔を寄せて息を吹きかける。

おれはボウルをカウンターに運び、洗い桶の水に浸ける。窓の外を見て、庭のようすを確認する。あの少女との遭遇について、考えなくてはならないことが頭のなかで渦巻いているが、フィンチを寝かしつけるまでは考えたくない。

その晩のキルトを二枚分縫い終えると、キッチンの洗い桶の前に立って歯を磨く。

「開けて」おれが言うと、フィンチは素直に口を大きく開ける。上下左右の区画を一本ずつ数えながら磨いてやる。ここには歯医者がいないから、フィンチが虫歯にならないようによく気をつけている。

「よし、吐いて」

そう言うとフィンチは背中をまるめ、ステンレスのボウルめがけて歯磨き粉の泡を吐く。おれはキッチンのタオルでフィンチの口を拭く。

「あまり強く磨かないで、クープ。ぐらぐらしてる歯があるんだから」

「すまない。忘れてた」

フィンチは口を開け、中央の前歯を指さし、一本を前後に揺らす。「ね？」

フィンチを寝かしつけると、主室にもどり、棚に置いていたレンズキャップを手に取る。パニック発作から回復して頭がはっきりしてくるにつれ、嫌な考えが頭をもたげる。キャップを持ってロウソクのところへ行く。炎の明かりに照らして、よく見る。もしかしたら結局、スコットランドのスコープのものではないかもしれない。狩猟小屋の足跡もちがうのかもしれない。つまり、いつからかわからないが、あの少女はしばらく前からこのあたりをうろついていたかもしれない。もしも、知っていたらどうしたらいい？　見張り台のことや、キャビンとニワトリのこと。そしておれたちのことを。

コーヒーテーブルにしているトランクから細長い筒を出し、なかから丸まっている紙を引き出す。敷地全体の手書きの見取り図で、どこかのタイミングでジェイクの父が描いたものだ。キャビンと庭の部分だけでなく、何もかもが細かく描き込まれている。この地図を見て、以前は果樹園のリンゴの隣にサクランボが二本植えられていたと知った。長くはもたなかったようで、おれたちがここへ来たときには影も形もなかった。だが、庭の縁にあるラズベリーやブラックベリーの垣根、屋外トイレ、井戸のポンプ、それから家の裏手の、スザンナの墓付近の生ごみ置き場も描いてある。どれも精密で、おれの感覚からすると縮尺も合っている。

地図にはそれだけでなく、敷地の残りの部分も描かれている。おれたちが歩いた、急斜面に挟まれた窪地。樹液集めに行くサトウカエデの木立。谷を蛇行する川と、一年の決まった時期だけ湿地になる川岸。南西の隅の一角だけは砂地が残り、流砂を引き起こすことも小さな字で補足されている。苔に覆われた巨岩が点々と並ぶ岩場と、探し回ってやっと見つけた洞窟。道路のように見えるが平坦(へいたん)な岩が延びているだけの場所。さらには、秋になるとハックルベリーの一画が真っ赤な実をつけることまで描いてある。そう、この地図を書いたのは、自分の土地を愛する男、良き父親が我が子のことを知りたいと思うように、その土地を知りたいと思っている男だ。ほの暗い灯油ランプの明かりのもとで、おれは地図に顔を寄せ、スケッチとメモをじっくりと調べる。

おれは昔からあることに長けていて、努力せずとも身についた数少ない貴重な能力がある。ずば抜けた方向感覚だ。子どものころ、リンカンおばの土地の裏に広がる州有林をよく散策し、ときには何時間もそこにいて、ただひたすら歩き、何かの跡を調べたり追ったりした。足跡、糞、動物が寝たあとのつぶれた草。なんの制約も規則もない、というかほとんどない少年時代だったから、おばが長時間働いている日や、どこかへ出かけているときは、森に遊びに行った。

一度も迷子にならなかった。迷子になるかもと思ったこともない。ほかにどう言えばいいかわからないが、常に自分の現在地を把握していて、家までの帰り道もわかっていた。初めて行く場所だとしても。これは学んで身につけたことでも、そのせいで困ることでもなかったから、特に気にしていなかった。

そしてある日、リンカンおばに連れられて、狩りに行った日のことだ。州有林へと分け入り、おばは鹿を撃った。深手を負わせたが、倒れなかった。鹿はそれだけの衝撃を受けて大量の血を失っても生きていることがあり、いったいどうしてまだ生きているんだろうと思いもするが、鹿はそういう生き物だ。動き続け、すぐに回復するほど、生命力がとんでもなく強い。それで、すぐに夜の帳(とばり)がおりると、おばが木の根元にどかっと腰をおろして言った。「まいったな、ケニー。何か食べるものを持ってる？　迷ったかも」

当時おれは十一歳で、いつも腹をすかせていたが、おばの家の戸棚はあさりがいのないことが多かったから、ううん、何も持ってきていないと答えた。だがいい知らせもあり、おれたちは迷っていなかった。おれはどこにいるかを正確に把握していて、三十分後には家に着き、キッチンのテーブルで〈シェフボヤルディー〉のパスタを缶から直接食べていた。

おばはおれの向かいに座り、信じられないというように首を振った。「どうやったの、ケニー？　どうして帰り道がわかったの？」おばの顔は、外に長時間いるといつもそうなるように赤く、目は潤んでいた。寒いといつも涙が滲んであふれている。

おれは肩をすくめた。

「あのあたりは前にも行ったことがあるの？」

「ううん」ラビオリパスタのソースを口に押し込む。

「一度も？」

「一度も」

リンカンおばはフォークをおれに向けた。「母親譲りね」

おれはおばをまじまじと見た。おばがその人――おれの母親であり、おばの妹である女性――の話をしたことは一度もない。

「どうやって目的地に行くのか、初めての場所でもあの子はわかっていた。一緒に街まで行ったことが一度あるんだけど、あの子もあたしも行ったことがない場所だった。

あたしはすっかり動転して、めまいがしそうだったよ。でもあの子は、どこをどう歩けばいいか、まるで住んだ経験があるみたいにわかっていた。おかしいったらありゃしないよ。知らない土地の歩き方がわかるなんて」

軍にいたとき、おれも上官も気がついたことだが、不慣れな土地でも確かな方向感覚があるという能力は実に役立った。正直、大いに重宝がられた。

「無線機を持った女を見たのはどこの通りだ、兵卒?」通りの名前は言えなかった――現地語の文字は読めない――が、地図上で指さした。「おまえとウィリアムズが武器の隠し場所を見つけた場所まで案内できるか? 暗闇でも?」

そしておれはそこへ行けた。迂回路(うかいろ)や、前回とはちがう道を通ったとしても。おれはたどりつけた。いつもそうだった。

さておき。確認のために地図を出しておきながら、実際は確認しているわけではなかったと思う。この敷地と国有林の境界がどこかはわかっている。〈森の王〉にもたれて座っていたときも、境界線から四百メートルの位置にいると認識していたが、それはだいぶ前に自分で歩測したからだ。あの少女が国有林の古い木材運搬用の道を歩いて帰ったのはわかっている。ストローブマツの木立を蛇行している道で、二キロ先に小さな駐車場がある。考えてみれば、そのまま〈旧木材運搬道〉と呼ばれていたはずだ。平坦な歩きやすい道で、パンフレットには〝初心者向け〟と紹介されている。もうひとつわかっているのは、何年も前におれが立てた〝立入禁止〟の札を、少女は完全に無視したということだ。

わからないのは、彼女が以前もここに来たかどうかだ。〈長老の木〉の近くで見つけたレンズキャップは彼女のものなのか。狩猟小屋付近の足跡も。キャビンにどこまで近づいたのか、ふたたび森にもどってくるつもりなのか。そして一番気になるのは、おれたちを見たかどうかだ。おれたちの写真を撮ったのか。もしも以前からこのあたりをうろつく習慣があったのなら、よりによってカメラを持ってうろついているのなら、おれとフィンチにとってすべてが変わる。すべてだ。ただでさえ脆いおれたちの全世界が、かつてないほど脅かされている。

そして問題は、おれがどうするかだ。

というのも、なぜか不安がぬぐえないからだ。あの少女との遭遇は——面倒なことになると。

16

森で少女を見かけた翌日、フィンチとおれはあらためて鹿を探しに出かけ、谷とは反対の西へ向かう。もうすぐ雪が降るだろうから、その前に肉を干しておきたい。その日の朝は運がよく、窪地の縁から向こうをのぞくと、角が二又三尖（ふたまたさんせん）の雄鹿がカルカヤの茂みに座り込んでいた。見逃すところだったが、枝角の白い先端がこっちに飛び出してきて気づいた。四十メートルもない。あっさりと命中する。

おれたちは腰をおろし、クロガシワの太い幹に背をもたせる。鹿に逃げる時間を与え、消耗させて死なせる。

フィンチはおれのバックパックからリンゴを出す。「わたしが追ってみてもいい？」

「いいよ」

フィンチはにっこりし、リンゴに歯を立てて顔をしかめる。「歯が」

顔を寄せてよく見ると、乳歯が横にねじれてぶらさがっている。「引っこ抜こうか？」

　フィンチは熊の顔をつくる。「やだ」

　二十分後に立ち上がり、雄鹿が座っていたあたりに行くと、草が押しつぶされている。わずかな血だまり。

「あった」フィンチは言い、ウマノチャヒキの茂みにできた血だまりを指さす。前に進み、森の地面をよく見て探す。「ここにも」苔に覆われた岩場に血が点々とついている。すばらしい集中力。地面に顔を近づけて、目を凝らす。一周してもどってくる。ときどき、血の跡がとぎれることがある。フィンチは背を伸ばして立ち、あたりを見回して、一瞬地団駄を踏む。「手伝いはいらないから」そう言って、おれを追い払う。

　おれはさがって控える。

　フィンチは何かを見つけ、十メートルほど前方に走る。「あった」草の上に大きな血だまり。茶色い毛。人差し指の先を血に押しつける。さらに探す。

「いた！」勝ち誇ったように指さす。約二十メートル先に鹿がいる。フィンチは駆け出す。

「あんまり近づくな」まだ息があるかもしれないし、そうだとしたら大暴れする。臨終の際（きわ）にいる動物は、最後の最後まで戦う。おれも痛い目に遭って学んだ。

「死んでるよ」フィンチは言う。「舌が出てるから」

おれもブーツで軽くつついて確かめる。

その場で鹿の内臓を抜く。フィンチはかがんでのぞきこむ。「やってみてもいい？」

フィンチにナイフを渡し、切り方を教える。「ここに沿って切る。その調子だ」

「何歳だと思う？」

「何歳？　誰が？」

フィンチは切るのをやめ、あきれたような顔でおれを見あげる。「きのう見たお姉さん。ほかに誰がいるのよ」

「ああ」当然、フィンチの頭のなかは例の少女のことでいっぱいだ。森で人を見かけるのは初めてだし、しかも女の子だ。若い女。正体が何にせよ。「シュガー、本当にわからないよ。よく見たわけじゃないからな、正直」鹿の膀胱を指さす。「ここは気をつけろ。こっち側を切る。ここは切らないほうがいい。とんでもないことになるからな」

「大自然の写真を撮る人だと思う？　それとも芸術家かな」

「わからん」フィンチの手に自分の手を重ね、切る方向を教える。

「そうだけど、推理はできるでしょ。空想してみたり」作業を止めて、おれを見る。

「一緒にお話づくりしようよ。あのお姉さんのこと、考えるの好き」

許可するべきか、協力するべきか、一蹴すべきか。「わかった、いいだろう」

フィンチはナイフの向きを変えておれに返す。「わたしからはじめるね。あのお姉さんは、逃げてきたプリンセスだと思う。王国の門から先の世界を探検したいとずっと思っていて、ついに冬祭りの日に抜け出すチャンスを見つけて、決行したの」

本人のことを言っていると深読みすべきか？　王国の外を探検したがっているプリンセス。フィンチを見る。にこにこした笑顔に、ななめ後ろから風が吹いてきて髪がかかる。

「おれが思うに、あの子は森で写真を撮っていたけれど、たまたま国有林からはみ出して、谷に着いた」本当にそうだと願いたい。だが、最近森で見つけた落とし物を思うと、そのとおりだという確信はない。

フィンチはため息をつく。「絶対にまた会いたいな」

おれはフィンチに目をやるが、フィンチは木々の梢に顔を向け、一羽の鳥を見つめている。

「あの子は迷子になったが、帰り道を見つけたから、もうもどってこない」おれは付け足す。（ただの空想遊びなら、夢を見させてやれよ）

「そこはクーパーが間違ってるといいな。本気でそう思う」

その場での鹿の処理を終えると、おれはバックパックを肩にかけ、鹿の角を片方つかむ。引きずってキャビンへ向かい、苔が生えている長い岩場を歩いて斜面をのぼり、松林を抜ける。きつい仕事で、家に着くころには汗だくになっている。庭で水をがぶ飲みして呼吸をととのえると、鹿を納屋につるす作業にかかり、フィンチはポンプで水を汲んで手についた血を洗い流す。しゃがんで草で手を拭き、キャビンに消える。また外に出てきたときには、パチンコと日記帳を持っている。おれは鹿を頭が下になるようにぶらさげ、ポケットナイフで皮を剥いでいる。ウォルト・ホイットマンがおれの足のあいだに滑り込み、垂れている血をなめるから、白い顔とひげが赤く染まる。

「今夜はヒレ肉のステーキだぞ、フィンチ。おまえの好物だ」

フィンチはうなずく。「罠を仕掛けてくる」

おれは鹿の肋骨(ろっこつ)に沿ってナイフを走らせる。ゆっくりと考える。例の少女、カメラ。それだけではなく、フィンチの偵察や散策は——おれが与えられるささやかな自由と喜びだという事実も。それに雪が降り出したら、さらに自由は限られる。「谷には行かないこと。忘れるなよ」

「北に行ってくる。家の裏のほう。いろんな跡を見つけたから。罠を仕掛けてくるね」

罠。枝に切り込みを入れ、数字の4の形に組む。それに重い石を立てかけ、地面に餌を置く。動物がかかったことは一度もないが、フィンチは大いに楽しんでいる。おれは腕を伸ばす。「ほら、時計を持っていけ。二十分でもどってこい。いいな?」

フィンチはおれの血まみれの手首から腕時計をはずし、ポケットに入れる。

「あと、このいたずら猫も連れていってくれ」

フィンチはにやっと笑って首を振る。「足を引っぱるから」そう言って、厚手の迷彩柄のズボンと上着でややもたつきながら納屋を出ていく。

「足を引っぱられてるのはこっちだ」おれはぼそりと言って、ウォルト・ホイットマンをブーツで押しやる。猫はおれを見あげてミャーと鳴き、脚をのぼろうとする。

フィンチの後ろ姿を見送る。ゆっくりと走っていて、脚を前に出すたびに太い迷彩柄のズボンがこすれ合う。森の入り口で振り向いて、片手をあげる。おれも手を振り返す。それからフィンチは松林の奥へと消える。

「ゆうべはふたりとも帰りが遅かったな」スコットランドだ。あのざらついた声が庭のなか、ほんの二、三メートル先から聞こえる。

フィンチはもう帰ってきていて、パチンコで標的に小石をぶつけている。だんだん上達していて、おれよりもうまい。おれはニンジンを掘っているが、短くてねじれた、情けない出来のものばかりだ。一本をかごに投げ入れて立ち上がり、スコットランドの目を見る。こんなふうにいきなりあらわれるから心臓は喉から飛び出しそうで、スコットランドにも気取られる。パニックを。

笑い声。陽気な響き。おれをからかって楽しんでいる。「おまえのその顔」服の袖で涙をぬぐっている。

「クソむかつく奴だな。あんたのことだ、スコットランド」

「言葉に気をつけろ、クーパー。言葉に」真面目な顔になって意味ありげにフィンチをちらっと見る。「子どもが日曜学校で歌う歌がある」咳払(せきばら)いして歌い出す。「気をつけよう、小さなお耳。何を聞くのか、気をつけよう」

対照的なふたつの世界。頭上には太陽が輝き、静かな十二月の空に暖かく明るく映えている。そして鳥の餌台ではコガラが震えている。一方、庭ではスコットランドが教会の歌を披露しながら、フィンチをじっと見つめている。

歌は続く。「気をつけよう、小さなお口。何を言うのか、気をつけよう。天の神さまが見ているよ。何を言うのか、気をつけよう」

「もういい、スコットランド」

「わたしは気に入ったよ」フィンチが言う。「きれいな声だね」

おれも認めざるを得ない。思わずはっとするほどの美声だ。豊かでなめらかで。話し声とは全然ちがう声に変えられるらしい。まるで練習を積んでいたようにも思える。

「ありがとう、フィンチ」スコットランドは言う。「いい歌だ。いいメッセージがこめられている」おれに顔を寄せる。「口の利き方は気をつけたほうがいい。汚い言葉には。本気で言っているんだ。あの子の耳にはいる。身につける。フィンチは美しい子だ。すばらしい女性に成長するだろう。親の知らないうちにな。ほら、見てみろ、すでに片鱗(へんりん)がある」かぶりを振る。「口の悪い美人ほど性質(たち)の悪いものはない」

ジェイクにも何年か前に同じことを言われた。フィンチが庭でつまずいて毒づいたときだ。フィンチは言葉や行動や礼儀をすべておれから学ぶのだから、模範となるふるまいを心がけたほうがいいと。ジェイクからいつもの思いやり深い口調で言われると、おれも素直に従う気になれた。以来、言葉遣いには気をつけている。ジェイクへの敬意があるからだけではなく、その意見に納得したからだ。

しかしスコットランドに言われると――こいつはおれの最悪の部分を引き出す方法

を心得ている。それに、こんな奴から子育てのアドバイスをもらう気はさらさらない。

「子育ての何を知ってんだよ」スコットランドに背を向けて吐き捨てる。

スコットランドがおれのそばに膝をついたので、顔がすぐ目の前に来て、においまでわかる。土、動物、燻煙、ヒメコウジ。おれを通り越して森を見ている。「ああ、お隣さん。おまえはわたしのことを何ひとつ知らず、そのことを心に留めておいていただけるとありがたい。それから」――ここでおれを見て、目を合わせる。眩しい日射しに瞳孔は小さくなり、灰色の瞳が光っている――「〝人を裁くな。そうすれば、自分も裁かれない〟ルカによる福音書六章三十七節」

おれからは特に何も言うことはないので、顔をそむけてニンジン掘りを再開する。スコットランドはニンジンのかごをのぞきこむ。土に手を突っ込み、ひとつかみすくって握りしめ、畑に落とす。「土をどうにかしろ。石が多すぎる。それにこれだけ松に囲まれていると、おそらく強い酸性だ」

「生ごみから肥料はつくっている。前よりはましだ」

スコットランドは鼻で笑い、かごを指す。「そのようだな」

おれは土を掘り、よさそうなニンジンを引き抜く――長さ八センチで、うちの最高級品だ。「どうだ?」

「川岸から土を運んでこないと。氾濫原の土は肥沃で質もいい。養分が豊富だ。それでうまくいくはずだ。薪の灰も入れろ。もうジェイクは来ないんだから、この畑もどうにかしないと」スコットランドは、ぱっと跳ねて中腰の姿勢を取ってからすばやく立ち上がり、おれはもう何百回と感じたことだが、いったいこいつは何歳で、なぜこんなに動き回れるんだろうと不思議に思う。おれの膝も背中も肩も、この年になるといつも悲鳴をあげている。

スコットランドはポーチへ行き、上体を反って屋根を見あげる。それから椅子をひとつポーチの端へ引きずっていく。その上に立ち、高く手を伸ばし、屋根の端をつかみ、体を引きあげ、屋根にのぼる。あっという間に、ジャングルジムにのぼる子どものように、ありえない角度で体をねじったり曲げたりしてのぼりきる。この機敏さ。正直、感心した。むしろ嫉妬している。

「樋が壊れている」スコットランドが大声で言う。「直したほうがいい。雪が降ってからこの金属板の屋根にのるのは勘弁してほしいからな。金槌と釘はあるか？　いまわたしが直してやってもいいぞ」

おれは立ちつくして逡巡する。こいつに借りをつくるべきか。

フィンチがおれの脇腹をつつく。「釘の大きさは？」

スコットランドは親指と人差し指で長さを示す。

フィンチは家に駆け込み、キッチンの引き出しから釘と金槌を持ってくる。おれはそれをスコットランドに手渡す。

「おい」さりげなさを装って声をかける。「あんたのスコープ。メーカーは?」

「なんでだ?」

「ちょっと気になっただけだ」

「ボルテックスだ」屋根の上で金槌を叩きはじめる。

おれは庭の土の塊を蹴飛ばす。つまりあの少女のものか。レンズキャップ。ということは、前にもうちの敷地にはいったということだ。でも何回? そしてまた来るのか? 思わずぼそりと毒づく。

スコットランドの手が止まり、金槌を持った手が宙で止まる。「いまのはなんだ」

「なんでもない」

「最近、川のほうへ行ったか?」スコットランドが尋ねる。

ゆうべの遠征のことをどこまで知っているのだろうか。近くにいたのか、見ていたのか。こいつもあの少女を見たのか。以前から少女のことを知っていて、おれたちが偶然会うのを待っていただけなのか。「いいや」

「行ったよ」フィンチが言い、おれをにらみつける。「きのう、女の子に会ったの。だから帰りが遅かったの。クーパーがパニック発作を起こしちゃって。ときどきそうなるの。兵士だったから」

スコットランドは釘を口に咥え、おれを一瞥してから森に目を向ける。「女の子?」いい詐欺師っぷりだ。わかってるぞ。こいつは情報を隠すことに長けていて、ここぞというときに披露する。

「女の子っていうか、女の人っていうか」フィンチは続ける。「よくわからない。どうやって見分けるの? まあ、どっちでもいいんだけど、とてもきれいなお姉さんだったよ」自分の三つ編みを手でなぞる。「長くて赤い髪なんだ。きょうはね、お姉さんは木の妖精だって想像することにしたんだ。きのうは、狩猟小屋のほうに行ってきたの。大きいスズカケノキがあって、すごくかっこよくて堂々としているの。〈森の王〉って呼んでるんだ」両腕を大きく広げてみせる。「どこかわかる?」

「あのあたりはそんなに行かない」スコットランドは答える。屋根からゆっくりとおりて、フィンチに金槌を渡す。「これで大丈夫だろう、お隣さん」

おれはフィンチの肩にかけた手の親指と人差し指にぐっと力をこめ、フィンチは鼻にしわを寄せて歯を剝き出す。「何よ」鋭い声でささやく。

おれたちの生活のことはスコットランドにいちいち話す必要はないと言い聞かせたことがある。取捨選択して話すようにと。フィンチに話していないのは、ふたりで生きていくためにおれがしたことと、おれたちが隠れて暮らしているのをあいつが知っているということだ。いままでずっと、スコットランドには弱みを握られていて、おれはどうすることもできず、せめて付き合いは最低限に留め、あいつが通報してすべてを終わらせないよう願ってきた。隣人だが友人ではない——両者にはちがいがある。だがもちろん、こんな話をフィンチにしたことはない。フィンチはスコットランドを崇拝し、信頼している。まさにそのことが、おれをひどく不愉快にさせる。まさにそのことが、あいつをひどく危険な奴だと思わせる。

17

次の日の夕方、薄闇がキャビンを包むころ、おれはコートと帽子とブーツを身につけて外に出る。空は低く淡い灰色で、不吉な雰囲気が漂い、雪をはらんだ雲が待機しているように見えるが、こっちは万全の備えができているから構わない。蓄えはじゅうぶんにあるし、大雪になればあの少女がもどってくることも、キャビンにさらに近づく心配もなくなる。空を仰ぎ見る。さあ、どんどん降ってくれ、とでも言うように。

フィンチが新しい迷彩柄の上下を着込み、笑顔で外に出てくる。家の裏を指さす。

「罠、見てくるね」

「もうすぐ暗くなるぞ」

「でも、見てこなきゃ。動物がかかっていて、苦しんでいたらどうするの？ 罠猟のひとつ目のルールだよ。常に罠をチェックすること。クーパーが教えてくれたんだよ」

「じゃあ行ってこい」おれはうなずき、フィンチは小走りで出かける。「すぐにもどるんだぞ」背中に声をかける。

ニワトリの餌を入れているバケツの蓋をこじ開けると、お嬢さんたちは余計に興奮し、我先にと押し合いへし合いする。金網のフェンス内に手づかみで三杯分、放り込む。井戸のポンプで別のバケツに水を満たし、ニワトリ用の水入れにあける。

「おれの予想じゃ、雪が降ればしばらく安泰だ」地面をつつき回っているニワトリに話しかける。「おれとフィンチとウォルト・ホイットマンは、ここに身を潜めて、雪が解けるのを待つよ」全員が食べ終わると、棒でせきたて、小屋への坂を追い立てる。

「帰る時間だよ、お嬢さんたち」

ポーチにもどると、しばらく腰をおろしてひと息つくことにする。ルガーをポケットから出して脇に置く。柱に寄りかかり、脚を伸ばす。一羽のユキヒメドリが餌台に飛び込んできたあと、もう一羽も来る。森は静かで灰色に包まれ、風もやんでいる。そして鳥は素朴で美しく、確実に無関心を貫いている。

この場所は――おれを心身ともに満たした。まあ、可能なかぎり満たしたということだが。あの光景を見たあとのおれを。あんなことをしたあとのおれを。

絶体絶命のピンチに陥ったのは、三度目の海外派遣のときだ。最初から何もかもうまくいかず、しょっぱなから機体の不具合でドイツへのフライトが欠航になった。飛行機からおろされ、十一時間だらだらと待たされた。ひたすら待機し、ソリティアをやり、何か訊かれれば答えた。携帯電話でゲームをする奴もいたり、時間をつぶすためならなんでもした。行く気満々だったのに行けなくなるのは、つらいものがある。しかるべき覚悟を決めたところで、言ってみればギアを入れ替えて元の位置にもどることになる。それに、人が死ぬのは除隊直後というのは周知の事実だ。帰還し、緊張をほどき、死ぬ。ともかく、空港で過ごしたあと、やっと変更ルートが決まると、よりによってモロッコに飛ばされ、アンダースがひどい胃腸炎にかかり、それが全員に感染したから、やっとカブールの地を踏んだときにはみんな脱水症状と時差ぼけと疲労にやられていた。三日間で四大陸を渡り、睡眠もろくにとれていない。ただし、ジェイクは別だ。ジェイクはいつでもどこでも眠れる。神に愛されている。さておき。一日か二日でも休む時間があれば各自調子をととのえられたが、そんな時間はなかった。到着から五時間後、出動の指令が出た。おれたちは精鋭部隊で、全員カブールの経験者だったし、頼りにされ、必要とされていた。とにかくそう言われていた。だから、栄養ドリンクとコーヒーで体を満たして装備をととのえた。深夜〇時には高機動多用途装輪車両(ハンヴィー)に乗り込み、捜索救助任務のために西へ向かっていた。目的は、その前日に連絡が途絶えた二名の仲間を探すことだ。

まあ、発見したことには発見したが、すでにことときれ、変わりはてた姿で路上につるされていた。あの光景は一生忘れられない。無線で報告した。ところが死体はおとりだったらしく、反政府勢力はおれたちが来るのを想定していたようだった。おれたちは建物の陰に隠れたが、ハンヴィーにもどるには広い道路を渡らなくてはならず、しかも一・六キロ離れていた。おれが先に行くと言ったとき、ジェイクが簡易爆弾(IED)を踏み、居場所がバレて銃撃戦がはじまり、おれとジェイクだけ仲間と離ればなれになった。

おれはジェイクを肩にかついで避難し、薄暗い建物に身を潜めた。ジェイクをテーブルにのせて怪我の具合を確認すると、思ったよりもひどかった。見るも無残な姿で、出血も激しい。おれは荷物をあさり、凝固剤を傷口にかけ、脇の下に刺さっていた木端を抜いた。顔の一部も失われていた。それが一番きつかった。片方の目と頬の一部が吹き飛ばされていた。水を飲ませ、手を握って隣に座った。

しばらくすると小競り合いは収まり、外に人がもどってきて、日常が再開した。それが彼らの生活だった。戦闘が激しくなると、市民は一瞬で通りから姿を消し、戦っているおれたちだけが残る。しかし騒ぎが収まれば、人はまた外に出て、いつもの暮らしを再開する。よくそんな生活ができるものだといつも面食らったが、選択の余地はなかったのだろう。

おれとジェイクがそこに足止めされていることは誰も知らず、行く当てもないうえに、無線機も爆風で飛ばされていた。すぐに水も尽きた。ジェイクの顔と脚はひどい状態で、左半身は血まみれで焼け焦げ、ハエが群がってきていたが、多すぎて払いきれなかった。ジェイクはもう死んだとばかりに集まってくるハエと、それを追い払えない状況が腹立たしかった。どのくらいかかるだろう、と思ったのを覚えている。見知らぬ町の見知らぬ通りのテーブルの上で死ぬまで、どのくらいかかるだろうと。

その日は十二月十四日で、絶望的な状況だった。ジェイクは詩篇の二十三篇を暗誦しはじめた。知らない人のために補足しておくと、これはおれに言わせれば死の歌だ。**たとえ死の陰の谷を歩むとも。**おれはジェイクにやめろと言った。血と砂と肉と骨でぐちゃぐちゃの顔をのぞきこみ、その奥をまっすぐに見て言った。「いいかげんにしろ」

ジェイクは別の詩にした。

「〝いいや、腐肉の慰めよ、絶望よ、決しておまえを楽しみはしない〟こっちのほうがましか？」おれを見て訊いた。顔はまるで化け物だった。左目があった場所には乾いた黒い血がこびりついていたが、右目はいつもの目だ。優しく、聡明(そうめい)な瞳。それでいて、ほほえんでいるのがわかる。最高に端整な顔立ちの男だった。さっきまでは。ジェイクの手をしっかりと握る。「ああ、兄弟」

「ジェラード・マンリ・ホプキンスだ」

「そいつのことを教えてくれ」そう言って、ジェイクの気をまぎらわせようとする。感染症を起こしていると本人も自覚し、この世を去る準備をしようとする心理状態から抜け出させるためだ。英文学の教師モードになってもらわなくてはならない。ジェイクには生きていてもらわなくては。

作戦は成功した。ジェイクはホプキンスについて語りはじめ、続いてビクトリア文学と十四行詩(ソネット)の話になり、おれにはまったく意味不明だったが、彼の気を散らせておけば、おれは建物のようすを多少偵察しに行けたし、目の前で死なれる心配をしなくて済んだ。

だから、詩についてジェイクに語らせたまま、静かに階段をのぼり、ひと続きの階段を四つ分あがったところで窓の外を見た。自分たちがいる場所はほぼほぼ見当がついていたが、高い場所から見れば裏が取れる。周囲を見れば、基地への帰り道はわかる。とにかく、さっきも言ったように、通りには人がもどってきていた。市場（バザール）は再開し、三人の子どもがボールを蹴っている。上から見ていると、ふたつの人影がこの建物に近づき、ジェイクに一番近い入り口へとまっすぐに向かっていた。ジェイクが虫の息で死の床に横たわっているところに、ふたりは人目を避けるように背中をまるめ、肩をさげて近づいている。

おれは急げ急げと階段を駆けおり、段を飛ばし、下までおりきると部屋に飛び込んだ。手元の武器はAKだけで、見られたら米兵が残っていると警戒されるかもしれない。そしてそれだけは避けなくてはならなかった。ジェイクは戦闘不能だし、夜までまだ何時間もある。階段を駆けおりながら壁に手を這わせていたこと、何度も折り返したことを覚えている。指先に感じた漆喰（しっくい）のざらつき、下へ下へと響くブーツの音。

ジェイクのいる部屋に着いたとき、さっきのふたりもそこにいて、ジェイクをのぞきこむように立ち、おれはもうあいつは死んだと、このふたりがあいつの最期のわずかなともしびを消したんだと思い、にわかに怒りが沸きあがり、そのあまりのすさまじさにすべての感覚が麻痺（まひ）し、その部屋しか存在しないように感じた。テーブルの上の親友、親友に危害を加えるふたり、うなりをあげて饗宴（きょうえん）にあずかるハエ、暑さ。

おれはふたりを殺した。男と女。迅速かつ音を立てずに。女が手に持っていたのは――ケーキだった。あとで、おれはそれをジェイクに食べさせた。ひとかけ、ひとかけを。ジェイクは死ななかったから。ふたりはジェイクに指一本触れていなかった。そのときのことを振り返るとき、おれはこんなふうに考えて自分を納得させようとしている。もしかしたら、ふたりは最終的にジェイクを傷つけたかもしれないと。もしかしたら、おれたちふたりを。もしかしたら、おれがふたりを建物の外に追い出したら、誰かにおれたちのことを話し、ジェイクとおれは通りにつるされていたかもしれない。ちがう展開になっていた可能性があるにせよ、ふたりがそこにいたのが偶然にせよ、攻撃するつもりだったにせよ、変わらない事実がある。おれはふたりを殺し、その事実を背負って生きていかなくてはならない。

さておき。戦争中は誰にでもつらいことが起き、それはジェイクのように善良な人間にとってもそうだ。どんな人間も差別しない、それが戦争だ。肉体的な損傷を受けなくても、魂は傷つく。おれがそうだったように。そしていま、あの恐ろしい日をまた追体験していた。おそらく一生逃れられず、一生自由になれないのだろう。

「フィンチ?」ポーチから立ち上がり、ルガーをポケットに入れ、家の裏に回る。だいぶ暗くなっていて、もう帰ってきていないとおかしい。家の角を曲がる。立ち止まる。音がする。車？　遠くからではなく、すぐ近くから車のエンジン音が聞こえる。そんなことは、ジェイクが来るとき以外いままで一度もないし、幹線道路はかなり離れているから、そこを通る車の音はここまで届かない。どんどん大きくなる。誰かが来る。一瞬、不覚にもこう考える。ジェイク？　ありえない。「フィンチ！」

タイヤが砂利を踏む音がする。おれは森に目を走らせ、フィンチがいないか、気配がないかを探す。何もない。頭をめまぐるしく働かせる。スコットランド、谷で見かけた少女。おれは家の裏に隠れる。暗がりのなかでヘッドライトがちらつく。角を曲がり、視界にはいってくる。青い車で、車種はわからないが、不思議なほど静かだ。もう一度振り返り森を探す。フィンチの姿はなく、太陽は丘の向こうに沈み、壮大な冬の彩りを放っている。黄色、サーモン、赤、ピンク。数分もすれば完全に暗くなるうえに、いま誰かがここに向かっている。フィンチはどこだ？

車がキャビン前の平らな場所に乗り入れる。おれの装備はポケットのルガーしかないが、何か妙案を思いつくよう期待する。

18

運転席のドアがひらき、女がおりてくる。おれは目を凝らすが、同乗者はいないようだ。女は腕を高くあげて伸びをすると、車内からコートを引っぱり出す。グレーのロングスカートを穿いて、だぶっとした白いセーターを着ている。茶色の髪は波打っていて、短い。いや、首の後ろでひとつにまるくまとめている。車のドアを閉め、家のほうに歩いてくる。

「すみませーん」ポーチの階段をあがりながら呼びかける。

ドアはもちろん施錠していない。女はノックしてから二、三歩動く。おそらく窓からなかをのぞいているのだろうが、ここからは見えない。「すみませーん」もう一度声をかけている。

どうすべきか。背後でかすかな物音がする。振り向くと小さな人影が見え、森の縁に沿って歩いている。フィンチだ。おれは合図の口笛を吹く。フィンチははっとして立ち止まる。暗くておれの姿は見えない。もう一度口笛を吹くと、今度はおれの居場所がわかり、よろめきながら近づいて来る。おれはしっかりと抱き留め、フィンチの頭に顎をのせる。外は寒いのに、フィンチは汗でべとついている。

「大丈夫か？　どうして息が切れている？」

「車が来るのが見えたから」フィンチは小声で言う。「ヘッドライト。急いで帰ろうと思って」

「誰かいます？」ポーチの女は家の横側をのぞきこみ、声が近づいてくる。「最悪」暗闇につぶやいている。「もう最悪！」女はポーチをおり、その輪郭が暗がりのなかでかろうじて見える。「どうする？」女はそう言って天を仰ぐ。そのあともぶつぶつ言っているが聞き取れない。

フィンチがおれを見ようと顔の向きを変える。おれの顎の下で頭が動き、胸に当てた手から鼓動が伝わってくる。人差し指をそっとフィンチの口に当てる。

女は両手をポケットに入れ、ブルーベリーの植え込みとキャビンのあいだを行ったり来たりする。くるりと向きを変えるときにスカートの衣擦(きぬず)れの音がする。突然、目的意識が芽生えたように、大またで車に歩み寄る。

帰るんだ。よかった。

ちがう──女は車のなかをあさり、ヘッドランプを出して頭に巻きつけ、光が森の奥へと伸びる。ずかずかと屋外トイレへ向かい、なかに消える。まるで行くべき場所を知っているかのようだ。

「あの人、誰？」フィンチがささやく。「なんでここにいるの？」

「わからない」

「寒い」

おれは上着のファスナーをおろして脱ぎ、フィンチの肩を包む。ウォルト・ホイットマンが飛びのってきて、おれの膝を滑りおりる。

あたりの闇が濃くなってくる。フィンチがぶるっと震えて言う。「ひと晩じゅうここにいるわけにはいかないよ、低体温症になっちゃう。死んじゃう。足の指の感覚がほとんどないし。全部取れたら歩けない。歩くときには足の指が必要なんだよ」

「ここにいろ」おれはそう言って立ち上がる。ずっとかがんでいたせいで膝と腰がこわばっている。フィンチの言うとおりだ。ひと晩じゅうキャビンの後ろに隠れているわけにはいかない。ちょうど角を曲がってキャビンの正前側に足を踏み出したとき、女がトイレから出てくる。

おれを見るとぎょっとして息をのみ、後ずさって転びそうになる。驚いてあたふたき、ヘッドランプの光がおれの顔を直撃する。

おれは目の上に手をかざす。「何がご用でしょうか」と言う。まずは「ここは私有地だ」と言ってやるつもりだったが、近くで見ると女はあまりにやつれていて痛々しく、怯えていたからやめた。

女はルガーに目をやる。「あ、あの」声が震えている。ヘッドランプの角度を調節するたびに光が揺れる。「とある家族を探しているんです。父親と小さい女の子の」車を見て、距離を目ではかる。

おれが一歩前に出ると、女の顔に恐怖が浮かび、目鼻立ちがヘッドランプの角度のせいで強調されて、不気味に見える。「誰だ、おまえは」声を抑えて訊く。判事夫妻がおれたちを見つけ、捕まえようと策を講じたのでは、という可能性が頭をよぎる。あいつらがやるとしたら、あのときと同じく隠密かつ突発的にやるはずだ。おれが油断したところで、計画を実行する。

「お邪魔して本当に申し訳ありません」女は震える声で言う。わずかに発音にくせがある。「完全に場所を間違えました。曲がるところを間違えたんだと思います。暗くなっていましたし。失礼しました」横歩きで車に近づく。「もう行きます」

「その前に名前を言え。言わないと帰さない」

女はごくりと唾をのむ。顎の下の灰色の陰のなかで、喉が動くのが見える。「荷物を届けに来ただけなんです。うちの家族がこのあたりのキャビンを所有していて、兄の友人がしばらく前から住んでいるらしいんです。兄から買い物リストを渡されて、ここに運ぶよう頼まれました。知っているのはそれだけです。予定より遅れましたが、本当に荷物を届けに来ただけなんです。どうか――」

おれはまだ疑っていた。判事夫妻を知っていれば、ここまで警戒して当然だ。「どのくらい遅れた?」

女は眉をひそめ、ヘッドランプの光がちらつく。「一週間。十四日に来ることになっていました。でも仕事があったり、車を修理に出していたりして、来られなくて」

「リストはあるか」

女はうなずき、あちこちのポケットを探る。「これです」やっとそう言って、一枚の紙切れを差し出す。「車に食料を積んでいます。食料と燃料と、その他いろいろ。全部リストのままです。もしそれが欲しいなら、全部渡します。どうぞ持っていってください。わたしはとにかく帰ります」もう一歩、車に近づく。

女のヘッドランプの明かりで紙を見る。おれの字だ。状況がのみこめてくる。

顔を合わせるのは十年ぶりだ。「マリー？」ジェイクの妹だ。

マリーは首をかしげる。「どこかで会ったことが？」

「一度だけ、何年も前に。きみとジェイクとここで会った」

「ケニー？」マリーは目を凝らし、おれの顔を探る。「わからなかった」

奇妙な感覚。長い年月を経て、その名前をふたたび聞くとは。「そうだ」

マリーはまだ信じられないようだ。

「いまはクーパーと名乗っている」おれは付け足す。

「そう」マリーは顔をしかめる。「ジェイクには聞いてなかった」

「あいつは大丈夫か？　ジェイクは」

マリーはかぶりを振り、ヘッドランプの光が闇のなかで揺れる。表情が曇り、この顔は――この顔は知っている。知りすぎている。

ジェイクは死んだ。

「六週間前」マリーは上着の袖で目をぬぐう。

おれは顔をそらす。すべてを――悲しみ、怒り、喪失感を――あふれるがままにしたいが、できないのはわかっている。ここではだめ、いまはだめだ。いまはここにマリーがいて、大量の荷物を積んだ車があり、フィンチは家の裏に隠れていて、闇が迫り、考えなくてはならないことが何千とある。おれのたったひとりの友人、ジェイク。この八年間おれたちを生かしてくれた恩人、ジェイク。去年の話と、今年来なかったことを考え合わせれば、薄々わかっていたと思う。まあ、何かが起きたのはわかっていた。何かまずいことが起きたと。そうは言っても、推測するのと、真実だと誰かに告げられるのはちがう。そしていま、この知らせが重くのしかかり、おれをずるずると、ときに強く引っぱっている。膝からくずおれそうになり、崩れるにまかせる。車のボンネットで体を支える。

マリーは咳払いをする。「こんな話を伝えることになってごめんなさい。それから、わたしの事情もわかってほしい。無神経なことを言うつもりはないけれど、荷物をおろして帰らなくちゃ」

「いや、無理だ。ただ来た道を引き返せばいいってわけにはいかない。ここまで何時間かかったんだ?」

「九時間」

おれは首を振る。感覚は鈍いながらももどってきている。「ほら、ジェイクも絶対に許さない。危険だ。少し休まないと。夕食もある」銃を尻のポケットにしまう。「銃のことはすまない。怖がらせて悪かった。ただ——ここへは誰も来ないから。きみが誰かわからなかったし。ここでは用心しないといけないから」

「そうよね」マリーはおれを見て言う。「用心しないといけないわよね」

ちょっと度を超えているようには感じただろう。トイレを出たら、銃を持ったおれが立ちはだかり、脅したのだ。そうこうするうちに日もすっかり暮れ、森の奥で赤の他人と一緒、という状況になっている。マリーはスカートを握りしめる。車へと歩き、トランクを開け、食料品が詰まった青いエコバッグを出し、キャビンへの斜面をのぼる。

フィンチがキャビンの裏から走ってきて、腕に抱えた猫が白く浮かんで上下に弾む。

「おれの娘だ」食料品の袋をふたつ持ちながら言う。「フィンチ。ジェイクの妹だよ。マリーだ」

マリーはフィンチに手を差し出し、フィンチはその手をじっと見てから、猫を掲げてマリーに見せる。

「この子はウォルト・ホイットマン」

「すてきな猫にすてきな名前ね。なかを見せてもらってもいい？」

「うん」フィンチはポーチに飛び乗り、ドアを開ける。「うちのキャビンだよ」フィンチの言葉に正直、気まずさを覚える。うちのキャビンじゃないからだ。厳密には。

たしかにおれたちのキャビンだが、おれたちのものではない。マリーが来てあらためて気づかされたけれど、ジェイクは決してそう感じさせなかった。おれとフィンチが築いたこの生活は、借り物にすぎないということを。

狭いキッチンでマリーとおれが荷物を出し入れすると、肘がぶつかり、尻がこすれ、とうとうおれはこう伝える。どこに何があるかはおれのほうがわかっているから、まかせてもらったほうがいいかもしれないと。なるべく感じよく言おうと心がける。何はともあれ、物資を届けてくれたのだから。フィンチは家のなかを案内すると言い、マリーはウォルト・ホイットマンを抱いてあとに続く。部屋の隅には多種多様な頭蓋骨がはいった木箱があり、フィンチが見つけたのもスコットランドからもらったのも全部そこにはいっている。窓台には、川で拾ったムール貝のかけらが並び、日に当たると黒い内側が輝く。それから化石。森でずっと前に見つけた古い金属のスプーン。あまり読まない本には、赤や黄に色づいた秋の葉がはさまれている。夏に摘んだワイルドキャロットのレースのような花、春のスミレ。紐で結わいて天井からつるし、乾燥させたラベンダー。

フィンチは質問攻めを開始する。どこに住んでるの？（いまのところはジェイクの家。ミシガン州にあるの）どんなおうち？（レンガ造りで、ポーチがある家）お仕事してる？（図書館司書よ）好きな食べ物は？（チョコレート）子どもはいる？（いいえ）自転車持ってる？（ええ、赤い自転車）好きな本は？（たくさんありすぎて）お友達いる？（少しだけね）

「わたしね、新しいお友達ができたの」フィンチは言い、ウォルト・ホイットマンの耳の後ろをかく。「長くて赤い髪のお姉さんで、この森に住んでいるの」

「夕食だ」おれは言い、フィンチを目で制す。シチューをボウルに取り分け、テーブルに置く。

「お店に行ったことある、マリー？」フィンチは椅子を引きながら訊く。

「もちろん。何度もね」マリーはいぶかしげな顔で、おれをちらっと見る。「あなたは？」

「一度だけ、だと思う、赤ちゃんのころ。だから覚えてないの」

「フィンチ」マリーが別の質問をしようとしたところで口をはさむ。「インタビューは休憩して食事にしよう」

フィンチは熊の顔をつくって椅子に座る。

「このボウル、覚えてるわ」マリーは言い、皿の縁を指でなぞる。

「ここでジェイクと住んでたの？」フィンチが訊く。

「ええ、子どものころね。正直、ほとんど覚えていないのだけど。でも、このボウルはなぜか覚えてる。いいにおいね」マリーは言い、湯気を深く吸い込む。「おなかぺこぺこ」

フィンチはマリーをじっと見つめる。「ジェイクに似てるね」フィンチは言う。

「そう？」

「ずっと美人だけど」

マリーは咳払いして水を飲む。「そうね、わたしのほうが髪は自慢できるかな、少なくともね」カールを揺らして笑うと、茶色の瞳がきらめき、込みあげるものをこらえている。ジェイクは初めて会ったころから禿げかけていて、禿げはじめたら剃るタイプだった。

フィンチはくすくす笑う。「マリーのほうが断然、すてきな髪」シチューをかきまぜる。「死ぬ前に、わたしたちのこと、何か言ってた？　わたしに伝言ある？」

マリーはおれを見て喉をごくりとさせると、フィンチに目をもどす。「実はね、あるの。ひとつだけやってほしいことがあるって。とても大切なお友達に、荷物を届けることよ。そして、とてもすてきなお嬢さんがいるから、心から大切に思っていると、必ず伝えるようにって。ジェイクはずっと子どもを欲しがっていたから、あなたのことを自分の娘のようにかわいがっていた。それは確かよ」

「大好きだった」

マリーはフィンチの手に自分の手を重ねる。「みんな大好きだった」

ウォルト・ホイットマンがおれの腿のあいだから小さな白い顔を出し、おれは追い払う。

「クーパー、フィンチ、もし迷惑じゃなかったら、今夜はここに泊めてもらえるかしら。あの、正直、これだけ暗いと、帰り道を探せるか自信がなくて。近くにホテルがないのもよくわかってるし。あしたの朝一番に出発するから。そうさせてもらっても問題ないかしら？」

「よかったら永遠にいてもいいんだよ」フィンチが言う。

「ベッドのほうがよければ、おれはソファで寝てもいい」おれは申し出る。

「ソファで大丈夫」マリーは言う。髪を指に巻きつける。「そこでじゅうぶんよ。それに、あなたたちが起きたときにはもういない可能性が高いし。シチュー、おいしかったわ。ごちそうさま」

19

夕食後、フィンチの強い希望でマリーは『北アメリカの鳥類』を読み聞かせ、おれも皿を洗いながら耳を傾ける。

「〝ツキヒメハエトリ。春の訪れを告げる鳥として歓迎されているように、早春に飛来する鳥です。特徴は、飛翔時に羽を細かく上下させることです〟」マリーは読むのがうまく、声はなめらかで心地よい。別に驚くことではないのだろう。図書館司書だし、文学教授の娘だ。とはいえ、薪ストーブの暖かさが広がるなか、緊張を強いられた一日を終えて石鹸まじりの熱い湯に手を浸していると、ソファに横になりたいような、ただ声を聞きながら眠りに落ちてしまいたいような気分になる。

フィンチを寝かしつけるのは、来客や日中の興奮のせいでなかなか手こずったが、どうにかベッドに入れるとまるくなり、眠りに落ちる。

マリーはケトルで湯を沸かし、紅茶を飲むかとおれに訊く。おれは是非と答える。

断る理由はない。カウンターの上の新しいロウソクがまたたいては燃えあがり、暗い部屋にほのかな明かりを放っている。

「ここがどんなに美しい場所か、すっかり忘れていたわ。とても平和で穏やかだってことも」マリーはカウンターにもたれ、窓の外に目を向ける。「見て、満月」

マリーの隣に立って窓から外を見ると、空高くにまるい月がかかり、白い表面のところどころに灰色の影がある。地面では、うっすらと積もった雪が光っている。まとまった雪が降るのはまだ数週間先だが、いまもまったく可能性がないとは言いきれない。「あしたはなるべく早く出発したほうがいい。積もりはじめたら大変だ」

腕が軽く触れ、それ自体なんでもないことで、ただ腕が触れただけだが、女に触れるのは八年ぶりで、このわずかに触れた肌の一点に他人の存在を感じ、おれの奥底にある何かを切り裂き、傷を残し、焼けつくうずきが生まれる。快感も訪れる。ああ、認めよう。結局おれは男で、衝動もあれば欲求もあり、自分ではどうしようもない。

体を離して背を向け、ケトルが鳴き出す前にストーブからおろす。「最後にここに来てからどのくらい経つんだ？」

「そうね、何年にもなる。あなたとジェイクにくっついてきたとき以来。だから、どのくらいかしら。あれって何年前？　十年？」

おれはうなずく。あれからいろんなことがあったと、考えずにいられない。人生がいかに進路を変え、前進し、後退し、粉砕されうるかを。いまこの瞬間も、ほんのわずかな変化でふたたび崩壊しかねないのではと感じていることも。この儚(はかな)い人生。確かなものなどひとつもない。

「父は自給自足の生活が夢だった」マリーは言う。「この森で。この家は、祖父が亡くなったときに父が遺産を全額つぎこんで建てたの。ちなみに、母はとてもがっかりしていた。母がもうたくさんだと言ったのは、わたしがまだ五歳のときだったから、ほとんど覚えていないけど。断片的な記憶だけ。ラズベリーを摘んだり、ジャガイモを掘ったり。ジェイクのほうが年上だからもっといろいろ覚えていた」窓から目を離す。

おれは棚からマグカップをふたつ出し、マリーに渡す。「ジェイクのことを聞かせてくれ。もしつらくなかったら」

マリーは手元のエコバッグから洒落(しゃれ)た缶を出して開ける。「最期は大変だった。やせ細って、体力もなくなって。会ってもわからなかったと思う」マリーは片方のマグカップにティーバッグを入れ、蒸気の立つ湯をそそぐ。「おかしいの。ここに行ってくれとわたしに頼んだときは、痛み止めのモルヒネの量もだいぶ多かったから、意識があったりなかったりしていたのね。だから正直、あなたが実在するのか、ジェイクの妄想の産物なのか、わからなかった」おれの目を見て、かすかにほほえむ。「どっちにしろ来たわけだけど。買い物リストを見つけて——言われたところにあったから、買い出しに行った。いったいどういうことなのか、信じていいのか、ずっと自問自答を続けてここまで来たの。車を停めたときも、何が待っているのか想像もつかなかった」マリーはティーバッグの紐をつまんで何度か上下させてから引きあげ、ふたつ目のマグカップに入れて湯をそそぐ。「ジェイクはよく来ていたの？」

「年に一度」

マリーがおれにマグカップを渡し、一瞬、指の関節がかすり、今度もまた、その感触に震えと刺激が走る。その瞬間、月明かりの射し込むキッチンで気づく。ずっと孤独だったこと、根源的な欲求はシンディとともに死んだとずっと自分に言い聞かせてきたが、そんなのは嘘だったということ。心の底から深く信じ込んでいたから、嘘だということにすら気づいていなかった。でも、考えてみればたしかにおかしい。人を突き動かし、引き寄せる本能的な欲求が、人の死とともに消えるとか、愛がなくては生まれないだなんて。

マリーは紅茶をひと口すする。「ジェイクは、あなたがとても大切な人を亡くしたと言っていたわ。拠りどころを見つけるまでここにいるって」

ジェイクはそんなふうに話していたのか。嘘をつかずに状況を説明しているのが、さすがあいつらしい。

「そうだ」おれは言う。「ジェイクは最高に心が広い奴だった。こんなふうにおれたちを受け入れてくれて」

「ここに来てどのくらい?」

「しばらく経つ」詳細は避けたほうがいい。

「ここに留まるつもり?」マリーはマグカップの持ち手をなぞる。「長期で、ってことだけど」

「ジェイクは――必要なだけいていいと言った」

「そう」

状況がのみこめてくる。おれたちが住んでいるのは、もはやジェイクのキャビンではない。マリーのキャビンだ。ということは。「ここを売ろうかと考えていたんじゃないのか?」

「検討していたわ。以前は。さっきも言ったけど、ここがどうなっているのかわからなかったから。でも、あなたたちが使っている。ここに住んでいる」髪を指ですく。「明らかに、事情が変わったわ」

「家賃は払える。金ならある」

「この話は忘れて。きちんと考えられなくて。長い一日だったし」マリーは前にかがみ、膝に肘をつく。「長い一年だった。本当に」

おれはうなずき、ようやくひと口目の紅茶をすする。もちろんこのことも懸念事項なわけだが、いままで考えてもみなかった。まったく知らないうちにおれたちの家が売却される可能性。しかしおれの心はジェイクに向かう。徐々に悪化していった病状に思いを馳せる。長年の苦痛、すさまじい精神力とともに最初の爆撃を耐えた肉体。病と闘い、克服したように見えたがそうではなく、長い年月をかけてゆっくりと疲弊し、衰弱し、ひとつひとつの細胞がジェイクを見捨てていった。シンディのときは、車のスピンが止まってから死ぬまでの二分間、ずっと抱きしめていたが、あのほうがいい逝き方だったのかもしれない。フィンチは後部座席で泣きわめき、シンディは口も利けず、虫の息で、内出血がひどかった。新聞には即死と書かれたけれど、おれは真実を知っている。シンディは二分間生きていた。シンディは何度もまばたきした。おれの手を握りしめた。

繰り返し浮かんでは入り混じる悪夢や記憶のなかで、おれが見たり手をくだしたりした悲惨なできごとの数々のなかで、最悪なのがそれだ。マグカップの縁を指でなぞり、熱い紅茶をすすって、あの光景を振り払う。シンディの最期。

「ジェイクはたったひとりの身内だった」マリーが言う。「両親も他界しているし。トーマスもいない」

おれはマリーを見る。小柄で地味だが、どことなく愛らしく、古風で純粋な雰囲気が漂っている。「トーマス？」

マリーの声が震える。「夫。別れたの。浮気されてたから、終わりにしようって、わたしのほうから切り出したの」紅茶がはいっていたエコバッグに目を移し、なかをあさって箱を出す。「少し食べる？　ダークチョコレート。キャラメルとシーソルト入り。最高よ」

「いつの話？」

マリーは爪で箱のシールを剝がそうとする。「何が？」

「旦那さんのこと」

「ああ、そんなに前じゃない。七カ月前」マリーはおれに箱を渡す。「開けてもらえる？」

おれはジーンズからポケットナイフを出して刃を広げ、箱の縁に沿わせて切る。

「最悪の一年だったな」箱を返しながら言う。

「初めての浮気じゃなかったの。だからそうね、ひどい年だったけど、実際は何年もひどかった。とっくの昔に終わらせるべきだったけど、そうしなかった。彼が変わってくれるんじゃないかって、期待し続けた。いつかわたしだけを見てくれる日が来るって」

またはじまった。秘密をおれに語り出す〝告白の呪い〟。「いや、そんなことを言うもんじゃない。きみのせいじゃないよ」おれは言う。「そういう男はいつまで経ってもそういう男だ。何があっても変わらない」どこからそんな言葉が出てくるのか、自分でもわからない。アドバイス。慰めの言葉。昔からずっと、こういうことが起きたとき——喫茶店の女、八年生の居残りのときのマークス先生——おれは慰めるようなことは言っていない。言葉を発したことは一度もない。

マリーはチョコレートを出しておれに箱を向ける。「いつもは薄く切って、一度に少しずつ食べてる。ひとつひとつのかけらを味わうの。口のなかで溶けるのよ」

ポケットナイフをマリーに渡す。

「フィンチはすばらしい子ね」

「ああ」

「母親は？」

「自動車事故で。フィンチは赤ん坊だったから覚えてない」

「結婚していたの？」

おれの人生最大級の後悔。シンディと結婚していなかったこと。妊娠がわかってすぐに指輪を買った。いい指輪だった。シンディが初めておれにキスした川辺でプロポーズした。でも結婚は待ちたいと言われた。性急な結婚だと思われたくないし、妊婦でウェディングドレスは嫌だし、結婚を決めた唯一の理由は子どもができたからだと両親に思われるのも嫌だと言った。どれも納得できたが、結婚したほうが物事が少しは楽に、いい方向にいくんじゃないかという思いもあった。おれは結婚すべきだと主張し、ある日大げんかになって、いつ結婚するかでけんかする奴がどこにいるんだ、とおれは思った。妊娠中のシンディは大泣きし、あなたはわかっていない、どうして信じてくれないの、と訴えた。おれはそのときシンディを抱きしめた。シンディを丸ごと、妊娠で大きくなり膨れあがったすべてを。腹だけでなく、腕も脚も足首も顔も。きみの心の準備ができたら結婚しよう。おれは言った。ひとこと言ってくれればいい。バスで隣り合った日から変わらず愛してるのは知っているだろう？　ときどきその話をすると、シンディはいつも首を少しかしげてほほえんだが、そのときだけはおれの首に顔をうずめて泣いた。

「婚約していた」おれは答える。「でも結婚はまだだった」

マリーはおれにチョコレートをひとかけ渡す。「それじゃあ、男手ひとつで子育てを頑張ったのね。フィンチはとてもいい子だし、想像力豊かで利発だわ」

おれはチョコレートを口に入れ、なぜか聖餐(せいさん)の儀式を思い浮かべる。舌の上で溶けるウエハース、喉をひりつかせるワイン。一度だけ受けたことがある。「ありがとう。あの子は母親に似ている」

「学校はどこへ？」

学校。もちろんフィンチは学校が大好きになるだろう。あれだけの賢さと、どんな知識もスポンジのように吸収する能力、そして言葉や本への飽くなき好奇心があるのだ。ときどき、図書館に連れていく場面を思い浮かべる。大きくも有名でもなく、どこかの小さな図書館でじゅうぶんだ。フィンチの顔に浮かぶ表情。驚きに輝く緑色の瞳、O(オー)の字に開いた口。おれたちふたりにとっての愉しみ。学校から帰ってくる姿を想像することもある。スクールバスの一番下のステップから飛びおり、一目散にうちに帰ってきて、その日に学んだことを何から何までおれに話す。特別なことではなく、親子が普通にやることだ。しかし、おれたちがそういう経験をすることはない。フィンチだけならありうる。成長して、おれが手放す日が来たら。そのことは前々からわかっているが、あらためてマリーに訊かれ、呼び起こされた悲しみに押しつぶされそうになる。「勉強はうちでしている」おれは言う。

「あら、もったいない。あの、せっかくの機会を逃しているなんて」

急に、マリーにさっさといなくなってほしいと願う。窓から射し込む月明かりが、マリーのマグカップを照らしている。黄色の、縁がわずかに欠けているマグカップ。もうおれには無理だ。森のなかの少女、砂利道をはいってくる車、ジェイクの死の知らせ。マリーがこのキャビンの所有者であり、その気になればおれたちに断りなく売り払えるという事実。それだけじゃない。マリーが本を読み、フィンチはすでにマリーに夢中で、カサガイみたいに張りついている。マリーが本を読み、フィンチが身を寄せ、あたたかい石鹸水と紅茶とチョコレート――おれたちが決して手に入れられない生活を垣間見たことはあまりにつらく、もう耐えられなかった。いままでずっと、じゅうぶんに満ち足りた生活をしていると信じて疑っていなかったのに。紅茶を飲み干し、マグカップをカウンターに置く。「それじゃあ、そろそろ寝る」おれは言う。

マリーは腕時計を見る。「まだ八時半よ」

「長い一日だったから。本当にこのソファでいいのか？」

「大丈夫。しばらく、ヘッドランプをつけて本を読んでいてもいい？　眠れないかしら？」

おれは構わないと答える。「紅茶とチョコレートをありがとう、マリー」

「おやすみなさい、クーパー」

朝になったら朝食をつくる。たまごを焼き、マリーの荷造りを手伝う。フィンチと一緒に見送り、マリーの車が轍（わだち）や石と格闘しながら砂利道を行くのを見守る。フィンチはマリーのことを好きだと言い、残ってくれたらいいのにと願い、おれはフィンチの肩に手をのせ、おれもそう思うと嘘をつく。マリーの出発後、フィンチは数時間はふさぎこみ、落ち込んで少しは涙も流すだろう。ジェイクが帰るといつもそうなるように。おれたちは薪を割り、七面鳥かライチョウを狩りに行くかもしれない。チョコレートを置いていってもらえるかとマリーに頼み、夜にフィンチと一緒に食べるのもいいだろう。薪ストーブの扉を開け、火が燃えあがり薪がはぜる音を聞きながら、特別なおやつとして、マリーが来た記念にいただく。『北アメリカの鳥類』を読もう。森の夜までには、マリーはミシガンの家に着き、フィンチとおれも落ち着くだろう。少女のことも、相変わらずのスコットランドのことも気がかりなままだが、少なくともさらに複雑な状況からは解放される。マリーとほとんど音を立てない車と、おれたちに欠けているものの数々を思い知らされるものからは。

20

ところがそうはいかなかった。朝日が射すころまでには森は雪に覆われ、その重みが松の木々にのしかかって枝が変な角度にたわみ、見慣れた森の輪郭が別の何かに変わっていた。すべてが白く新しく、雪はひたすら激しく降り続き、視界がかすんで吸い込まれそうになる。寝室の窓から外を見て、まず頭に浮かんだのはフィンチと雪ぞりだ。それから、ウォルマートで買ってきた迷彩柄の新しいスノーウェア。外はまだ薄暗く、雪の朝の空は薄汚れた灰色で、フィンチはいまだ小さなベッドでシーツと重い毛布にくるまっているが、もうすぐいつもとほぼ変わらない時間に目を覚ますだろう。フィンチとおれはキャビンの西側の斜面でそり遊びをする。まずは滑りおりてコースをつくり、雪に足を取られながら上までもどる。何度も何度も滑走し、疲れてウェアのなかが蒸し暑くなるまで続ける。すっかりくたびれたら、家にはいってホットチョコレートを飲む。粉の量もケチらない。

やがて意識がはっきりしてきて思い出す。キャビンの主室にいるマリー。ゆうべはなかなか寝つけなかったけれど、そのあとでぐっすり眠れたから、すっかり忘れていた。マリーと、紅茶やチョコレートのはいったエコバッグ。立ち上がり、薄いガラスに額を押しつけ、その冷たさを感じる。

ジーンズとフランネルのシャツに着替え、そっと部屋を歩くと、冷気のなかで床板がミシミシときしむ。そろそろストーブに火を入れ、たまごを集めて朝食を考える時間だ。昼頃には暖かくなって、雪が解けるかもしれない。マリーも帰れるかもしれない。

ドアを開けたとき、がつんと――まさに〝がつんと〟――ベーコンの香りに打たれた。どうして寝室で気づかなかったのだろう。主室の薪ストーブの前にマリーが立っている。薪はすでに燃えて心地よくはぜ、その上では小型のファンが熱を受けて回転し、暖かな空気を部屋じゅうに運んでいる。マリーは棚の下段にあった古い赤のエプロンをつけ、片手にフライ返しを持って、鋳鉄製のスキレットをのぞきこんでいる。

こっちを見てほほえむ。「コーヒーは?」

マリーがキッチンにいるという光景はなぜ、おれの心を震わせ、同時に沈ませるのだろうか。

「はい、どうぞ」マリーはそう言って、黒い蓋つきの洒落たガラスの容器からマグカップにコーヒーをつぐ。

おれは素直にマグカップを受け取る。正直、まだ状況をのみこめていなかったからだ。静かにはぜるストーブの薪とベーコンと、家のなかに女がいておれのために食事をつくっているという事実。コーヒーをひと口する。ここで暮らしはじめてからは、ジェイクがどこかの量販店で買ってきた大容量パックのインスタントコーヒーにすっかり慣れていた。別に支障はない。午前中の活力を与えてくれているし、フィンチも気に入っていて、特別なときに砂糖とスキムミルクを入れて飲んでいる。でも、これは。あまりの芳醇（ほうじゅん）さとなめらかさとうまさに、目を閉じる。「なんだこれは？」

「当ててみましょうか。ジェイクにはインスタントコーヒーを飲まされていたんでしょ」

おれはうなずく。

「あの粗悪品をコーヒーと呼ぶかどうかで、意見が分かれていたの」マリーは波打つ髪を耳にかけてほほえむ。白く輝く、完璧な歯。マリーの笑みに何かを感じる。茶色の瞳の目尻がさがり、あたたかみがほとばしるようす。ジェイクと同じだ。そのとき、顔を洗ってもいなければ歯も磨いていないと気づく。最後に自分の顔を見たのはいつだ、クーパー？　鏡ならある。二十センチかける二十五センチの大きさで、木製フレームに小さなタイルの装飾が埋め込まれているのを化粧台の一番上の引き出しで見かけたが、出したことはない。つまり、何年も見ていない。

マリーが雪を指す。「帰れると思う？」

「あのおもちゃみたいな車で？」

マリーは胸の前で腕を組む。「プリウスよ。ガソリン一リットルで二十キロ走れるの」

「雪のなかじゃそうはいかない。停まった場所から動かない」思わず笑みが漏れる。「外を見てくるが、きょうはどこにも行けないだろうな」

「もう一日ここにいなきゃいけないかもってこと？」

「一日じゃ済まないかもしれない。残念ながら」

「それはどうも」マリーは鼻にしわを寄せる。「ご親切なこと」

「そういう意味じゃない。家で用事があるんだろうと思って。いろいろとやることが。なのにここに缶詰だ」

「そうよね。わたしを追い出したがっていることとは無関係よね」言いながらマリーの瞳がきらりと輝き、にっこりと笑顔になる。

たまらなくかわいい。

「高校の進路カウンセラーには、会話下手だと言われたよ」

「そうね、つまりは、わたしがここを発つことをお互いに望んでいるけれど、大自然は別の計画を立てていたみたいだから、それを受け入れて、きょうを謳歌(おうか)しましょう、ってことね」マリーはコーヒーのマグカップを掲げる。「雪の一日に」

「そうだな」心のなかでは、雪の一日にはならないだろうと感じていた。雪の日々だ。タイヤの幅の道を二本分、門まで雪かきをするにはどれくらいかかるだろう、と一瞬考える。しかし門まで行けても、そこから除雪済みの道路に出るまではまだ何キロもある。

「それから、あなたの進路カウンセラーはそんなことを言うべきじゃなかった」マリーはパイレックスの大きな計量カップの縁でたまごを割り、かきまぜる。「本当のことだとしてもね」

「きみがいなくてさみしがる人は?」ふとそんな考えが浮かぶ。友人と約束したランチに姿を見せないマリー、仕事に来ないマリー。在宅の気配がないと気づく隣人。電話をかけるかもしれない人や、行き先を探そうとするかもしれない人。「つまり、誰かに心配されないか、ってことだが」あえて口には出さないが——その誰かは探しに来ないのか、さらに厄介なことに、警察に通報し、捜索を依頼しないのか。

マリーはエプロンで手を拭き、窓の外を見つめる。「誰もわたしのことは探さないわ。いずれにせよ、しばらくはね。学校司書だから、勤務先の学区は冬休みだし。それだけじゃない。離婚やジェイクのこともある。アメリカにはこの前の夏に帰ってきたばかりなの。ジェイクの容態が悪化して。ずっと余裕がなかった」言葉を探す。「だから友達もいない。いまのところはね」

「そうか。そこはきみとおれの共通点だな」

マリーはかすかにほほえみ、薪ストーブに目をもどす。

「朝食はパンケーキのブルーベリー添えよ。いまの時期は六百グラムのパックが五ドルするんだけど、ジェイクには必ずサプライズを用意するようにって言われていたから」マリーは顔をそむけたが、その前に一瞬、悲しみがよぎるのをおれは見逃さない。

「コーヒー、チョコレート。ブルーベリー。ベーコン。メイプルシロップは忘れちゃった」

「それならある」

「よかった。じゃあ結局、必要なものはすべて揃ったのね。ベーコンを食べてみる?」マリーが指した皿の上には、かりっと茶色く焼けた、油のしたたるベーコンの薄切りが整然と並んでいる。

おれは途方に暮れる。このキッチンは厳密にはおれのものではないが、実質おれのものとして八年間使ってきた。隅々まで知っているし、どんな香辛料があり、どの皿のどこが欠けているかも把握している。おれ以外が料理のために薪ストーブの前に立ったことは一度もない。ましてや大人の女なんて。崩れた顔のジェイクが不自由な脚を引きずり、ときどき料理に挑戦しようとしたが、立ったりかがんだりするのも痛みがあるようだった。言うまでもなく、長距離運転のあとでは、なおさらしんどい。**いいから座っていてくれ。**おれはよく言った。**食料を届けてくれただけで務めは果たしたんだ。ほら、座れよ。**そしてジェイクは言われたとおりにし、隅のスツールに腰をおろす。

本当のことを言うと、マリーを目で追ってしまい、そう認めるのが少々気恥ずかしい。そういうことに関して、自分は進歩的なほうだと常々思っていたからだ。つまり、キッチンに立つ女を見て惹かれるような男ではないと思っていた。シンディはキッチンとは無縁だった。シンディの両親は料理人を雇っていたから、おれと一緒に住むまではキッチンに足を踏み入れたこともほとんどなかった。マカロニチーズを箱から出してつくるだけでも毎回焦がしていたが、おれは構わなかった。料理はおれの得意分野だったし、シンディがつくれないものをおれがテーブルに運ぶと喜んでくれたし、おれのそんなところをシンディは愛していたし、シンディが喜べばおれも嬉しかった。

マリーはパンケーキを裏返す。

「よく眠れたか？」

「ええ。枕の位置を変えて、頭が足より低くならないようにしたらね」マリーはいたずらっぽくほほえむ。「よく寝たわ。むしろぐっすり。ここはとても静かね。ジェイクの家に引っ越したのは――イギリスを離れてからなんだけど。いつも何かしら騒々しくて。水曜日はごみ収集車、木曜日はリサイクル品の回収。月曜日は道路清掃車。だからきょうは自然に目が覚めるまで寝ていられたの」

ウォルト・ホイットマンがおれの脚に絡みつき、喉を鳴らす。おれは窓の外を見る。雪は降り続き、厚く積もっていて眩しい。コーヒーを飲み終えると、玄関ドアの手前の支柱にかけておいた上着と帽子をつかむ。

「ほかにはない経験よね。こんなに真っ白な世界で目覚めるなんて」マリーはキッチンの窓へと歩き、つま先立ちになる。「父が教えていた大学には丘があったの。うちからは数ブロック離れていて、ジェイクと一緒に歩いていったわ。スノーウェアのせいで二羽のアヒルみたいによたよたと、そりを引きずってね。何度も丘を滑って遊んだ」

おれはブーツに足を突っ込む。「ゆうべ来たとき、門は閉めたか？」

マリーはスキレットにバターを入れる。「いいえ。いけなかった？」何の気なしに、そんなことは問題にもならないとでも思っているように言う。

「正直言って、困る」

とげのある言い方になる。マリーはさっと顔をあげ、眉根を寄せる。「ごめんなさい」

「いつも施錠してある。門が開いていると人を招くことになるから。なかに人が住んでいて、はいってもいいというメッセージになる」

「いままで侵入者とトラブルが？」

「いや、でも言ったように、施錠しているから。必ず」

マリーは唇を噛む。「知らなかった」

門が開いていると知り、ストレスを覚える。この雪では乗用車もトラックも来ないだろう。だがスノーモービルなら余裕だ。ここまで来る可能性は低いが、ないとは言いきれない。おかげでこれからは門の外も警戒しなくてはならない。

ドアを開けてポーチに出ると、屋根があるから雪はほとんど積もっていないが、多少は吹き込んでいて、縁のところが細かい雪で白くなっている。とても静かな、どこまでも白くて無垢な世界。そして、寒い。すべてが雪に包み込まれ、輝いている。

複雑な心境だった。あまりに多くの感情に翻弄されている感覚。門が開いていることに苛立ち、雪に腹を立てつつ感謝している。ストーブの暖かさやベーコン、コーヒー、打ち明け話をするマリーの親密さに心が安らぐ。彼女がここにいるということにさえも。もうひとりの大人、美しい女性の存在。こういったことのすべてに。そこに心を許し、警戒を怠るわけにはいかない。

ポーチからおりると、雪はブーツの半分の高さまで積もっている。シャベルで鶏小屋のフェンスまで雪かきをするが、人がひとり通れる分しかやらない。雪は重いし、シャベルも畑作業用の四角いのが一本あるだけだからだ。最低限の仕事は果たせるが、理想的とは言えない。ウォルマートできちんとした雪かき用のスコップを買うべきだった。

「問題がひとつ解決」ニワトリのお嬢さんたちに話しかける。みんな小屋のなかで身を寄せ合っていて、おれが戸を開けたせいで雪が吹き込むと難色を示す。おれが言っているのはカメラの少女のことだ。この雪ではもどってこないだろう。少なくともしばらくは国有林の道路がすべて閉鎖される。「でも新たな問題発生だ」小屋をのぞきこみながら言う。一羽はおれに怒りの目を向け、動こうとしない。「マリーだ。おれたち、どうしたらいい？」手袋をはめた手の甲で押しやると、ひと声鳴いて横に飛びのく。「家のなかに大人の女がいて一日経ち、あれこれ考えはじめてるんだ。なんだ？　ああ、そうかもな。彼女がちょっと前かがみになってコーヒーを淹れたとき、ちらっとのぞいたかもしれない。とにかく長くは見ていないから、変質者のたぐいだとは思わないでくれ」

小屋の足場に敷いている松葉を払い、糞を片づける。「ああそうだ、彼女は魅力的だ、わかったよ。おれは魅力を感じた。何年も前、初めて会ったときに。そしていまもそう思っている。ほら、言ってやったぞ」気が変わったらしい一羽が近づいてきてくちばしを開け、おれの手をつつこうとする。「落ち着けよ」声をかけ、頭を軽くなでる。「おまえはおれに必要とされてラッキーだぞ。そうじゃないとスザンナみたいになるからな」全員奥に並び、おれがたまごを上着のポケットに突っ込むのを見ている。「すまない。こんなことを言う必要はなかった。スザンナにあんなことをしたのは苦痛から救うためだ。わかってくれるよな、お嬢さんたち？」戸を閉めて掛け金をかけ、細い道をそろそろとポーチへもどる。

おい、ニワトリに話しかけているぞ、クーパー。罪を告白している。こいつらに謝っている。豆つぶほどの脳みそしかない生き物に。正気じゃないぞ。

足踏みして雪を落とし、もう一度森に目を向ける。近くにおれがいるのに、鳥が餌台に飛んでくる。空腹のせいと、雪のせいで。ジェイクが餌台を持ってきたのは、二年か、おそらく三年前で、さんざん話し合ったあげく——ポーチのすぐ外じゃなく（そこらじゅう餌だらけになる）、洗濯紐の上じゃなく（洗濯物が糞だらけになる）——穴掘り用の道具で縦穴を掘り、皮を剝いだニセアカシアのまっすぐな枝を立て、その上に餌台を置いた。窓のすぐ外だから、食事をしながら観察できる。すぐにスコットランドが来て、ここぞとばかりに、幼いフィンチにはペットのカラスが必要不可欠だと言ってきた。以来、春が来るたびにフィンチはくどくどと言っている。カラスのひなを見つけて育て、手懐けると。

いま目の前では、地味な灰色のユキヒメドリが数羽、森から震えながら飛んできて、餌台の足元の深く積もった雪の上に集まっている。ポーチに置いたシャベルを手に取って近づくと、みんな飛び去る。そのあたりの雪をかき、粒餌がこぼれても地面でついばめるようにする。一歩さがってシャベルにもたれ、おれがこんなに近くにいても飛んでくるか試しに待っていると、もどってきた。美しく華奢な、震えている小鳥たち。顔をあげると、窓辺にはマリーがいて、フィンチがぴったりと寄り添い、その体にマリーが腕を回している。幸せな光景だ。感嘆のまなざしでほほえむふたり。おれも笑みを返しつつ、内心あることに気がついていた。おれはフィンチになんでも——おれにあたうかぎりの満ち足りた生活を——与えることができるが、欠けているものもある。フィンチを愛し、安らぎを与え、導く女性。母親の存在だ。

21

こんな事件があった。ずっと前。キャビンに来る前。自動車事故が起きたりＣＰＳが来たりする前。フィンチが生まれる前。カブールから帰還して六週間後のことだ。リンカンおばはおれの海外派遣中に亡くなり、葬儀に合わせた帰国は叶わなかったが、おばはそういうことを恨みに思う人間ではない。なぜかおれに農場を遺してくれたからそこに住んだが、農場の仕事はしなかった。材木置き場で働くことになった。別に華々しい仕事ではなく、木材を運び込んで在庫を管理し、たまに木屑を掃くだけだ。きつい仕事で、おれは気に入っていた。木材の重みに耐えながら、確認した在庫数を手元のクリップボードの簡易表に記入していく。それまでの四年間に体験したことの数々に比べ、木と数字だけというシンプルさに、どことなく安心感を覚えた。

その日、おれは町のダイナーでルーベンサンドとフライドポテトとピクルスとコークという昼食をとっていた。二〇〇七年のことで、おれは宇宙の片隅でヒーローのような扱いを受けていた。町の住民はいい人ばかりで、ベトナム帰還兵もあちこちに住んでいたから、そのときの紛争の教訓から、戦争に対して憤りや戸惑いを感じるのは構わないが、誰とどこで戦うかを決めたのはおれたち兵士ではないという理解があった。黄色いリボンを窓辺に飾り、車のバンパーにはステッカーを貼っていた。おれが帰還したときには盛大な歓迎パレードが行われた。ただで何かをもらうこともあったし、バーではいつも店のおごりだと言われた。

帰国してからまだ六週間しか経っていなかったころで、実は当時、夜は悪夢に悩まされていた。恐ろしく生々しい夢で、記憶そのままのようでいてちがっていた。悲鳴をあげて目が覚めると、汗だくでシーツもぐちゃぐちゃになっていた。おそらくほぼ毎晩のことだったから、ベッドに行くのはあまり気が進まなかった。寝たらどこへ連れもどされるかはわかっていた。戦地での、暑く、目の回るような日々。空気に重く漂う死のにおい。ジェイクの脚が腐っていき、ふたりとも身動きが取れず行き場もなかったこと。そこから抜け出すためにおれがしたこと。

しかし夢に煩わされていたのはおれだけだった。リンカンおばの家は町のはずれにあったから、おれの悲鳴は誰の耳にも届かなかった。夜ごとに襲ってくる悪夢はそのうち終わるだろうと思っていた。おそらく誰もがなんらかの形で抱えている問題にすぎないのだろうと。必要なのは時間だけだった。このことは誰にも言わず、シンディにすら話さなかった。シンディとはまだ正式には付き合っていない時期だったが、よく一緒に過ごしていた。

ダイナーで、おれはケリー・ラムゼイとニワトリの話をしていた。ケリーは、飼っているニワトリの一羽がオリーブグリーン色のたまごを産んだと言った。ケリーはその店のウェイトレスで、おれとは同じ学校に通っていたが、すでに男の子がふたりいた。おれはほとんど毎日、ケリーと話していた。その日、ケリーは例のグリーンのたまごの話をした――「ほかのたまごと大きさは同じなんだけどね、緑色なの。オリーブグリーン」

そのとき、店の入り口でやかましい金属音が鳴り響いた。ドアの取っ手にぶらさがっている小さなクリスマス用のベルがガラスにぶつかったのだ。そっちを見ると、奇妙な光が射し込んでいた。ふたりの男が店内に足を踏み入れ、どちらも武装していて、おれたち全員を殺そうとしていた。そこの男たちはこっちにはいってきて、おれはふたりに見覚えがあり、ふたりは危害を加えようとしていた。ひとりは銃を持ち、もうひとりは背中に何かを隠していた。ふたりのあの表情。一方、ダイナーには老若男女が集い、ほとんどの席はランチ客で埋まり、しゃべったり笑ったりと、古き良きひとときを過ごしている。ただ、誰もふたりの男の存在を気にしていないようすで、おれだけが、どうやってふたりを阻止しようかと考えていた。

「家にたまご用の箱はある？　今度持ってきてくれたらいくつかあげるよ」ケリーはオリーブグリーンのたまごの話を続けている。

近くの席で子ども用の椅子に座っていた赤ん坊が泣きわめき、両腕をばたつかせた。ジム・ミラーとジェイダ夫妻の末の女の子だ。フィル・ウィリアムズが片手を挙げてケリーの注意を引き、「手があいたらケチャップをもらえる？」と声をかけた。

ふたりの男は左右に分かれ、店の両側の壁に向かって歩き出す。ふたりの挙動は怪しく、目には悪意をたたえているが、誰にも気に留められないよう、さりげなさを装って動いている。

おれはルガーを持っていた。武器を人目につかないよう携帯する許可を得ていて、法的にはまったく問題なかったし、罪のない人々が昼食を食べている店で、ふたりの武装した異常者を相手に、戦わずにことを収めるつもりもなかった。だから、おれはポケットからすばやく銃を抜いた。「全員伏せろ！」

すると。悲鳴が飛び交い、人々は逃げ惑い、店全体が騒音と混乱であふれた。難破、王国の崩壊。モスクの下敷きになるドイルとターンブル。おれの戦闘服に飛び散るフィリップスの血。血、血、血。すべてが巻きもどされ真っ白になる。ここはどこだ？　銃を持ったふたりは？

子ども用椅子の赤ん坊が泣いている。フィル・ウィリアムズと妻はテーブルの下にうずくまって顔を伏せていて、このふたりも泣いていた。

どのくらいの時間、銃を持って立っていただろうか。数分？　数秒？　店じゅうにささやき声と泣き声があふれている。

「ケニー」声がした。部屋のどこか遠くから、長いトンネルの向こうから聞こえるようだったが、静かで落ち着いていて、聞きなじみがあった。

別の声。「危ないぞ、ケリー。子どもたちのことを考えろ」

あのふたりは？　どこへ消えた？

「ケニー！　ケニー、大丈夫よ。銃をおろして、ケニー」

部屋は不気味なほど静まりかえっている。

「男がいた。ふたり」何かが爆音をとどろかせている。「飛行機の離陸時のように。自分の心臓だ、と気づいた。ルガーをポケットにしまい、店を出てメインストリートに立つと、外は晴れているのに、空気はひんやりしていた。五月。風が吹いてきてクラブアップルの花が散り、肩の上に舞い落ちた。

その日のうちに、判事がうちに来た。おれがダイナーを出たあと、誰かが警察と判事に連絡し、こうしようと決めたにちがいない。判事の訪問。正直、おれとしては警察のほうがよかったが、来たのは判事だった。車のエンジン音が聞こえ、おれはリビングのカーテン越しに外を見た。判事はレクサスを乗り入れると、しばらく車の脇に立ち、厳しい目で家を見ていた。一番得意なことをしているのだろう、とおれは思った。判決をくだしていると。リンカンおばは家のメンテナンスについて特に几帳面というわけではなかったから、庭にはタイヤや金属のスクラップなんかが散らかり、肥えたみずみずしいトマトを育てるのに使っていた十八リットル缶が山と積まれていた。ポーチにはマットレスと古いグリーンのソファがあり、寝心地も座り心地も最高なのだが見た目はうるわしいとは言えなかった。しかも、木の階段は腐りはじめていた。判事にはわからないだろうが、これでも片づけてがらくたをだいぶ減らし、ごみ収集施設に運ぶのに四往復した。裏にあった箱形冷凍庫と、ガスグリル三台、ファイリングキャビネット九台も処分した。あと、おばが保管していた書類も全部燃やした。一九八九年からの保険証券、カタログ、レシート、雑誌のたぐいだ。

問題は、おれと判事は反りが合ったためしがないということだ。理由はこう。判事のほうは、物事を常に白か黒かで考える。おそらくそれこそが判事の仕事なのだろう。おれはというと、物事の本質を見るから、白か黒かではなく、そのあいだにある百の色調でとらえる。

おれは玄関を出て、ポーチに立った。家には入れたくなかった。正直、家のなかのほうが庭よりひどい。おばはものを溜め込むタイプだった。でもさっき言ったように、片づけている最中だった。神に誓って。「おひさしぶりです」

「ケニー」

「ご用件はなんでしょう」

午後の日射しのなか、判事は黒のスーツを着込み、磨きあげた靴を履いて立っている。一般人の二週間分の食費より値が張りそうな靴だ。軽く顎を引き、サングラス越しに灰色の瞳をのぞかせる。「まあ、わたしが来た理由はわかっているだろう」

「誰かに告発されました？」

判事は頭を左右に振り、スタンドからはずれて私道の脇に転がっていた魔女除けの球（ウィッチボール）をつま先でつつく。「いや、誰も告発はしていない。少なくとも、いまのところはな。この町の住民はいい人ばかりだぞ、ケニー。感謝すべきだ。おまえのことを英雄だと思っている。少なくとも、昨日まではそう思っていた。しかしだ」

判事はそこでひと呼吸置き、おれは思った。ロースクールで学ぶ手法だな。ここぞというところで間を置く。相手を待たせることで、その次に発する言葉に、さらなる影響力を持たせる。

「ダイナーで銃を抜いたな、ケニー。おだやかな土曜日に。子どもも老人も赤ん坊もいた。みんな恐怖を味わった。当然だ。今度は何が起きるかと心配している」

「二度と起きません」

「そうは言いきれないだろう、息子よ。おまえもよくわかっているはずだ」

〝息子〟と呼びかけられたことに腹が立つ。いかにも親しい間柄で、気にかけているように聞こえるが、実際はそうではないからだ。昼間の太陽は容赦なく照りつけ、判事が黒スーツ姿で日に焼かれていると思うとせいせいした。おれは古いTシャツと短パンにはだしでも暑かったから、判事は不快だったはずだ。でもおれは暑さにも、暑さで消耗するのにも慣れていたから——戦地で身につけた利点だ——何も言わずに突っ立ったまま、判事は相当暑いだろうと思っていた。

判事は高級ハンカチを上着の内ポケットから出して、額をぬぐった。「しばらく休養したほうがいいのでは、とみんなが言っている」判事は言った。「人に相談するんだ。専門家に」

「言っただろう、ケニー。町の人たちは、起きてしまったことは快く許そうと思っている。だが、二度と起こらないという確証も求めている。おまえが助けを得ることを」

「みんな？」

「病院に行けと。狂人向けの」

「ブリッジポートに退役軍人病院がある。すでに連絡してあるから、わたしが直接連れていこう。これで判事の株はあがる。身の回りのものをまとめたら、すぐにでも出発できる」

で。家を訪問し、病院へ行くよう促し、説得したと吹聴する。なんて勇敢なんでしょう、と人は言うだろう。ああ、判事さん、殺されたかもしれないのよ、何が起きるかわからなかったんだから。判事は、戦争のことも、戦争が何を奪うかも、何ひとつ知らない。いいコネがあったからベトナム戦争の徴兵をまぬかれている。リンカンおばの夫、ビルおじが塹壕に身を潜め、燃えさかる村や火だるまになった子どもたちの悪夢に苦しむようになった一方で、判事はどこかの大学図書館にこもり、憲法の勉強をしていた。

おれは首を振った。いや、判事。あんたについていくわけにはいかない。「いえ、結構です」

判事はサングラスをはずし、黒スーツの袖で額を拭いた。判事の灰色の瞳は、悲しみや同情をたたえたものから残忍で非難に満ちたものへと一瞬で変化しうる。いまは親切そうな目をしているが、おそらく見せかけだ。これもロースクールで学ぶ手法だろう。一瞬で表情を変える能力。「それは間違っているぞ、息子よ。わたしが恐れているのは、誰かが傷つくことだ」

風が起こり、ポーチにある二組のウィンドチャイムが鳴り出した。カラフルなガラス製のと、竹筒でできているもので、異なる調べが不協和音を奏でる。おれから言うことはもうなかったが、判事を暑い屋外に立たせたままにするのは構わなかったから、考え直しているそぶりを見せた。手すりから剝がれかけているペンキを親指でこする。そして判事が上着を脱ぎ、ネクタイを緩めたところでやっと、かぶりを振る。「行けません」

「そうか、こういう結果になって残念だ、ケニー。だが、おまえには助けが必要で、おまえはそれを拒否している。おばも似た人間だったな。血は争えない」

半年前に死んだおばのことをそう言われるのは癪だった。

「わたしはひとりの心ある市民としてここに来た。味方として。しかし取り合うつもりがないようだから、今度は幸福と成功への道を歩むひとりの淑女の父親として話そう。これだけは言っておく。シンディには近づいてほしくない。おまえがあの子にふさわしい男だったことは一度もない。あの子もわかっている。おまえもわかっているな。もちろんみんなも。今回のことで、ふさわしくないだけでなく、危険だと証明された。これも周知のことだから、いままで英雄視してくれた町の人たちからの同情も期待しないことだ」

判事の態度が瞬時に変わると言ったのを覚えているだろうか。カメレオンのように、まったくちがうものへと豹変する。まあ、実際にそうなったわけだ。太陽とうだるような暑さのもとでの、不快な妙技。親切で気遣いのある判事は消え、本性があらわになる。冷酷で残忍な判事。

おれのなかで、どす黒い何かが生まれはじめた。汗が顔を伝い、拳が結ばれていく。

「彼女はもう大人だ」おれは言った。「自分のことは自分で決められる」強い口調で、判事に唾を吐くように言葉を叩きつける。判事の言葉にまったく動揺していないようにふるまうが、内心では、判事の残酷な言葉が、その言葉の真実が、突き刺さるのを感じていた。シンディはおれにはもったいなさすぎる。誰もがわかっている。一番わかっているのはおれ自身だ。

判事はずかずかと家に歩み寄り、三段の階段をひとっ飛びでポーチにあがると、おれの真横に立った。あまりの近さに判事が昼食に食べたもののにおいがわかる。ピクルス。ここで言っておく。おれは身長百八十センチ強だが、判事のほうが背が高い。判事はその事実を強調するように立ちはだかり、おれを見おろした。「あの子に少しでも近づいてみろ。少しでも目を向けてみろ。おまえの無様な人生を破滅させてやる。よくわかったな?」

おれは目をそらさなかったが、答えもしなかった。判事の脚を払い、瞬く間もなく地面に組み伏すこともできた。昔から嫌いで、ずっと憎んでいたのは事実だが、人のことを無価値で無様だとほざくなんて、いったい何様のつもりだ? しかもあらゆる苦難をくぐり抜けてきたおれに向かって。遠く離れていた日々、シンディのことを片時も忘れず、シンディとの仲が深まることを願い、その先の可能性を——まあ、そのおかげで生き延びられた。こういうことをすべて置いといたとして、判事が知らなかったことがある。おれの無様な人生はすでに破滅していた。

おれは判事に背を向ける。上等な黒スーツ姿の判事をポーチに放置する。ちなみに怪我は負わせていない。逃げるなとわめくのが後ろからたしかに聞こえたように思うが、おれは家にはいり、スクリーンドアを乱暴に閉めた。追わないほうがいいと判事もわかっていたのだろう。ドアの向こうで、ウィンドチャイムが騒々しく鳴り響いた。

しばらくすると判事は踵(きびす)を返した。渾身(こんしん)の力でウィッチボールを蹴飛ばしてから、レクサスに乗って走り去る。庭じゅうに割れたガラスの破片を残して。何百という玉虫色のガラスのかけらも掃除するはめになったが、窓から見るとまるで水たまりのようで、日光を受けてきらきらと美しく明るく輝いていた。

その後、ダイナーには二度と行く気になれなかったが、ルーベンサンドとフライドポテトとピクルスは恋しかった。ケリーのことも。ニワトリやふたりの子どもや夫のバイクについてのおしゃべりも。すべてに居心地のよさと安心感があった。おれは材木置き場の仕事を続け、リンカンおばの家のがらくた処分も続けた。作業はきつく、筋肉の凝りや張りもあったが、達成感が目に見えて——おれにとってはいいことだった。おばの家の片づけも着々と進み、ボロ家ということには変わりがないものの、あとで必要な修繕をすれば、快適な場所になりそうな見込みも立った。土地は美しかった。木が生えていない小渓谷があり、その中央を小川が流れていた。正直、当時でさえ、シンディが妊娠する前でさえ、おれはそこでの生活を思い描いていた。シンディとの生活を。

ダイナーでの一件以外で、実在しない人間を見たことはない。そのことにはひと安心している。そうは言っても。これで、シンディが死んでCPSが来たとき、おとなしくフィンチを預けたほうがいいと友人ドンに耳打ちされた理由がわかるだろう。ダイナーでの事件——おれが武器を出し、みんなはテーブルの下に伏せて悲鳴をあげた——のあとで、おれがどう思われていたか。そして、フィンチとおれがなぜこの森に来ざるを得なかったか。選択肢がなかったのもわかるだろう。

22

マリーはブーツとコートは持ってきていたが、スノーパンツはなかったから、おれのを貸すと申し出る。いらない、大丈夫だとマリーは言い張り、ひと騒動あったけれど、おれがポーチの温度計を指し、外はマイナス七度だと伝えると諦める。もたつく足取りで寝室から出てくると、断熱性の迷彩柄パンツは十五センチも長い上に腰回りがぶかぶかで、すぐにずり落ちる。マリーは余分な布を片手でまるめて押さえる。

「これじゃ無理よ」マリーは肩をすくめる。

フィンチはくすくす笑いながら、自分のスノーブーツを履く。「カウボーイみたいだよ、その歩き方」

「ちょっと待ってろ」おれはマリーに言う。寝室の引き出しからベルトを出して持ってくる。膝をつくと、マリーの腰の高さにおれの顔が来る。マリーは防寒ジャケットを持ちあげて押さえ、おれはマリーの代わりにベルトを穴に通し、肘がマリーの尻をかすめる。背中側に手を回すと、マリーの腹に顔が押しつけられる。ベルトをしっかり締めて立ち上がる。「どうだ？　完璧だろう」

マリーは顔をそむける。

「谷におりたらどうかなって思っていたの」フィンチが帽子を引っぱって耳にかぶせながら言う。「川が凍っているか見に行くの」

マリーはほほえむ。「楽しそうね」

「そこまではるばる行かなくていい」おれは言う。「絶対にまだ凍っていないから」

フィンチはおれから目をそらさない。「でもほかにも何か見るものがあるかも。面白いものとか、いつもとちがうものとか」

おれはフィンチをにらみつける。「きょうはだめだ。雪が多すぎる」

「そんなことないよ。雪。行けるよ」

「マリーはあんなところまでトレッキングするのは嫌だと思うぞ」

「わたしのせいで予定を変えないで」マリーが口をはさむ。

フィンチがにやっと笑う。「ほらね？」

「だめだと言ったらだめだ」

フィンチはテーブルの脚を蹴り、残っていたコーヒーが飛び散る。マリーが目を見ひらく。「行かなきゃなの」フィンチが鋭く言う。「きょう行かなきゃいけないの」

「ちょっと失礼」おれはマリーに言う。寝室までついてくるようフィンチに合図すると、フィンチは不満そうな顔でのろのろとついてくる。「例の女の子のことか？」おれはドアを閉めながら小声で言う。「そうだとしたら、おれが保証する。もうここにはいない」

フィンチは腕組みをする。「そんなのわからないじゃない」

「もちろんわかる」おれたちはあの子が帰るのを見た。二日後には三十センチの雪。

「でも行ってみるのは構わないでしょ。確かめるだけでも」

「おれが確かめなきゃいけないのは、おまえがこのことを忘れるかどうかだ」

「でも——」

「忘れろ」息を殺して言う。「二度とその話はしないこと。わかったな？」

フィンチは熊の顔をつくると寝室を飛び出し、マリーの前をどすどすと通り過ぎて玄関を出る。

マリーがおれを見る。「大丈夫？」

おれは肩をすくめる。「わかるだろう。子どもって奴は」

マリーは玄関へ向かい、手袋を上着のポケットに突っ込む。「外に出てるわね」

「おれもすぐに行く」

おれも着替える。ロング丈のタイツとジーンズに、かかとが薄くなっている厚手のウールの靴下。上着、帽子、マフラー、手袋。きょうの朝二回目にポーチへ出ると、雪はまだ降っているものの弱まっていて、雪片がゆっくりと優しく舞いおりている。そこかしこに足跡があり、おれのものの上にはすでに雪が薄く積もっている。それよりも小さい足跡が二組あるが、フィンチの姿もマリーの姿もない。足跡をたどって家の脇を回る。いない。森に目を向ける。玄関前に引き返す。鼓動が速まる。

「フィンチ？」

ドスン。何か硬いものが顔面を直撃する。衝撃で一歩さがる。冷たい、冷たい、冷たい。バランスを崩しそうになる。

「やったー！」

笑い声が立て続けに湧き起こる。

上着の袖で顔を拭く。雪玉だ。おれのズボンを穿いたマリーがおぼつかない足取りで寄ってくる。「体にさわった罰」おれを見あげて言う。

「そんなつもりは――」

「さわったうちにはいるわよ」手袋をはめた人差し指をおれに突き立てる。フィンチに合図する。「総攻撃！」

庭の端の溝からフィンチが顔を出して雪玉を飛ばし、おれの胸に当てる。マリーはポケットから雪玉を出し、またおれの頭にぶつける。フィンチがいる場所へ走り、溝に隠れる。

「二対一。ずるいぞ！」おれはしゃがんで雪玉をつくり、フィンチめがけて投げる。はずれた。フィンチは大笑い。もうひとつつくり、マリーに向かって投げると頭に命中し、雪玉がニット帽の上で崩れて落ちる。

そんなふうに、あっという間に数時間が過ぎる。雪合戦、スノーエンジェル（雪の上に寝転がって手足を動かし、翼を広げた天使の形をつくる遊び）、庭のすぐ隣の小さな窪地を何度も往復するそり遊び。斜面は短いからスリルはないが、楽しいことには変わりなく、しかもフィンチにとっては初めてのそり遊びだからなおさらだ。三人で順番に滑り、ときにはふたりで、ときには頭を先にして滑る。ジャンプ台つきのコースもひとつつくる。雪を集めて押し固めると、そりは一瞬浮きあがってから地面を強く打ち、乗り手が放り出されることもある。こんなに笑うことは何年もなかった。

午前中いっぱい、シンディのことがまったく頭に浮かばない。ただの一度も。森には目を配り続ける――本能だ――でも心配はしていない。スコットランドにも煩わされずに済むが、フィンチとマリーが昼食で家にはいるときにふと、あいつはスコープで見ているだろうかと思ったので、住んでいると言っていた方角を向き、念のため手袋をはずして中指を立てておく。

というわけで、当然スコットランドは顔を出す。その日の午後、おれが屋外トイレまでの通路をふたたび雪かきしているときだ。百年前のものかと思うようなスノーシューズで雪を踏み分けて庭にはいってくる。今回は静かな雪の世界をザッザッと踏みしめる足音でわかった。まだ遠くにいるときから姿を認め、初めて不意打ちで心臓が飛び出しそうにならずに済む。

「客が来ているな」スコットランドはマリーの車を指して言う。

「ジェイクの妹のマリーだ」

「人質にしているのか？」スコットランドは笑い、その声が森の深い静寂に響く。

「雪のせいだ」

スコットランドは嚙み煙草を吐く。「ゆうべ、車がこっちに来るのが見えた。わたしも来ようと思ったが、ひとりで対応できるだろうと考え直した。助けが必要なら発炎筒がある、と思い出してたな」

おれはスコットランドが茶色い煙草を吐いたあたりの雪をシャベルですくう。「そうだ。万が一、助けが必要スコープったら発炎筒がある」空気を読んでくれ、と思う。いちいち顔を出して首を突っ込むのをやめろと。おれたちを見張るのをやめろ。この八年間を振り返ると、そのメッセージは伝わっていないらしい。

スコットランドはトイレの屋根から氷の塊を引きおろす。「ふたりで車から荷物をおろしているのが見えて、ジェイクが誰かを代わりによこしたんだろうと考えた。買い出しの分と彼女からの物資で、だいぶ長期分の蓄えができたようだな」

「ジェイクは死んだ」

スコットランドは目を閉じ、手袋をはめた手を腹の前で組む。深く息を吸い、空を見あげる。「彼はいま神とともにいる。この世の痛みや苦しみを味わうこともない」

「あるいは単に死んだだけだ」

スコットランドは頭を左右に振る。「いや、クーパー。そういうもんじゃない。この世は、おまえの腸（はらわた）をえぐり出す。おまえもよくわかっているだろう。しかし、それだけじゃない」咳払いして空を仰ぎ見ると、歌いはじめる。「〝あらゆる祝福の泉にて、汝（なんじ）の恵みを歌わせたまえ〟」

おれは雪かきで暑くなり、上着のファスナーを開ける。心をわし掴みにするような、朗々とした歌声。どうしてこう、苛立たせながらも胸を打つんだ？

「おまえにもわかるよう願うだけだ」スコットランドは素手で雪玉をつくる。「マリーは知ってるのか？」

おれは小道の雪かきを続ける。「何を？」

「わかっているだろ、クーパー。はぐらかすな。おまえが誰か知ってるのか？」

「だいぶ前に一度会っている。ジェイクとおれがアフガンに派遣されたのも知っている」

「ほかのことは？」

「なんであんたが気にするんだ？」

スコットランドは雪玉を近くの木へと放る。「単純な質問だぞ、クーパー」

「ジェイクはマリーに、おれがシンディを失い、拠りどころを見つけるまでここにいると話してある」

「拠りどころを見つけるまでか」低い声で言う。「そういう言い方もあるな」

おれはシャベルですくった雪をスコットランドの足元に放る。

「話すつもりか？」スコットランドが尋ねる。

「いや、話さない。彼女のこともろくに知らない」

「でも知りたいんだろう。もっと彼女のことを」

「雪が解け次第出ていく」

「内緒ってわけか」スコットランドは舌を鳴らし、頭を左右に振る。

フィンチが家から飛び出してきて、ファスナーが開いたままの上着が両脇ではためく。ブーツは履いているが帽子と手袋はつけていない。「スコットランド！」腕を広げて駆け寄る。「雪合戦したの。そりに乗ったんだよ」

スコットランドはかがんでフィンチを抱きしめる。「見ていたよ、小鳥ちゃん。本当に楽しそうだった」おれにちらりと目をやる。「お父さんが手で合図を送ってくれたよ」

「来てくれたらよかったのに」

「そうだな」意味ありげにおれを見る。「招待されていなかったもんでね。パーティを台無しにしたくなかったんだ」

「いつも招待されてないいじゃない」フィンチは言う。「でもいつでも歓迎だよ。それに、いつもいいタイミングで来るよね。なんでかわかんないけど。わたしたちが必要なときがわかるんだね」

マリーが完全装備でポーチに出てくる。重い雪のなかを歩いてきて手を差し出す。

「はじめまして、マリーです」

「隣人のスコットランドだ。ご家族を知っているよ」

「ごめんなさい、覚えてなくて」

おれからの補足は避けたが、スコットランドの〝知っている〟は、スコープでスパイし、全行動を監視しているという意味だ。

「きみはまだ小さかった」スコットランドは言う。「ともかく、きみは帰ってきた。雪で缶詰のようだがな。まあ、しばらく引きこもるにはすばらしい場所だと、我ながら思うよ」

マリーは何も言わず、フィンチを手招きする。フィンチの頭に帽子をかぶせ、ピンクの手袋をはめさせる。

フィンチはスコットランドの手を握る。「来て。わたしのそりに乗ってほしいの」

スコットランドはスノーシューズのストラップをはずし、フィンチに連れられて庭の隣の斜面に向かう。フィンチはそりに座り込み、スコットランドにも乗るよう手招きする。あいつは指示に従う。フィンチの真後ろに座り、自分の脚をフィンチの脚に重ねて滑り出し、さっき押し固めたコースのひとつを歓声をあげて滑りおりる。ふたりは視界から消え、笑い声だけが返ってくる。

「大丈夫?」マリーが尋ねる。

「何が? 大丈夫だ」もう通路の雪はなくなったが、まだ雪かきを続ける。「なぜ?」

マリーは肩をすくめる。

おれは身振りでスコットランドを指す。「あいつにはいつも神経を逆なでされる」

「いい人そうだけど」

「ああ」シャベルに雪をどっさりと積む。「たしかにいい奴だ」

マリーは眉根を寄せる。「じゃあ何が問題?」

「別に」もちろん、肩にカラスをのせ、AK‐47アサルトライフルを背負ったスコットランドが庭に乗り込んできて、おれの罪の数々を書き立てた新聞だけを注意深く選んだ束を置いていった日のことは話せない。「とにかくしょっちゅう顔を出すんだ」

「さみしいのかも」

「そうかもな」

フィンチとスコットランドの姿が見えてくる。帽子の先、それから顔、肩、体全体。

「次はマリーの番!」フィンチが叫ぶ。

マリーは雪をかきわけ、フィンチの後ろに乗り込む。スコットランドのときとはまったくちがう絵になる。

「そりなんて何十年も乗ってなかった」スコットランドが言う。袖で目元をぬぐっている。

「大丈夫か?」

「寒さのせいだ」スコットランドはポケットに手を入れ、頭蓋骨を出す。「フィンチに渡してくれ。わたしは帰る」てのひらに収まるほどの小さな白い頭蓋骨。「モリネズミだ」そう言い残すと、スノーシューズのストラップを留め、ゆっくりと森へ歩き出す。

23

雪は降り続き、次から次へ、ここへあそこへと、さらに十センチほど積もり、そのあいだにマリーはニワトリのお嬢さんたちに挨拶し、たまごを集めた。薪を割り、火の番もする。二晩目の夕食にはグリルドチーズをふるまってくれた。毎晩、夕闇がおりるころになると、タオルをまるめて玄関ドアの隙間に詰め、雪が吹き込まないようにする。鍵をかけ、シャベルを立てかける。最後に失望するのはほぼ確実だとわかっているから、期待するのはよそうとしているのに、気づけば〝もしもこのまま…〟と考えている。

三晩目の夕食後、マリーはフィンチに日記帳を見せてもらえるかと訊き、このリクエストにフィンチは得意になるだろうと思いきや、おれを横目で見て「屋根裏でふたりきりで見るならいいよ」と答える。谷に行かせなかったことをまだ根に持っているのだろう。

「皿はおれが洗う」と声をかける。「女同士で楽しんでこい」

ふたりははしごをのぼり、おれは洗い桶にケトルの湯を入れる。屋根裏部屋では座る場所をつくっているらしく、プラスチックの保存ケースを引きずったり、荷物のはいった袋を動かしたりする音が聞こえる。

「ジェイクはね、毎年ノートを持ってきてくれたの。お絵描き用に〈プリズマカラー〉の色鉛筆もくれたんだけど、ジェイクの調査では一番いい色鉛筆なんだって。それでね、これは今年の春に見つけたオウゴンヒワ。繁殖期には、どんどん明るい黄色になるの。まあ、オスだけなんだけど。メスはそんなに華やかじゃない。これはエボシクマゲラ」

おれはダッチオーブンの側面をこすり、ふたりの世界を邪魔しないようにする。

「これはルリノジコ。いままで見たなかで一番きれいな鳥。ぴったりな色が見つからないんだけど、きれいなのはわかる？　これはミドリツバメ。春の鳥。空中でアクロバットしてるみたいに飛ぶんだよ。急降下したり、輪を描いたり。こんなふうに鳴くの」――フィンチは鳥の鳴きまねをする――「うがいみたいでしょ。わたしの好きな鳥だよ」

「この赤毛のロングヘアの子は？」

おれは手を止め、研磨スポンジを握りしめる。森にいた少女のスケッチ。すっかり忘れていた。

「前に話したお友達。最初は、近くの王国から逃げてきたプリンセスだと思ったけど、ちがうって気づいたの。プリンセスは森に住まないから」

「そうなの？」

「このお姉さんみたいにはね。だからわかったの。本当は木の妖精さんなんだって」

「なるほどね」マリーは言う。

石鹼水がゆっくりと腕を伝う。

「〝木の妖精（ウッドニンフ）〟って名前のジャノメチョウがいるんだよ。茶色くて、目みたいな暗い斑点がふたつあって、敵をだますの。でもこのお姉さんはそういう木の妖精じゃないよ。物語に出てくる感じ。言いたいことわかる？　森に暮らす美しい乙女なの」

「魔法を使えることもあるよね」マリーが言う。話を合わせてくれているとわかって安心する。

「そう。姿を変えたり。変態（メタモルフォーゼ）っていうんだよ」長い単語を注意深く発音する。

「蝶みたいにね」

「そう」

「いつからこの森にいるの？」

「そんなに前からじゃないよ。まだほんの数日。マリーよりちょっと前に来たの」

おれはスポンジで湯をかき回す。湯気が立ちのぼる。

「ダフネとアポロンのお話は知ってる？」フィンチが尋ねる。答えは待たない。「うちにある本に載ってたの。アポロンはダフネにひと目惚(ぼ)れして、ダフネは木の妖精で川の神の娘なんだけど、アポロンと関わりたくなかったの。ただ森で暮らしたいだけだった。だって、そう、木の妖精だもの。とにかく、アポロンはダフネを追いかけ、ダフネは逃げて逃げて逃げたんだけど、アポロンのほうが速かった。どんどん距離が縮まっていく。でもアポロンがダフネにさわろうとした瞬間、ダフネはお父さんに助けを求めて、ぱっ！　木に変わったの」

「お友達のことをそう呼んでいるの？　ダフネって」

「ときどきね」

ページをめくる音がする。「これは何？」

「お姉さんが住んでいるところ。大きな石がたくさんあるの、わかる？　川から引きずってきて、かまどをつくっていたの。体はそんなに大きくないけど、力はあるんだよ」

「それならぴったりね。妖精は体が丈夫で、いろんなことができるから」

「これがテント。それから折りたたみの椅子」

「すてきな色遣い。想像力豊かね。青いケトル、気に入ったわ」

フィンチが声を落としてささやく。「秘密、知りたい？」

屋根裏部屋でマリーはうなずいたのだろう。フィンチに身を寄せるようすが目に浮かぶ。

「クーパーに言わないって約束しなきゃだめ」

おれはグラスを軽くぶつけて音を立て、聞き耳なんて立てていないというふりをする。息を詰め、咳か咳払い――会話を中断させる何か――をすべきか迷うが、フィンチが言おうとしていることも気になる。

「約束する」マリーが言う。

「これは想像じゃないの。お姉さんは本当にいるの。ときどき会いに行くんだ」

ダッチオーブンにフォークを落とすと、金属音がうるさく響く。「ホットチョコレートを飲む人は？」

フィンチが歓声をあげ、いそいそとはしごをおりると、マリーも後ろからついてくる。

ホットチョコレートのあとはフィンチを寝かしつけるというイベントで、これがまた時間がかかる。フィンチの歯を磨き、手と顔を洗い、本を読む。

「フィンチ」やっとのことで毛布にもぐりこませて言う。「あの少女の話をするのはやめてもらえるかな」

フィンチは大きくため息をつき、毛布を引きあげて口元までかぶせる。「聞いちゃいけなかったのに。クーパーも言ってたじゃない。ふたりの人が話しているときに、何を話してるかこっそり聞こうとするのは、盗聴って言って失礼なことだって」

「ああそうだ。でもこれはちょっとちがう——おれはおまえの父親で、おまえを見守るのはおれの仕事だ」フィンチの膝に手を添える。「だから、その子に取りつかれるのはやめてほしいと頼んでいる」

「取りつかれてなんかいない。友達だもん」

「その子のことは頭から追い出しなさい」おれは厳しく言う。

フィンチは鼻にしわを寄せる。「無理」

おれは深呼吸する。フィンチの想像力が問題になってきている。フィンチが現実と空想の境目を曖昧にしていること。まだ八歳なのはわかっているが、そもそも両者にちがいがあると認識しているかすら定かでなく、おれは気がかりだった。「無理じゃない。追い出さなきゃだめだ」

フィンチの額にキスをしてドアまでさがり、おやすみと声をかける。

主室にもどると、マリーがふたり分の紅茶を用意していた。ソファに座って待っている。キャビンの外では気温が急に落ち、風がうなり、木々に積もった古い雪を払い落としている。朝になったら、また雪かきを全部し直すことになるだろう。しゃべっているのはほとんどマリーで、おれは聞いているだけで満ち足りた気分を味わっている。マリーの声に耳を傾け、揺らめくロウソクの炎が顔を照らすのを眺める。大きな茶色の瞳、小ぶりの鼻に幅広の唇。ほんの数日で魅力が増すなんてことがありうるだろうか。というのも、マリーがそうだった。おれにとっては。きょうの日中、ふと気がつくと夜を待ちわびていた。打ち解ける時間を楽しみにしていた。でも、フィンチとマリーの会話を思い出すと、そんなことをできる立場にないと思い知らされる。

「オックスフォードで出会ったの。夫とね。元夫だけど。わたしは二十歳で、留学中だった」マリーは室内履きの足をコーヒーテーブルの向こうへ滑らせる。「二十歳よ！　若すぎた。それに恐ろしく世間知らずだったと思う。自分のことは自分でわかってると思っていた。自分の人生をどう見られたいか、わかってると思っていた。そんなときに出会ったの。あれは――目の醒(さ)めるような体験だった」

おれは口に出さないが、マリーがオックスフォードで恋愛に夢中になっていたのと同じ春、ジェイクとおれは戦地で当時最悪の小戦闘に巻き込まれ、地図上の点にすぎない町と洞窟群のあいだで四日間足止めを食らったうえに、あまりに複雑な地形のせいで、おれの卓越した地理感覚でも全容をろくに把握できずにいた。初日に負傷したフィリップスは徐々に血を失い、感染症が広がり臭いはじめていた。夜は四人全員で身を寄せ合ったが、なんの装備もないうえに寒さも非常に厳しかった。しまいには自分たちの尿を飲んだ。もちろん、あとで起きたこと、次の海外派遣時に起きたことを思えば、まったくたいしたことではない。

「でもいまは憎んでる」マリーは続ける。「あんなことをされた身としてはね。屈辱だった。でも憎みきれない部分もあるの。かつては愛していたわけだし、心のどこかではずっと愛し続けると思う」マリーはおれを見る。「なんでこんな話をしてるのかしらね。話せる相手がいなかったからかな。両親は亡くなってるし、生きていたとしても話さなかったと思う。もちろん両親は最初から彼を認めていなかった。彼は無神論者で、遠慮もなかったから。父とはもう大げんか。義理の父と義理の息子の不和なんてもんじゃなかった。戦争よ」

「お母さんはなんて?」

「母はトーマスのことは何も言わなかった。良いとも悪いとも」マリーは紅茶をひと口すすり、考え込む。「たぶん、沈黙で多くを語っていたんだと思う」

「ジェイクは？」

「反対するようなことは言わなかったけど、好きじゃないのは知ってた。家族での夕食や休暇を振り返るとね。トーマスのそばに長時間いるのが耐えられなかったみたい。いつも何かしら理由をつけて部屋を出たり席をはずしたり。トーマスにはどことなく毒を隠しているようなところがあったのよね。いまならわかるけど。ジェイクはそれを見抜いていた。両親も。でも、わたしだけ見抜けなかった」チョコレートを箱から引き出し、スライスは省略して丸ごと口に入れる。「ともかく。これがわたしの悲しい人生の物語。悪い男と恋に落ちて人生を棒に振ったっていうね。しゃべりすぎてごめんなさい。惨めな女だと思うでしょ」

おれは首を振る。「全然そんなことはない」ぐっと唾をのみ、咳払いする。おれも何か話したい、おれとフィンチについての真実を伝えたい、とも思うが、できない。マリーにとってもおれにとっても危険だ。

「ここに来る直前に離婚の手続きが全部終わったの。ちょっと変な気分。最高の勝利だとも思うし、ひどい失敗だとも思う。うちの両親は、母が病気になるまで二十九年ていたから、おれも立ち上がっておやすみを言う。マリーはもどってきておれの目の前に立つ。手を伸ばし、おれのうなじに両手を添え、指のぬくもりとやわらかさが伝わってくる。その手をおれの肌に押しつける。ふたりで立ちつくす。そんなふうに、とても近くに。「ジェイクがあなたを好きだった理由がわかる」やがてそう言うと、おれの目を見て何かを待ち、それから背を伸ばしてつま先立ちになると、おれの頬にキスをしてから体を離す。「おやすみなさい、クーパー」

おれもおやすみとつぶやいたと思うが——確信はない。よろけるように小さな寝室にはいり、フィンチを起こさないように奥へ歩くが、床板がきしんでフィンチが寝返りを打ち、おれはベッドの角に足の指をぶつける。ジーンズとフランネルのシャツを脱ぎ捨ててベッドにもぐりこむと、足の指がずきずき痛む。頭もくらくらする。いま、マリーとおれのあいだに生まれたのはなんだ？　手を伸ばしておれに触れようとしたとき、おれは後ずさった？　身をすくめたか？　両方だったと思う。そして彼女はおれにキスをしようとした？　本物の、友情のキスではなく、頬にではないキスを。

女の前で情けない姿をさらすのはいまにはじまったことではない。高校のときも機会はあった。まあ、はっきり言おう。チャンスは二回あり、二回とも相手の女の子と何かが起こる可能性はあった。相手はその気みたいだったし、応じてくれそうだったし、おれのほうも求めていたが、彼女たちが何を差し出そうとしていたにせよ、おれは必ず怯んで不安に負けた。それに、いつかシンディと一緒になるという未来を夢見ていたせいもある。

おれは相手の女の子から体を離した。二回とも。さっき、マリーに対してしたように。

寝室は寒かったので、ベッドの足元から予備の毛布を引っぱり出して体にかける。カーテンのあいだの細い隙間から月明かりが射し込んでいる。眠れない。マリーの指の感触がまだ首に残っている。押しつけられた体のやわらかさも。高校のときの女の子たちとはちがう。あのころは、手を出したい気持ちと出したくない気持ちの両方があり、前者が後者に負けた。今回は、そういう葛藤や戸惑いはない。あるのは欲しいという思いだけだ。それでもやはり。

さっきの瞬間を思い返して再現し、自分を疑う。たしかにあった、そうだよな？ふたりのあいだで芽吹こうとしている何かが。親密さ。可能性。そしておれは何をした？ 後ずさりだ。

24

翌朝、目を開けるとフィンチがベッドの脇に立っている。かがんでおれの顔をのぞきこんでいるから、ほんの数センチ先にフィンチの顔がある。おれは窓から降りそそぐ朝日に目を細め、日射しを受けたフィンチの髪も燃えているように見える。

「見て！」フィンチは口を大きく開け、にこにこしながら言う。

おれは顔をしかめる。

「抜けたの。わたしの歯！」持っていた歯を差し出す。「はい。マリーが洗ってくれた。血まみれだったから」

うなずいて目をこすり、体を起こすが、いつもほどすっきり目覚められない。「痛かったか？」

フィンチは首を横に振る。「でも、ちょっとは痛かったかも」おれのてのひらに歯を落とす。

歯を見る。とがった根。フィンチの歯が生えはじめ、よく泣き、腕をばたつかせ、そこらじゅうによだれを垂らしていた日々を思い出す。機嫌を取るためだけに、おれの親指をしゃぶらせた。七、八年前のことだが、きのうのことのようにも感じる。

「今夜、枕の下に入れなきゃな」

「うん。ねえ、起きる時間だよ。わたしはもう一時間ぐらい前から起きてる。マリーと一緒に朝食も食べた。きょうもパンケーキ。あと、たまご。クーパーのことは寝かせておいてあげて、って言ってた」

フィンチを寝室から追い出して着替える。手を止め、化粧台の一番上の引き出しから鏡を出す。ここ数年で初めて自分の顔をよく見るが、ここで言っておこう。長年見ていなかった自分の顔をひさしぶりに鏡で見るのはおすすめしない。こんな顔だというイメージがあって、最後に見たときから変わっているだろうと頭ではわかっていても、実際の変わりように衝撃を受ける。それにたいていの場合、いい方向への変化はない。まず、頭は白髪まじりで、ひげはさらにひどい。白髪まじりで、伸びて絡まっている。クーパー、これじゃジェレマイア・ジョンソン（映画『大いなる勇者』の主人公。ロッキー山脈で猟師として生きる）だぞ。あるいはチャールズ・マンソン（マンソン・ファミリーと呼ばれたカルト集団の指導者）か。両者のあいだのどこかというところだが、おそらく後者に近い。頭に手をやり髪を押さえ、手ぐしでととのえようとするが、どうにもならない。野球帽をかぶる。ひげを伸ばすのは考え直したほうがいいかもしれない。

主室ではストーブの薪がはぜ、その上でファンが回転し、メイプルシロップの香りが満ちている。テーブルにはマリーが背を向けて座っていて、向かいには皿とマグカップが置いてある。マリーがこっちを向いて目が合い、突然おれは真冬に広い川の表面を歩いているような感覚に襲われる。一面に氷が張っているのは見ればわかるが、おれの体重を支えるほどの厚さはないかもしれない。「おはよう」しわがれた声で言う。

「おはよう、クーパー」

薪ストーブの前に行き、鍋置き用の三脚台からフレンチプレスの抽出器をおろす。マグカップにコーヒーをつぎ、マリーの向かいに座る。ゆうべおれたちのあいだで揺らめいたものがなんであれ、過ぎ去ってしまったのではないかと不安になる。もしかしたら、夜遅い時間帯が感覚をにぶらせただけだったのかもしれないと。あのひときも、可能性も、消えてしまったのではないかと。おれたちは孤独だ。マリーもおれも。悲しみ。脆さ。このキャビンに閉じ込められたいま、こういった要素はすべて、ふたりの人間を結びつけるのにじゅうぶんだ。それはわかる。わかっている。だからといって、今回もまた悲しい別れに終わるとは限らない。そうだろう？　いやはや。長い年月を経て初めて、胸に希望の火が灯り、もしかしたら、何もかもうまくいかないわけじゃないのかもしれないと思う。その感覚をなんとなく気に入る。

そのあとしばらくして、クリスマスツリーを切りに出かける。森のなかを四苦八苦して歩きながら、はっと気がつく。きょうのほうが暖かい。雪が解けてきていて、ときどき足が滑る。空を見あげ、雲に透ける太陽に目を細める。典型的な十二月だ。寒いのか暖かいのかはっきりせず、気温が乱高下する。予測は不可能で――寒い日が続くが、気温が十度ぐらいまであがり、雲ひとつない空に太陽が燦々と輝く日もある――それをいつも楽しんできた。十二月にそうやって驚かされることを。でもきょうはちがう。だめだ。きょう、おれの頭にあるのは次の吹雪のことだけだ。心の奥底ではそれを求めている。マリーを引き留めておけるから。

フィンチが先頭に立ち、自分よりも少し高い木を選ぶ。のこぎりで切ってもいいぞと言うとフィンチは大喜びし、木が傾いてドサッと雪の地面に倒れると歓声をあげ、両手を高く天に突きあげる。その木をキャビンまで引きずり、小石や水を入れたバケツのなかに立たせる。薪ストーブに鍋をのせてポップコーンをつくり、針に糸を通し、はじけたポップコーンをつないで長く白い飾りをつくる。マリーはふたつのリンゴを薄い輪切りにし、それも飾る。おれはウォルマートで買ってきたクリスマスツリー用の電飾を出し、フィンチに電池を入れさせる。電飾のコードもツリーに緩く巻くと、フィンチは両のてのひらを合わせて一歩さがり、ため息を漏らしながら電飾の明かりに顔を輝かせる。これで一日の大半が過ぎるが、完成するとホットチョコレートを用意して腰をおろし、うっとりと眺める。ポップコーンとリンゴ、そして何よりも電飾のきらめき。その光景に、人生最大の快挙を成し遂げたような感覚を味わう。

だが、ツリーのそばに座って気がついたのは、フィンチとふたりだけの生活にあれほど満足していたのに、あっという間に心変わりしたことだ。さらなる可能性があると知り、それを求めている。正確には何を？　こういう日々、ということだろう。いままでにはなかった、すべてが揃っているという感覚。おれは男女関係における自分の直感を完全には信用していない――うまくいったことはないし、実践からも遠のいているし、ここ十年近くはスコットランドとフィンチとジェイクとしか絡みがない。でも、ツリーの向こうから二回、マリーの視線を感じ、この引力を感じているのはおれだけではないのかもしれないという思いがよぎる。この関係は蕾(つぼみ)をつけ、花を咲かせ、成長する可能性を秘めているのかもしれない。

その日の夜、フィンチが眠ると、マリーとおれは忍び足で寝室にはいる。枕の下に手を滑り込ませて歯を探ると、やがて指先がとがった硬いものに触れる。それを引き出し、代わりにアカフウキンチョウの羽根――赤から灰色のグラデーション――を差し入れる。何カ月も前に森で見つけたもので、渡すのにふさわしい時機を窺っていた。フィンチが一瞬目を開けたので、おれとマリーは凍りつく。フィンチはウォルト・ホイットマンがなんとかかと言って、寝返りを打つ。ふたりの大きないたずらっ子よろしく、マリーとおれはこそこそとリビングにもどる。おれは歯を〈レイジネット〉の缶に入れ、棚にもどす。

マリーはバーボンのボトルを開け――クリスマスだし、と言って――カラフルな〈フィエスタ〉のマグカップで飲む。マリーのはターコイズブルー、おれのは赤で、ソファに並んで座り、膝と膝が触れる。ストーブの薪がはぜ、部屋の隅ではクリスマスツリーがまたたいている。マリーはおれに体を向けてさらに身を寄せ、腰が触れ合う。おれは今回はシンディのことも考えず、自分を抑えようともしない。心構えはできている。唇が触れ合う。はじめはためらいがちに。いったい何年ぶりだろうか。マリーのうなじに手を添える。さらに抱き寄せる。手順を覚えているか定かでないが、マ体の方は急いているからペースが乱れる。もう一度キスをする。おれの手はマリーの髪に、マリーの手はおれの頬にあり、唇は重ねられ、おれはむさぼるようにすべてを求める。もちろん体を。だが、それだけではない。絆も。ふたりがひとつになるのを受け入れること、身も心もゆだねることを。

マリーがはっと体を離す。

「どうした？」

「ごめんなさい」そう言って泣き出す。

おれはソファにドサッともたれる。頭がくらくらする。マリーを傷つけるつもりはなかったが、おれも困惑している。すっかり昂ぶっていて、落ち着かせようとするけれど、もう、わけがわからない。そして謝るべきはおれのほうかもしれないと思いはするが、何が悪かったのかよくわかっていない。「すまない」

マリーは首を振る。「ちがうの」おれの手を取り、指を絡める。「わたし、あの人しか知らなくて……二十歳だったし、ほかに誰もいなかったから」強く手を握る。「こうしていたいの。本当よ。でも、感情のまま同じ過ちを繰り返すわけにはいかない。わたしはいま悲しみに沈んでいて、孤独で、心に傷を負っているから、一時的にはいいかもしれないけれど、あとできっと後悔する。夢だったと思うかもしれない。そしていまのわたしに必要ないのは、後悔を増やすこと。さらに不信感を募らせることなの」マリーはおれを見る。「言いたいこと、伝わってる？」

イエスでもありノーでもあり、マリーはまだおれに触れていて、おれの手にしっかりと指を絡ませ、脚もぴったりと、膝から腿から腰までくっついていて、情熱まかせだった状態から急に冷静になるのは難しく、おれはとりあえずこう言う。「ちょっとごめん」おそらく一番いいのは体を引き剝がすことだ。体を離し、物理的な距離を置き、頭を冷やす。でもマリーの気持ちは傷つけたくない。そっと自分の手を引き抜き、前かがみになって両手に頭をうずめる。

「わたし、帰らなきゃ」

おれは〝そうなのか？〟〝どうして？〟と言いたくなる。春になれば、あらゆるものが目覚めて咲き誇り、おれたちもここで幸せに暮らせる。三人で、支え合いながら。一緒に生きていける、そうじゃないのか？　おれは唾をのみ、マグカップのへりを人差し指で静かになぞる。

「雪が解けてきてると思わない？　解けたらすぐに出発したほうがいいと思うの。次の雪が降るまでここにいたら、冬じゅう閉じ込められるかもしれないから」

「そんなに困ることか？」

「正直、すてきだなとも思う。でも仕事が」マリーは言い、弱々しくほほえむ。「また学校がはじまるから。それに兄の家のこともあるし。ここにいたいのはやまやまだけど、ほっとくわけにはいかない用事もあるから」ブランケットのフリンジを指に巻きつける。

おれはうなずく。

「でも、また顔を出せるわ。夏とか。もちろん、迷惑でなかったらだけど」

「きみがここの家主だ」肘で軽くつつきながら、最初の晩にした売却の話を思い出す。

マリーはおれの手に自分の手を重ねる。「そのことだけどね。クーパー、ここはあなたの家よ。いまはわかってる。あなたから奪うことは絶対にないから。そのことは知っておいてほしい」

「感謝するよ。そして前にも言ったが、家賃は払える」

マリーは首を振る。「気にしないで。ここの支払いは済んでいるし。それにジェイクのためだと思えて嬉しいの。兄のやってきたことを引き継ぐ感じで。あなたがここにいる、って考えるだけでも」

そっと寄り添う。「おれも嬉しいよ。もし、また来てくれるなら」

「よかった」

長いことふたりで座っている。マリーの肩はおれの肩に寄せられている。ロウソクは燃えて小さくなり、やがて消える。もしかしたらひと眠りしたかもしれないし、していないかもしれない。外では風がうなり、窓には雪の塊が叩きつけられているが、ソファにいるおれたちは暖かく、フィンチはベッドですやすやと眠っている。平和に。なぜならこの瞬間が——平和そのものだからだ。このひととき、心地よい時間。そう。これが永遠に続くわけがないと、わかっているべきだった。

25

マリーが来て六日目、暖かさが続き、雪はどんどん減っている。家の前にフィンチとマリーとおれで最後の雪だるまをつくり、ストーブから黒く焦げた炭を持ってきて冷ましてから、目の位置に押し込む。小枝で鼻をつくる。

午後の遅い時間までには、庭の雪はほとんど解けて雪だるまだけが残り、シャーベット状の雪と泥の海に高さ百五十センチの白い像となって立っている。おれたちは昼食を終えるところで、フィンチが本を朗読している。永遠の命を与える泉を見つけた人たちの話で、おれはもう少しで聞き逃すところだった。外の物音を。低くうなるような音。エンジン音だ。何かが近づいてくる。誰かがうちの私道に車を乗り入れている。

「フィンチ」

フィンチは無視して読み続ける。

「フィンチ!」

読むのをやめておれを見る。

「ルートビア」

皿の上にフォークをガチャンと落として、フィンチはルートセラーへと走る。フィンチが跳ねあげ戸をあげる隙に、おれは皿をまとめてカウンターに積み、薪ストーブの上の棚からガーバーナイフをつかむ。ここまで数秒だ。

「クーパー? 何ごと? どうしたの?」マリーが戸惑いながら腰を浮かせる。

フィンチはルートセラーのがたつく階段をおりている。

おれはマリーの手をつかむ。「ここにはひとりでいたと言ってくれ。きみはこの土地の所有者だ。しばらく滞在しに来た。休暇か何かで。雪で閉じ込められたが大丈夫、ということに。とにかくおれたちのことはひとことも言わないでくれ。絶対に」

マリーの目に困惑の色が浮かぶ。恐怖も。腹も立てているかもしれない。そのことでは責められないが、いまは説明できない。時間がない。しっかりとマリーの手を握る。「頼む」

おれはゆっくりと階段をおりる。跳ねあげ戸を引っぱると、きしみながら頭上で閉まる。下までおり、ラグの裏につないでいる二本のロープを引く。だいぶ前につくった仕掛けだが、それぞれ床の節穴に通してあり、ロープを引くとラグがもとの位置にもどって跳ねあげ戸を隠す。頭上では、部屋のなかは静かだがエンジン音はさっきよりも大きくなり、近づいている。マリーはまだテーブルの椅子に座ったままで、足がかすかに震えているのが床板の細い隙間から見える。細い足首、ネイビーブルーのタイツ、今週ずっと室内履きにしていた、小さな白いリボンのついた赤いモカシンシューズ。

ここにはひとりでいたと言うだろう。言うはず、言うはず、言うはず。フィンチを抱き寄せ、その頭に顎をのせる。「大丈夫だ」頭へとささやく。「きっと大丈夫」もしフィンチがおれの顔を見ていたら、嘘だとバレただろう。なぜかいつも見抜くから。毎年、一月二十八日（おれの誕生日）になると落ち着きがなくなる――〝狼狽（ろうばい）している〞と言ったほうが正確かもしれない――のを見抜くように。六月三日（事故の日）にはおれの悲しみを。人の心を読むという驚異的な能力は、シンディ譲りだ。シンディはひと目見ただけでその人を、心の奥の隅々まで見抜き、すべてを察する。一度、夕食の席でおれにこう耳打ちしたことがある。「あの人、奥さんを傷つけてる」相手は知り合いではなかったし、名前も知らなかった。でも数週間後、新聞の一面に逮捕記事が載り、残忍そうな男の顔写真を見たとき、すぐにその男だとわかった。

外のエンジン音が大きくなり、それから静まりかえる。ドアがひとつバタンと閉まる音がして、もうひとつのドアの音も続く。ふたり。声が聞こえる。低く、くぐもった声。どっちも男だ。家の西側、マリーの車の隣。それから重い足音がポーチに響く。ドスン、ドスン、雪を蹴り落とす。コツコツと、拳が木のドアをノックする。マリーはまだ座っていて、室内履きの足も同じ位置にある。ルートセラーから、マリーに動けと念を送る。**頼む、マリー。ただ座っているわけにはいかない。立ってくれ！**

マリーはそのとおりにする。椅子を引き、咳払いをして、ドアの錠をはずす。ここからは見えないが、隙間から外をのぞいているのだろう。「なんでしょうか」

「こんにちは。シモンズ保安官と申します。こちらはマニー。保安官補です。きょうはいかがお過ごしですか、奥さん」

ルートセラーのなかは、つんとくる刺激的な土のにおいがする。ウォルマートで買ったジャガイモ、うちの庭で採れた不格好なニンジン。隅にはスコットランドが持ってきたバターナッツかぼちゃ。リンゴがはいった木箱。

「元気です、おかげさまで」また咳払いする。「ご用件はなんでしょうか」

「はいっても構いませんか」

「できればお断りしたいんですが」口をつぐむ。「泥で汚れそうだから。あなたのブーツの」

「お時間は取らせません」

頭上で物音がしてドアがきしみながらひらくと、冷気も自然に流れ込み、床板を通じておれたちのところまでおりてくる。フィンチは震え、さらにしがみつく。

「差し支えなかったら、そこのラグの上にいていただけますか。家のなかは清潔にしておきたいので」

「わかりました。まったく構いません。いい場所ですね。初めて来たんですが、緊急の用事がありまして。門も開いていましたし。問題ないといいんですが」

門か。やはりあそこまで行って閉めておくべきだった。最初の日に。

「父が昔建てた家なんです」マリーは言う。

「ここには一年じゅうお住まいで？」

おれは頭をこごめ、床板の裂け目からようすを窺う。喉が苦しくなる。まさか。あれは――やっぱり。あの制服、軍人のような堅苦しさ、射貫くような青い瞳。ガソリンスタンドで見かけた保安官だ。森に停めたブロンコを見られただろうか。そして思い出すだろうか。リコリスを嚙んでいた店員のように。

「休暇で来ているだけです」マリーは言う。「すみません、いったい何ごとでしょうか」

「わかりました。実はですね、奥さん。ご存じかどうかわかりませんが、女の子が行方不明になりまして。地元の子です。きょうで六日目ですが、まったく手がかりがありません」

フィンチがおれの手を包み、強く握る。森で少女とカメラを見かけた日のことを思い出す。手を握り返す。フィンチの爪がおれのてのひらに食い込む。

「女の子？」マリーは咳払いする。「何歳ですか」

「十七歳です。どうして？」

「気になっただけです」

フィンチはおれを見る。ゆっくりと、おれは人差し指を口に当てる。

「ここに来てどのくらいですか？」

「五日。いえ、六日です」

「何か見ました？　不審な物音を聞いたとか」

「いいえ」床板の隙間から、マリーがマグカップに手を伸ばすのが見える。「何も。でもほとんど家に閉じこもっていましたから。この雪で」

「薪はすべてご自分で？　ずいぶんたくさんありますね」別の声がする。保安官補。

マニー。

「夫です。前回来たときに。今回は来ていませんが」

「雪だるまは？　おひとりでつくったんですか？」頭の上で響く足音は重く慎重で、室内を歩き回りつつも、雪や泥で床を汚さないように気をつかっている。

「そうです。ちょっと」マリーが声をかける。「ラグの上だけと言ったじゃないですか」

「こっちへ来い、マニー」

「この本。『時をさまようタック』子ども向けですよ。去年、うちの娘が読みました」

マニーはおれたちの真上に立っていて、泥まみれの厚いブーツから、解けかけた雪がしたたっている。氷のかけらが隙間から垂れてフィンチの頰に落ち、おれはフィンチの腕をしっかり押さえて氷を払わせないようにする。マニーが本をひらくと、フィンチのしおりが、大事にしている画用紙を幅三センチに切り、今年の夏に摘んだラベンダーの押し花で飾ったしおりが、くるくると舞って床へと落ち、おれたちのちょうど真上の、光のすじが射し込んでいた割れ目をふさぐ。もしもおれたちを見たら——

フィンチがおれの手をさらにきつく握る。マニーのブーツから垂れたしずくがフィンチの顔を伝う。

「わたしは図書館司書なんです」マリーは言う。「いろんな本を読みますから。大人の本も、子どもの本も」もはや声が震えている。手も。床越しに伝わってくる。弁解しているように、罪悪感を抱いているように聞こえる。

しっかりしろ。マリー。落ち着け。

マニーはかがんでしおりを拾い、あまりに近くてにおいが漂ってくる。汗、コーヒー、ベーコン。「フィンチ」書いてある文字を読む。

おれは手でフィンチの口をふさぐ。

「図書館の利用者です」

マニーはしおりを『時をさまようタック』にはさんでテーブルに置き、つま先立ちで玄関にもどる。「面白かったとカーリーは言ってましたよ。泣けたって」

「まったく、マニー。この床を見ろ。ラグの上にいるように言われたのに」

「仕事をしているだけですよ、ボス」

「ああ、わかってる。我々が掃除しますよ、奥さん」保安官が言う。「雑巾はありますす？　ぼろ布か何か」

「いいえ、結構です。気にしないでください。大丈夫ですから。わたしがやります」

「そうですか。では、最後にこちらをお見せしておきましょう。当然ながら、ご両親はもう気が気ではなくなっています。ふたりとも憔悴（しょうすい）しています。とにかく、ご両親はチラシをつくりました。町じゅうに貼っていますが、まだご覧になっていませんよね。高校の最上級生でした。名前はケイシー・ウィンターズです」

めまぐるしく頭を働かせる。おれたちが見た少女——あの子が行方不明になっている。それが何を意味するのか。家に帰っておらず、学校にも行っていない。ずっとおれたちの森にいたとは考えにくい。だが、ほぼありえないとはいえ、もしも万が一、知るよしのない理由で、まだ森にいたら？

マリーは何かつぶやき、スカートを握りしめ、保安官が差し出した紙を受け取る。フィンチと日記帳と森にいた赤毛の少女の話——マリーが点と点をつなげ、何か真実めいたものを紡ぎ出すのが、はっきりと目に浮かぶ。

「ところで、少女は写真が趣味でした」保安官は言う。「しかも、どうやら腕もよかったようです。学校新聞に載せる写真を撮っていて、ご両親の話では、「ナショナルジオグラフィック」か似たような雑誌のカメラマンになるのが夢だったようです。それで、ときどき森に来ていたらしいんですよ。ひとりでアラスカに旅立った『荒野へ』の主人公の青年みたいにね」

「でもこの雪ですから」マリーが言う。「まだ森にいるとは思っていらっしゃらないですよね」

「それはなんとも。子どもって奴をご存じでしょう。彼女の部屋で、カメラのSDカードが二枚見つかったので、何か答えを得られるのではと期待しています」

あの日の時点で、わかっていたことだ。あの少女が問題になるとわかってはいたが、マリーとフィンチと雪に囲まれた夢のような生活にすっかり甘えていた。ホットチョコレート、紅茶、語らいの時間。ストローブマツのツリーに飾ったクリスマスの電飾。その真っ只中に放り込まれ、おれは警戒を解いた。いまとなっては一目瞭然だ。森で少女と遭遇したことは別にたいしたことではないと、自分に信じ込ませようとしていた。運悪くすれちがっただけだと。おれたちは安全だと。でもそうではない。

マリーが咳払いする。「誰か、失踪に関係していそうな人はいるんですか?」

「特には。しかし、写真の確認を今朝からはじめたばかりですから。何千枚もありますが、何か役に立つものが出てくるかもしれません」

状況がのみこめてくる。まずい、まずい、まずい。おれたちがいた場所に少女もいて、少女が足を止めたときはおれたちを見なかったかもしれないが、顔はこっちに向けたし、もしおれたちがファインダー内にいたときにシャッターを切っていたら、もしおれたちの写真があったら――

保安官がポケットのボタンをはずし、名刺を出すのが床の裂け目から見える。「真相を明らかにしたいと思っていますよ、願わくば。とり急ぎ、しっかり警戒してください。少しでも怪しいと思うものを見たり、耳慣れない音を聞いたりしたら、車で八十六号線にはいってください。ここは携帯の電波がはいらないでしょうが、そこまで行けばはいります。わたしの名刺です」出ていこうとして足を止める。「奥さん」マリーの肩に手を置きながら言う。「本当に大丈夫ですか」

そのとき、マリーが床を指したら終わりだと気づく。視線と身振りで伝えられる。マリーはおれに背を向けている。おれからは見えない。

「はい」マリーはそう答えるが、声は震えている。「大丈夫です。ちょっと不安になっただけです。ここはとても静かで、普段は人を見かけることもないんですが、おふたりがいらっしゃって、女の子が行方不明だから注意するようにとおっしゃって。ちょっと動揺しているだけです。わかっていただけますよね」

「そうですよね。でも不安になることはありません。総力を挙げて見つけ出します。一日か二日したら、またようすを見に伺いましょうか？　こちらは構いませんよ」

「いいえ、大丈夫です。その必要はありません。もうすぐ帰りますから。きょうのうちに、たぶん」

フィンチが身じろぎし、向きを変えておれを見ようとする。マリーが帰ると言ったから動転している。間違いない。しっかりと押さえつける。

「わかりました。何かあればお電話ください」

「ええ」

ふたりの男は出ていき、薄いガラスの向こうから話し声が聞こえる。

「いったいどういうつもりだ？　家じゅうに泥をまきちらして」

「美人だったから妬いてるんじゃないですか」

笑い声があがり、車のエンジンがかかる。

車は去り、エンジン音は薄れてやがて低いうなりに変わり、完全に聞こえなくなる。フィンチはおれの膝に座っていて、おれの胸にもたれかかり、おれはフィンチの頭に顎をのせている。右脚はしびれ、立とうとすると刺すような刺激が広がり、体の重みに負けそうになる。「もう大丈夫だ、フィンチ。奴らは帰った」

フィンチの肩が震えている。寒さと不安で。「クープ」ささやくように言い、顎がガタガタと鳴っている。「わたしたちが一緒にいるためにクーパーがずっと前にやったことって……」

「うん？」

「なんだったの？」

フィンチの額に頬を押しつける。「人を傷つけた」

「奴らを怖がることはない。仕事をしていただけだ」

「怖い」

「あの人たちが怖いんじゃないの。クーパーが怖がってるから、怖いの。嘘をつかないで。怖くないなんて言わないで。だってわかるもん。怖がってるって」

おれに何が言える？　どうやって説明したらいい？　建物が崩壊しはじめたときに、人々が地雷を踏み身を寄せ合うのを目の当たりにしたこと、暗い道から鹿が飛び出したせいで唯一愛していた女性が内臓出血で死ぬのを見守ったこと——いったいどうやって説明しろというんだ？　人間の体がどんなに脆いかを見てきたと、すべては壊れやすく、壊れるようにできていて、実際に壊れるし、おれに唯一残されたものが壊れるのを見るなんて耐えられなくて、失うのは耐えられなくて、だからそう、おれは怖がっていると？「おまえを失いたくないだけだ。おまえの安全を守りたい。それだけだ」

フィンチはおれの胸に顔をうずめる。階段を指さす。おれが先に行って戸を押しあげないといけない。「マリーが上にいるの、覚えてる？」

ああ、マリー。マリーは八歳児向けの単純な答えでは納得しないだろう。次から次へと疑問が湧くはずだ。真実を知りたがるだろうし、知る権利もあるだろう。もはやマリーも巻き込まれているが、それはマリーに選択肢がなかったからだ。クソッ。マリーに話したい、知ってもらいたいという思いもある。ただ、それでも。誰にでも秘密はある。やって後悔したことが。とんでもなく悪いことをしでかし、人の見る目が変わることもある。もちろんそれは避けたいが、いまこの瞬間本当に大事なのは、おれにとって大切なものを守ることだ。生き抜くこと。安全。おれたちのだけじゃない。マリーのもだ。

26

CPSにグレース＝エリザベスを連れていかれ、娘を手放したのは間違いだったと気づいたあと、娘の奪還は首尾よく運んだわけではなかった。予想できたことだったと思う。判事夫妻は孫を手に入れたがっていて、そのために法的なハードルを飛び越えることなど雑作もなかった。勝てるとわかっていたから、法廷闘争に向けた準備にも拍車をかけていた。だからこそ、おれは娘の運命を法廷に決めさせるわけにはいかなかった。

荷物をごっそりと積んだブロンコを運転し、夫妻の家に向かった。屋敷と小さな噴水のあいだに車を停める。玄関へ行ってベルを鳴らし、娘に会わせろと伝えた。出てきたのは判事で、胸にグレース＝エリザベスを抱いていた。あれはもう、最悪の光景だった。あの男がおれの娘を抱いているなんて。

「警察を呼べ」判事は夫人に言った。

夫人は踵を返してキッチンに向かった。

「止まれ」おれは言い、計画にはなかったがルガーを出すと、夫人は振り向いて悲鳴をあげた。

グレース＝エリザベスが泣き出した。判事は孫を夫人に預けた。

「ケニー――」

「おれを嵌めたな。うちに来て。手を貸そうとするふりをして」

「本当に手を貸したいと思ってるのよ、ケニー」

「この子が欲しいだけだ。あんたの思いどおりにはさせない。おれの娘だ。おれの血と肉を分けた子どもだ。電話を二、三本かければ手にはいるとでも思ったのか」

「銃をおろせ、ケニー。ここで愚かなことをする必要はない。話し合おう」判事が一歩前に出る。「さあ、息子よ。それをおろしなさい」

「動くな」それまで判事に投げつけられた暴言の数々がよみがえる。

銃をまっすぐ判事に向けた。夫人がまた叫び、腕のなかでグレース＝エリザベスが泣きわめく。

「赤ん坊を置け」夫人に向かって言い、玄関ホールの右手にあるリビングを銃で指す。

「あのブランケットの上に置け」

判事夫人は慌てて動き出すとグレース＝エリザベスの額にキスし、膝をついて赤ん坊を床に置いた。立ち上がり、両手を挙げる。

「ふたりとも地下へおりろ」娯楽室があるのは知っていた。広い部屋で、ビリヤード台とレザーのソファとバーカウンターがある。

ふたりは階段をおりはじめ、おれもあとに続いた。

「頭を冷やせ、ケニー。こんなことしてどうなるか、冷静に考えろ。やはり警察の要望どおり引き渡すべきだったな。

本当におれのために交渉したのかわからないが、その話をする時間はない。銃口を判事の背中に突きつける。「歩け」

地下に着くと、ビリヤード台とバーカウンターのあいだの空間を指す。「そこに座れ」

おれの近くにいた判事夫人が、さらに近づいてきた。さっとおれの左に回り込み、冷たい手でおれの腕をつかむ。おれは反射的に動いた。ルガーを夫人のほうへすばやく振ると当たった感触があり、銃の先端が夫人のこめかみのすぐ下の頬をかすめる。夫人の頭がのけぞって足元がふらつき、殴られた衝撃でバランスを失う。夫人はまばたきし、息を吐き、呆然(ぼうぜん)とする。

判事が夫人を抱きとめた。夫人は長身でやせていて、シンディと似ているが、シンディほど強くはなく、判事の腕に倒れ込むような形になる。判事は真っ赤な顔でおれをにらみつけ、うかつなことを言わないように全身全霊で制しているのが見て取れた。だから代わりに、夫人の耳に唇を押し当てている。「静かに」判事は小声でささやいた。「声を出すなよ」夫人を支えて床に座らせる。夫人は疲れ果てたようすで、出血していた。頬をじりじりと、赤黒いすじが伝っている。

おれは手首にはめていた粘着テープをはずし、適当な長さに切った。判事がおれを見て人でなしとわめき、おれはその口をふさいだ。両腕を背中に回してまとめてテープで縛り、両足もそうした。意外にも、判事は抵抗しなかった。

「こんなふうにするつもりはなかった」おれは夫人に本心からそう言った。そして夫人にもテープを巻いた。口、手、足。おれの服の袖で頬の血をぬぐう。直視できなかった。おれは夫妻を憎んでいるし、赤ん坊を預ってこいとCPSをせっついたのは夫人のほうだと思うが、そうは言っても、シンディの母親が血を流してテープで縛られている光景は、しかもそれをやったのは自分だとわかっている状況は——まったく気持ちのいいものではなかった。その時点でさえ、もっと穏便にできたはずだと考えはじめていたからだ。

ブラインドを閉め、ふたりを娯楽室の床にそのまま放置した。階上で泣いていたグレース＝エリザベスを抱きあげる。その香りを吸い込み、しっかりと抱きしめる。「もうすべて大丈夫だぞ、シュガー。パパは間違っておまえを手放したが、もう二度とそんなことはしない」そっとささやく。グレース＝エリザベスはおれの指を握りしめ、おれは額にキスをした。安堵したが、もうおばの農場にはいられないのもわかっていた。どこにも行く当てはなくとも、前に進むしかなかった。

27

フィンチとおれはルートセラーのがたつく階段をのぼり、それまで暗い場所にいたせいで、窓から射し込む眩しい光に目がくらむ。マリーはテーブルの椅子に座っていて、膝の上で手を組んでいる。

「ちょっとふたりだけにしてくれ、フィンチ。本を持って奥の部屋に行ってなさい」

フィンチは言い返そうと口をひらくが、マリーを見て涙に気づいたのか、その表情を汲み取ったのか、テーブルにあったチラシをひったくって寝室に駆け込む。狩りをするときのように口を引き結び、言葉を漏らさないようにしている。

「マリー」マリーの肩に手を置くと、マリーの顔がゆがむ。

「やめて」マリーは首を左右に振る。「さわらないで」

「どう見えるかはわかってる」

「わかってるの？　わたしは嘘をついたのよ。保安官を相手に」

「嘘をつかせて悪かった。でも門を開けっぱなしにしていなかったら――」マリーはがばっと立ち上がり、至近距離からおれの目を見据える。「はっきりさせましょう、クーパー。女の子が行方不明なの。警察は森でやるべき仕事をしている。あなたはルートセラーに隠れる。しかもただ隠れるだけじゃない。フィンチと合言葉も決めてある。三十秒もかけずに姿を消して、まるで何百回も練習してきたみたいだった。そして厚かましくも、わたしにまでこんなことをさせた」

「おれはただ――」

マリーは震える息を深く吸い込む。「フィンチが描いた絵。あの子でしょ？ 赤毛の少女。フィンチは――フィンチは想像の産物ではないと言っていた。ときどき会いに行くと」

「きみが思っているようなことじゃないんだ」

マリーはかすかにうなずき、後ずさりしはじめる。

このとき、マリーの立場から状況がどう見えるかはわかっていたし、それと同時に気づいたのは、もしもマリーが帰宅後におれの昔の名前で過去をたどったら、出てくるのはおれを残忍で冷酷な異常者に仕立てあげようとする情報ばかりだということだ。フィンチを連れて森に来た六週間後、スコットランドが持ってきた新聞のおかげで、判事夫妻や新聞各社がおれのことをどう書き立てたかを知った。夫妻がどういう物語をでっちあげることにしたか。真実をほんの少しゆがめたり、言葉を巧みに選んだりして、おれを極悪非道な犯罪者にでっちあげていた。だから、マリーが家に帰ってそのあたりを検索し、情報をつなぎ合わせたとしよう。こんなおれができあがる。

1. ケニー・モリソンは米国陸軍で活躍した元レンジャー隊員で、アフガニスタンには三度従軍した。しかし、退役時には頭のなかが完全にいかれていた。

2. 八年前、ケニー・モリソンはグレース＝エリザベスという乳児を誘拐して失踪した。また、一組の男女を誘拐し、女性を凶器で暴行した上に、ふたりを地下室に拘束した。

3. ちょうど今週、ある少女が失踪した。まさにケニー・モリソンが住んでいる地域でのことだった。

「たしかにおれたちは少女を見た」おれは言う。「たった一度、それだけだ。だがおれたちとは関係ない。嘘じゃない」

マリーはつかんでいたスカートをねじり、きつく握る。「知りたいの。なぜここにいるのか、本当の理由を。なぜふたりとも隠れなくちゃならないのか。なぜ名前を変えたのか。お金があるのに、どうして行く当てがないのか。そうは言ってなかったけど、そういうことでしょう？　あなたは兄が言っていたように、ただ拠りどころを見つけようとしているわけじゃない。あなたの顔を見ればわかった。最初の夜、土地の売却の話を出したとき。すべて教えてほしい。もしもわたしに嘘をつくなら、クーパー、もしも嘘を――」口元がゆがむ。唇は赤く、頰も紅潮している。「真実を話すと誓って。兄の墓にかけて。すべてを話すと。すべての真実を」

おれはかぶりを振る。知れば知るほど、問題に巻き込まれることになる。幇助(ほうじょ)および教唆、逃亡者の隠匿。最悪の場合、あいつらがどんな話をでっちあげ、マリーをどんな悪人に仕立てるか、わかったもんじゃない。あの夫婦ならやりかねない。刑務所に入れられるかもしれない。ジェイクも巻き込んだが、ジェイクは自分の意志で決めたことだと確信を持っていいだろう。でもマリーはちがう。図書館司書で、シーソルトとキャラメル風味のダークチョコレート愛好家で、紅茶派のマリー。ジェイクの妹で、ただ荷物を届けにきただけだ。真実は話せない。

「無理だ」手を握ろうとしたが、マリーは手を引っ込める。「苦しい立場に追い込んですまないと思っている。でもこれ以上迷惑をかけないようにはできる。きみを厄介ごとから守ることなら。知らないほうがいいこともある。そう考えてほしい」

マリーはがっくりとうなだれ、目をそらす。抱きしめたい。すべてを謝りたい——嘘をつかせたこと、嘘をついたこと、おれたちの真実を話さないこと——マリーを信じているからこそ。少なくとも、話したいという思いはある。でも無理だ。胸の奥底にあるものが鋭く痛み、揺さぶられる。いつもそこにある空虚さは、マリーの到着以降、なぜか薄れていた。ふたたび人を傷つけた、おれと関わるとこうなるんだと思い知らされる。相手に深手を負わせ、破壊する。

「今週はね」マリーは首を振る。「今週は、もしかしたら新しい何かが芽生えているのかもって感じていたの。確かに実感できる何かがあるって。わたしのなかで、何かが変わったように感じた。少なくとも、感じたと思った。でも実際は、わたしはただの図書館司書で、夫に長年裏切られていただけの女。あまりに孤独で、休暇を一緒に過ごす人もいない。知りもしない人たちのために、必死に食料品を買い込んでこんなところまで来たのも、正直、ほかにましな用事がなかったから。それが事実。休暇なのに、わたしのカレンダーは当分、文字どおり白紙」

「マリー」

「何が最悪かわかる？　ここで暮らす自分を描きはじめていたことよ。あなたとわたしとフィンチ、三人で一緒にね。まさに父が夢見ていた生活」マリーは目をぬぐう。

「ばかなわたしのくだらない妄想。頭がおかしくなっているの」

「おかしくなんかない」おれは一歩前に出る。「おれも同じことを考えていた」

「でもここにいる本当の理由を話せないんでしょう？　わたしの家族のキャビンに住んで、別の名前を使っている理由を。なぜ兄が毎年物資を届けていたのか。なぜフィンチは店にはいったことがないのか。なぜ隠れなくちゃいけないのか、わたしには話せないのね」

「話したいよ。そこは信じてほしい。だが、できない。きみのためだ。きみを守るためにも」

「わたしには無理。嘘をつく人と一緒にいるなんて。秘密を持ち続ける人と。この十年間、そうやって生きてきたの。わたしに嘘をつく人との生活。もう二度とそんなことはできない」

「わかった」おれはそう答える。本当にわかってはいるのだが、そんなに単純な話ではない。「同じじゃないのはわかっているだろう？　きみの夫がしたことと、ここで起きていることとは。そいつはきみを傷つけるとわかっていて、それでもやった。おれはちがう。おれがやろうとしているのは、きみを守ることだ。信じてほしい」

寝室のドアがきしんでひらく。「話があるの、クープ」

「もうちょっと待ってくれ」

フィンチはおれを無視する。「緊急事態なの」おれのところに来て、チラシを差し出す。「クーパー、あのお姉さんだよ」

おれはマリーを見る。マリーは片手を喉に当てて立ちつくし、唇を噛んでいるそのまなざしに、リンカンおばの家に飛び込んだスズメを思い出す。窓にぶつかりながら羽をばたつかせ、外に出ようとしていた。おれは部屋の隅に追いつめて両手ですくいあげたが、スズメはもう疲れきっていて抵抗しなかった。持ちあげると、ちっぽけな心臓が脈打つのを指先に感じた。あまりに軽くて、何も持っていないかと思うほどだった。鳥の骨はなかが空洞だから。

「見て」フィンチが言う。

おれはスズメを逃がした。家の外に運び、膝をついてゆっくりと手をひらくと、スズメはよろよろと地面におりて、しばらく呆然と立ちつくし、まさかと思うだろうが、おれを見た。小さな、射るような目で。まっすぐにおれの目を見て、礼を言っているみたいだった。

「クーパー、見てよ」フィンチがチラシを差し出し、おれは受け取る。

おれたちが見た少女のイヤーブック風の写真だ。腕を組んでほほえみ、古風なレンガ造りの建物にもたれている。自信にあふれた、優しそうな、幸せそうな雰囲気。ただの写真とはいえ、それを——その少女を——見ると、おれのなかの防壁がもろくも崩れるように感じられる。「今夜」やっとのことでそう言い、チラシを裏返してテーブルに置く。「今夜、すべてを話す」

28

フィンチは寝たくないと大騒ぎし、次から次へと言い訳を並べては寝室のドアを閉めさせず、自分だけ仲間はずれの夜にするものかと、あらゆる抵抗を試みる。おれとフィンチだけなら、おれが本を読んでやるか、フィンチが読んでくれるかしたら、おやすみのキスをして首元まで毛布をかけて終わりだ。おれが主室に行ったところで気にしない。おれは本を読むかキルトを縫うかするだけで、フィンチが残念がるようなことは何も起きないとわかっているからだ。でも客が来ていて、盛りだくさんの一日のあとでは、そうはいかない。やれ腹が痛いだの、足首をくじいたかもしれないだの、ささくれができただのと言い出す。まあ、やっとのことで落ち着いたが、すぐに寝ればあしたの朝はパンケーキを焼くとマリーが餌で釣ったからだ。それだけでフィンチは静かになり、寝室でおとなしくする。

マリーは自分用の紅茶だけを淹れ、おれにはすすめないが、おれはまったく構わない。緊張で胃はひっくり返るようで、レンジャーの訓練で初めて航空機から飛びおりたときのような感覚を味わっている。高度数千メートルの位置で待機中、パラシュートは装着して手順も頭にあり、興奮している自分もいるが、死ぬほどの恐怖も味わっている。自然の摂理に反するべく、中身の詰まった骨と重い筋肉を持つ人間があんなふうに空に飛び込むのだ。空を飛ぶようにはできていないから、だだっ広い空間に身をゆだね、万事うまくいくと信じるしかない。

おれは水をひと口含み、どうにか飲みくだす。どこからはじめればいい？　シンディとおれがついに付き合うようになったところから？　妊娠がわかり、判事夫妻に堕ろせとうるさく言われたところ？　シンディが激怒し、リンカンおばの家に転がり込んできて、一緒に暮らしはじめたところか？　病院で、陣痛がはじまってから十九時間が経過し、母を呼んでほしいと懇願され、判事夫人が分娩室にはいり、ベッドの片側に母親、反対側におれが立って赤ん坊が出てくるのを待ち、夫人がいままでシンディとおれにかけた冷たい言葉はなぜかすべて許され、魔法がかかったように水に流されたところから？

まあ、時間はある。まるまるひと晩。そしてこのようすだと、キャビンに大人の話し相手がいるのは今夜が最後になる可能性がきわめて高いから、ずっとさかのぼり、最初の最初からはじめる。おれの悲しい人生の物語を。七歳のとき、母はある朝起きておれの額にキスをしたあと、すぐにもどると言ってスーツケース二個に荷物を詰め、車に乗ってどこかに出かけ、おれたちはそのまま二度と会うことがなかったこと。母が手を振る姿。ただひたすら待ちに待って、やがて夜になり、トースターでワッフルを二個焼いて食べたら、メイプルシロップをかけすぎてスープみたいになったこと。

おれはマリーに、リンカンおばの農場で育ったことと、十一年生のときにシンディと出会ったことを話す。シンディは大学に行ったこと。陸軍にはいり、ジェイクと知り合い、アフガニスタンに従軍したこと。シンディは大学に行ったこと。おれが帰国したとき、シンディは数カ月前から実家にいて、両親のもとに缶詰で、人生計画はどうなっているんだと毎日のように言われ、シンディの言葉を借りれば発狂しそうだったということ。しばらくは美術館で働いたり、小学校のボランティアをしたりしながら、これから何をしようかと悩んでいた。ロースクールに進学すべきというのが両親の強い希望だったが、本人は社会貢献活動をしたいと考えていた。両親がまったく喜ばないことだ。金儲けにならないし、感謝もされない。

ともかく。おれはマリーに語る。たしかに、結局シンディとおれが一緒になれた理由の一部は、ちょうどそのころシンディが実家にいて、退屈で孤独で不毛な生活を送り、友達はみな人生の次の段階に進んでいたけれど、たまたまそこにおれがいて、シンディが弁護士になるかどうかなんて全然気にしていなかったことかもしれないと。実際、そういうことは全部考えた。おれたちが付き合うようになったのは、たまたま同じ時期に同じ場所にいて、ふたりとも付き合っている相手がいなくて、シンディもついにろくでなしの相手を卒業したからかもしれないと。だが、それ以上の何かもあった。互いだけを見つめ、理解し合える世界には、たしかに何かがあった。

付き合いはじめるころには毎日会うようになっていたが、正式にはまだ友達同士だった。仕事のあとで一緒に河原へ行き、おれはバスを釣った。川の水が眠そうにゆったりと流れる季節で、シンディは岩場に腰かけて本を読んだり、ただくつろいでおれが釣りをするのを眺めたりしていた。そしてある日、川の真ん中まで歩いてきて、苔まみれの丸石にちょっとよろめきながら近づいてくると、おれの首に腕を回してキスをし、まあ、そういうことになった。

翌年の春に、と続ける。シンディは妊娠に気づき、二週間後、スーツケースふたつを持ってリンカンおばの家にあらわれ、シンディが戸口に立った瞬間からおれの人生最良の日々がはじまった。シンディのために食事をつくり、足のむくみを気にしているときはクッションを積んでその上に足をのせてやった。膨らんでいく腹や伸びていく体側にココアバターを塗り、そのうちにへそが出てきた。週を重ねるごとに変化する体を目にするのは、奇跡そのものだった。ときどき、そっと腹を押すと赤ん坊が押し返してきて、まるでこの世界におれがいることを感じ、そのことを知ってもらいたがっているように思えた。

次の話は手短に済ませないといけなかった。シンディとフィンチとおれが車で帰宅中、助手席側に鹿が飛び出し、車が何度もスピンしたこと。葬儀の件も簡潔に済ませたが、シンディが死んだのはおれのせいだと判事夫人に言われたことは伝えた。それから、悪夢のことや、シンディと付き合う前にダイナーで起きた事件、ろくに警告もないまま、CPSの職員と保安官補がうちに来て、フィンチを連れ去ったこと。

「おれはあの子を取り返した」かぎ針編みのブランケットの大きな編み目に人差し指を通しながら言う。「判事の家に行って取り返した」

マリーは眉根を寄せる。「すぐに返してくれたの?」

「いや」コーヒーテーブルの上のボウルから糸巻きを出し、手の上で転がす。「手に負えなくなって、そのことは後悔している。心から。ともかく、その後、夫妻はおれの首に懸賞金をかけた。あらゆる場所に情報が公開された」

マリーはソファの上でもぞもぞする。「手に負えなくなったっていうのは……」

が、起きてしまった」

「怪我人が出た。大怪我じゃないが、怪我は怪我だ。そこまでするつもりはなかった

すべてを声に出して話すのは初めてだ。話に一貫性がないのも、どう聞こえるかもわかっているし、新聞記事の内容も似顔絵の雰囲気も覚えている。「裁判で何カ月も闘うことになるかもしれなかった。もしかしたら一年以上。いずれにせよおれが負ける。あの子を失うかもしれなかった」咳払いする。「だから自分で片をつけた」

マリーは何も言わないので、先を続ける。

「六週間、ここにテントを張って過ごしたあと、きみのお兄さんに電話すべきだと考えた。迷惑はかけたくなかったが、私有地に居座っているのに報告しないのも後ろめたかった。それに、スコットランドがあらわれたからには、ジェイクに話しておいたほうがいいと思った。フィンチを連れてガソリンスタンドに行き、公衆電話を使った。ジェイクに訊かれたのはひとつだけ、おれたちが無事かどうかだった。何か必要なものはないかと。おまえは取り返しのつかないことをした、とも、考え直して出頭しろ、とも言われなかった」

マリーは震え出し、肩が上下しはじめる。

「すまない。ジェイクの話は飛ばそうか？」

マリーはかぶりを振る。「いいえ。続けて。聞きたいの」

「フィンチはあいつが大好きだったよ、心から。もう来ないと話したときは、すごい悲しみようだった。戦地でも、よく子どもたちが集まってきた。どこに行っても、子どもたちはジェイクを見つけた。あとをついてきた。キリストのまわりに子どもが群がるような光景だったよ。ジェイクには何かがあった」

「最後は、二十四時間体制の看護を受けていたの」マリーはささやくように言う。

「トイレにもひとりで行けなくて。食事も自分でできなくなった」顎を肩に押しつけるようにうつむき、さらに激しく震える。

マリーの手を強く握る。「おれがそうなるべきだった」ささやくように言う。「かなり危険だからおれが先に行くと言ったんだ。おれはまっすぐに突っ切り、爆弾には当たらなかった。自分でもどうやったのかわからない。あのときのことを何度も何度も振り返るが、どうやったら、あるいはどうしたら、おれじゃなくてジェイクになるのかわからない」

「あなたは兄の命を救ってくれたの。兄はそう思っていた」ひとすじの涙が揺れながら頰を伝う。「わかってほしいの、クーパー。あなたがここにいる理由はきちんと理解したから」

「あの子を失うわけにはいかなかった。あのあとでは――無理だった」

「わかるわ」マリーはため息をつく。「あなたが何を守ろうとしているかはわかるの。でもクーパー、あの少女は？　あなたとフィンチが森で見かけたなら、どういう形にしろ警察に通報すべきよ」

おれは首を横に振り、マリーから離れる。「それはできない」

「リスクがあるのはわかってるけれど、自分の胸にしまいこむべき情報じゃないわ。間違っている。ケイシーのご両親のことを考えて。フィンチのことも。もしもフィンチが行方不明になって、誰かが目撃していたら、あなただって情報が欲しいはずよ」

おれは立ち上がり、シンクの前に行く。マリーの言葉が引っかかり、その感覚が気に入らない。「一度見かけただけだ」足跡のことは言わない。レンズキャップのことも。もしかしたら前にも森に来ていたかもしれないと匂わすことは。結局、おれたちは何も悪いことをしていないからだ。自分からトラブルに巻き込まれるようなことをしたわけじゃない――たまたま巻き込まれただけだ。

「でもフィンチが、あの少女はこの森に住んでいると言っていたわ」

「フィンチは、プリンセスだとか木の妖精だとかも言っていた。そういう子だ。きみもわかるだろう。すぐに魅了され、とりこになる。たくましい想像力がある。きみも聞いたとおりだ」

「でも、あなたはパズルの重要なピースを持っているかもしれないのに、差し出すのを拒否している。未成年なのよ、クーパー。子どもなの。その情報を提供する義務があるわ。道徳上の義務よ」マリーもシンクのところに来て、おれの手に指を絡める。

「わかってるでしょう?」

キッチンの窓から外を見ると、月明かりが地面を照らし、ところどころに残る雪が光っている。マリーの言いたいことはわかる――本当にわかっている――が、何を賭け何を失うかを計算すると、危険にさらされるものが多すぎる。「注目を集めるわけにはいかない。警察に行って、シンディの両親がおれたちのことを知ったらおしまいだ」

「おしまいなんかじゃないわ、クーパー。あなたは父親なんだから」

おれはかぶりを振る。「そんなに単純な話じゃない」

「あなたが愛情深く、しかるべき能力のある父親だという証拠はたくさんある。フィンチは誰の目から見ても、心身ともにすくすくと成長している。もちろん、法廷審問はあるでしょう。数カ月は離ればなれになるかもしれない。でもすべて終われば、広い世界で生きていける。隠れる必要がなくなるのよ」

おれは深く息を吸い込み、シンクに体をあずける。加重暴行罪、最長で二十年の懲役。誘拐、ひとりにつき最長で二十年の懲役。そして判事夫妻は――自分たちも誘拐されたと言っている。法律的にはそういうことになるのだろう。合計八十年。腕のいい弁護士を雇い、同情してくれる陪審員に恵まれる奇跡が起これば、六十年かもしれない。いずれにせよ、刑務所に足を踏み入れたが最後、出てくることはない。こういうことは、スコットランドが初めてうちの庭に来た日に持ってきた新聞の束で知った。

失敗だった。それは認める。あの子を取り返した方法。当時のおれはとにかく必死で、フィンチを失うのが怖かった。ほかには方法がないと思い込んでいた。でもいまになって、完全に身動きが取れなくなっている。この生活から抜け出すことも、元の生活にもどることもできない。「さっきも言ったが、そんなに単純じゃないんだ」

「わたしが通報してもいいわよ」マリーが言う。「森で彼女を見たって。場所を教えてもらえれば。案内して。わたしが電話する。わたしが警察を現地に連れていく。でも、あなたが行方不明の少女に関する重要な情報を黙殺するとわかっていながら、心穏やかにここを去るなんてできない」マリーは顔をあげ、おれはそこにジェイクの面影を見る。はっとするほど似ている。

ひょっとしたら、うまくいくかもしれない。でもマリーから警察に電話してもらうとしたら、さらに嘘をつかせることになる。さらに巻き込むことになる。さらに状況が複雑になる恐れがあるのは言うまでもない。つくり話の最中にマリー自身が混乱するかもしれない。そしておれたちは振り出しにもどり、このあたりは人が出入りして、そいつらはすべてのピースをはめようとし、結局人を寄せつけるきっかけをつくっただけということになる。「きみはすでに、少女を見ていないと証言した。つまり嘘をついていたと言わざるを得なくなるし、そうしたら理由を追及される」おれは首を振る。「いまよりさらに泥沼にはまることになる。ジェイクだったら絶対にそんなことはさせないし、おれも許さない。自分でどうにかする。あした、ガソリンスタンドの公衆電話に行くよ。保安官の電話番号を残しておいてくれれば、おれがかける」

マリーは安堵したようすで、目に涙を浮かべている。「約束よ？」

「約束する」

「どっちにしろ家には帰らなくちゃ。やらなきゃいけないことがあるし。ジェイクの家のこととか、仕事とか」

「こんなことになって申し訳ない。巻き込んですまない」

マリーはおれの手に自分の手を重ねると、ソファから立ち上がり、ハンドバッグからペンと手帳を出す。「わたしの電話番号」そう言って一枚の紙を差し出す。「何かあったら連絡して。あなたのことでもフィンチのことでも」おれのてのひらにその紙を押しつける。

朝になると、マリーはパンケーキを焼いてコーヒーを淹れる。この香りに家じゅうが満たされるのはこれが最後だ。これからはこの香りをかぐたびにマリーを思い出すだろう。マリーはフィンチにクッキーの箱を、おれにフレンチプレスと余ったコーヒーを置いていく。プリウスに最後の荷物を積み込むと、フィンチはさよならの長いハグをする。

それからマリーはおれの前に立つ。おれの胸に頭をもたせて、体を寄せる。「あなたはいい人よ、クーパー」ささやくように言う。

いや、ちがう。そう言ってくれること、そう考えてくれていることを申し訳なく思う。おれはいい人なんかじゃない。

行方不明の少女がいることにも心が痛む。フィンチより九歳年上で、両親は娘のことを心配してるが、連絡が取れていない。我が子が自分の手をすりぬける感覚はおれも知っている。よくわかっている。両親の心境を思うとおれもつらい。

そしてその少女はここにいた。一週間とちょっと前に。おれたちが見かけたあと、もどってきたのだろうか？　少女の身に何かが起きた？　川を覆う氷はいつ割れてもおかしくないし、流砂に足を取られることもある。一度滑落したら、一本骨を折ったら、一歩踏み間違えたら。最悪の事態になる可能性はいくらでもある。だが、手を貸したい気持ちが湧いても、忘れてはならないことがある。おれは自分の娘のことを考えなくてはならない。善良な市民になる自由も、正しいことをする自由もない。おれがみずから選んだことの結果がこれだと、おれにもわかっている。つまりはこうだ。あの少女に一ミリでも近づけば、おれたちのすべてが危険にさらされる。そして絶対に迷いなく言えることがひとつだけある。何があっても、おれは自分の娘を危険にさらすようなことはしない。

29

「さらに客が来たようだな」スコットランドが落ち着いた足取りでキャビンに近づいてくる。一陣の風のように、幽霊のように、庭にあらわれる。バックパックをおろして新聞の束を出し、フィンチがパチンコをいじっているポーチに置く。「シモンズ保安官と評判の保安官補、名高きマニー・ポーター」

「知り合いか？」

「シモンズは知っている。ポーターは知らん。車がこっちに来るのが見えた。警告しに来る余裕はなかったが、ずっと見ていた」

「そうだろうな」スコットランドが赤毛の少女を知っている可能性——フィンチとおれが見かける前から知っていた可能性——が頭をよぎる。あのスコープで、おれたちの居場所を常に把握している奴だ。ケイシー・ウィンターズの居場所も知っているだろうか。だとしたら何をたくらんでいる？　英雄にでもなったつもりで、警察をまっすぐにおれのところへ連れてくるつもりか？　いまごろになって。

おれはフィンチの隣に座り、抱き寄せる。

「マリーがあの人たちと話をしたの。それから家に帰った」フィンチが言う。「クーパーとわたしはルートセラーに隠れたの。真上に男の人が立ったよ。ブーツから雪が垂れてきた。森で見たお姉さんを探していたの。覚えてる？　話したよね。川のところで見たって」

「そうだと思った」スコットランドはシャツで額を拭く。「新聞に載っている。一面記事だ。恋人の話では、少女はカリフォルニアに逃げるつもりだったらしい。どうやら両親の束縛から解放されたかったようだ」かぶりを振る。「子どもって奴は」

スコットランドの言葉にフィンチは顔をしかめ、新聞の束をつかんで手元に引き寄せる。腹ばいになって読みはじめる。ウォルト・ホイットマンが背中にのって座り込む。

「ウォルトはここになじんだようだな」スコットランドが言う。

フィンチは新聞に集中していて、顔もあげない。

「いいか」スコットランドが言う。「まだ少女は見つかっていない。だからまだ気は抜けない。カリフォルニアだろうがどこだろうが、行方を捜しているはずだ。このあたりも騒がしくなるかもしれん。おれならキャビンからなるべく離れないようにするぞ」

そのあとの数時間、フィンチは熱心に新聞を読み、文章や写真を丸で囲んでは日記帳にメモを走り書きする。感情的になったり、黙り込んだりしている。しばらくして、おれはキルトの最後の一片を縫う準備をする。虹とユニコーンの絵のシャツで、毎日着ると言って聞かなかった時期がしばらく続いた。毎晩洗わなくてはならず、薪ストーブの横に干して乾かした。スコットランドの警告が気になり、ポーチに出て、何か動きがないかと森を見回し、耳をすます。まだそれほど暗くはなく、空は華やかなピンクやオレンジに染まっていて、森のシルエットが徐々に光と重なっていく。音もなく、すべてが静止している。フィンチはテーブルの椅子に座り、目の前に新聞と日記帳を広げている。家のなかにもどり、ソファに座る。シャツを切って針に糸を通す。

「クープ、ここに来た保安官がいるでしょ？」鉛筆を置いて言う。「電話しなきゃ」

「シュガー、悪いが誰にも電話しないぞ」

「でも……」フィンチは立ち上がる。「探してるんだよ」

「わかってる」声がきつくなる。鋭く、熱を帯びる。

「わたしたち、見たんだよ」

「一度だけだ」

「クーパーは一度だけだけど」足元を見つめ、小さな声で言う。

おれは待つ。

「お姉さんはもどってきたの、あのあと」フィンチは言う。「わたし、あそこに行ったの。ひとりで。クーパーと見たあとに」

おれはフィンチに向かって指を突き立てる。手も声も震える。「なんでそんなことをしたんだ」

フィンチはパジャマの上着の裾をぎゅっと握りしめる。「友達だから」

「あの子は友達なんかじゃ——」言葉を切り、言い換える。このことが意味する悲しみに胸を突かれる。友達がひとりもいない子どもが森で少女を見かけたら——友情のようなものを感じるだろう。おそらく。「あの子のことを知りもしないじゃないか、フィンチ」

「ちゃんと知ってる」

「あの子がおまえを見たのか？」

「ちがう。でも、わかんない。見たかも。っていうか、見たと思う。だって——最後に谷へ行ったとき、ようすがおかしかったから。もうひとりいたの」

「もうひとり？」不穏な考えが浮かび、恐怖の閃光が走る。スコットランドだ。やはり嗅ぎ回っていた。余計な世話か、さらに厄介なことをしていて、それをフィンチが目撃し、もしそれが本当ならまずいことになるし、そうしたらおれたちはどうしたらいい？　あいつのことを警察に通報する？　徹底的に避ける？

フィンチが寄ってきて、新聞を見せる。「この人」一枚の写真を指さす。ケイシー・ウィンターズの隣に、ウェーブがかかった茶色い髪の少年が立っている。ふたりとも着飾っていて、学校のダンスパーティーか何かの写真のようだ。「嘘ついてる」

「フィンチ、それはわからないだろう？」フィンチは最近、少女探偵ナンシー・ドルーのシリーズにはまっているから、すっかり感化されたのだろう。

「新聞には、お姉さんがカリフォルニアに行くって話を警察にしたのはこの人だって書いてある。でもどうしてそんなこと言うわけ？　居場所を知ってるのに」

フィンチはキルトの端に触れ、古いロンパースのあたりをきつく握る。言いたいことはまだ終わっていない。

「それで？」

「この人、怒鳴っていたの。それからお姉さんをドンッて押した」

フィンチをまじまじと見る。どういうことかのみこもうとする。喉がぐっと詰まってくる。

「わたし、石を飛ばしたの」フィンチは続ける。「パチンコで。男の人の背中に命中した」顎をぐっと突き出し、目は潤んで光っている。「痛かったはず。それはわかった。追いかけてきたけど、森でわたしがどう動けるか知ってるでしょう？　絶対に捕まらないから」

おれはコーヒーテーブルにしている小型トランクに拳を叩きつけて立ち上がり、針と糸巻きが床に飛び散る。「なんてばかなことをしたのかわかってるのか、フィンチ？　なんて危険なことを。いままでさんざん教えてきたのに」糸巻きがあちこちにぶつかりながら転がっていく。

フィンチは後ずさる。気圧（けお）されてはいるが、屈するつもりもない。「暴力を振るってたのよ。じゃあどうしたらよかったの？　突っ立って見てればよかった？」

イエスでありノーでもある。

さまざまな感情が駆け巡る。怒り、不満、失望、誇り。そして恐怖。なぜなら森に誰かがいた。近くだったかもしれないしそうじゃないかもしれない。暴力を振るうことのできる人間、フィンチを見た人間。いまもフィンチを探している可能性はあるだろうか。窓辺に行って外を見回す。手をルガーに添える。

首を振り、床から針と糸巻きを拾ってコーヒーテーブルの上の木のボウルに投げ入れる。「それで、場所は？」

フィンチは唇を嚙む。「一緒に見た場所の近くだけど、もう少し谷を北に行ったところ。また見に行こうと思ったら、マリーが来て、雪も降って。案内するよ。いまから行けば、暗くなる前に着く」

「そこには近づかない。わかったな」

「でも心配なの。大変なことが起きていたら？　わたしが逃げたあと、あの男の人が何かしていたら？　大丈夫か見に行かなきゃ」

親として、常にふたつのことを念頭に置いてきた。まず、何よりも大事なのは、フィンチと離れればなれになることなく暮らし、世話をすること。だがそれに負けず劣らず大切にしているのが、フィンチを正しい人間に育てることだ。正しい価値観を持ち、思いやり深い人間となる手助けをすること。どんなときでも正しいことをする人間。まさにいま、フィンチはそれを実践している。人のために立ち上がっている。いままでずっと、この森へ来るという選択、その選択に伴うリスク、そのために破ってきたいわゆる規則——そういったものをずっと正当化してきたが、それは少なくともおれたちは一緒に暮らせていて、娘は善悪を正しく判断できる人間に育っている、と自分に言い聞かせてきたからだ。

でもいまここで、フィンチとおれは窮地に立たされ、おれのふたつの目標は足を引っぱり合っている。どうにかして、片方を諦めなくてはならない。

「首を突っ込むわけにはいかない。悪いがそう思ってくれ」また窓の外を見て、森を探る。「おまえはまだ知らないことがあるから。おれたちのことで」

「わたしたちのことがどうして関係あるのかわからない」

「そこには行かないからな、フィンチ。話は終わりだ」身を乗り出してフィンチの目をのぞきこむ。「おまえはルールをわかっているのに、守らなかった。おれの信頼を裏切った。だから謹慎だ」

「どういう意味？」

「自由に歩き回るのはしばらく禁じる。この騒ぎが落ち着くまで、おれの目の届かないところに行かないこと。罠を仕掛けるのも偵察もなし。全部禁止だ」

「でも――」

おれは縫い物にもどる。「この話はもう聞きたくない。わかったな？　ひとことも言わないこと」

フィンチは顔をゆがめ、おれをにらみつけて唇を突き出す。「〝真に誠実な者ならば、すべての過ちは許されるであろう〟ホイットマンの言葉。クーパーも覚えているでしょ」フィンチはソファを指さす。「これを読んでくれたとき、一緒にそこに座っていた。どういう意味って訊いたら、人生で何が起きても、正直者でいなさい、っていう意味だって教えてくれた。誇りを持てる人間になりなさいって」

ホイットマンは帽子をかぶり、白く豊かなひげをたくわえ、空を見あげて美しい言葉を紡ぐ。彼は兵士ではなかった。いきなり家におしかけてきた奴らに生活環境が最悪だと書き立てられ、子どもを奪われるということもなかった。「そこらへんに座って一日じゅう詩でも書いていればいいなら、立派なことは簡単に言える」

「聖書にも書いてあるよ」フィンチはささやくような声で言う。「自分で読んだの」

「いいかげんにしなさい」

フィンチは泣き出している。次から次へと涙が頬を伝う。踵を返して足音高く寝室に行き、枕と毛布を持って出てくる。「屋根裏で寝る」猫をすくいあげ、腕に抱える。はしごをのぼると、毛布がぶらさがる。箱をあちこちへ引きずり、寝場所を確保する。

おれはキルトを縫い終え、ロウソクに顔を近づけて吹き消す。「おやすみ、フィンチ」一声をかける。懐中電灯はまだついている。

「恥を知りなさいよ」フィンチは言う。聞こえるか聞こえないかの小さな声で。フィンチから叩きつけられた、初めての厳しい言葉。これまでの人生で、そんなことは嫌というほど言われてきたが、フィンチに言われると突き刺さる。悲しみが激痛となり胸を貫く。

わかっている。そう言いたかった。おれは自分を恥じている。

30

翌朝の目覚めはだるく、昨晩のフィンチとの会話が重荷となって体にのしかかり、体調にも支障が出る。肩のあたりが鈍い痛みで引きつる。悲しみ、恐怖。ベッドの上で体を起こし、立ち上がる。両脚は体重を支えるのを拒否する。のろのろと着替え、よろめきながらキッチンにはいる。湯を沸かそうとケトルに水を入れ、外へたまごを取りに行こうと上着に手を伸ばす。玄関ドアのところで、腕を袖に通しかけたまま凍りつく。

つっかえ棒にしているシャベルが見当たらず、錠がふたつともはずれている。

「フィンチ？」

大急ぎで屋根裏部屋のはしごをのぼる。毛布、枕。ウォルト・ホイットマンが厚い枕の上でまるくなり、大きく喉を鳴らす。だがフィンチはいない。

はしごをおり、ブーツに足を突っ込む。寝室に駆け込んでルガーをつかみ、ニット帽を引きおろして耳まで覆う。ケトルが歌い出し、突き刺すような大声を張りあげ、注ぎ口から噴き出した湯気がストーブの上で踊る。ケトルをつかみ、三脚台に置く。外に出る。

「フィンチ!」

声が届かないのはわかっている。聞こえたとしても、返事をするだろうか。

恥を知りなさいよ。

心臓がどくどくと打ち、鼓動が耳に響く。パニック。貨物列車が轟音を立てて線路を走り、どんどんどん近づいてくる。フィンチが森にいるあいだに、例の少年がもどってきて、悪事の後片づけをしていたら——もしもフィンチを探し、見つけていたら——神よ、いったい何が起きるだろうか。相手はどんな奴で、何をしでかすだろうか。

焦るな、クーパー。考えろ。フィンチはやみくもに家出したわけじゃない、迷子にはならない。例の少女のようすを見に行っただけだ。フィンチはなんと言っていた? おれたちが少女を目撃した場所の近くで、もう少し谷を北に行ったところ。地面には点々と雪が残っていて、茶色と白が入り混じっている。足跡を簡単に見つけられるほど雪は残っていない。西へ向かい、足を速め、キャビンの裏の斜面をのぼり、かすかな風にそよぐ松林を抜ける。凍った雪で足が滑る。まだそれほど明るくはなく、森は鳥のさえずりとともに目覚めはじめたばかりだ。ショウジョウコウカンチョウ、モリツグミ。ハシボソキツツキが木に止まり、コツコツと快音を響かせている。だがほとんどは静けさに包まれている。いつもなら心が落ち着き、安心できる場所が、こんなに恐ろしい場所になるなんて、おかしなものだ。岩場の横を駆け抜け、窪地の斜面をおりる。氷が張った小川を渡る。対岸を這うようにのぼる。

次の窪地の縁で足を止め、身を乗り出して耳をすます。下からは川の音。谷は霧で煙っている。濃い霧の粒が光を乱反射し、三メートル先もろくに見えない。高台の脇を回り込んで霧のなかに足を踏み入れると、濃い霧が押し返してくるのが感じられる。「フィンチ！」声を張りあげる。もしも近くに誰かがいたら、おれの立てる音がそいつらを引き寄せることになるのはよくわかっている。

反応なし。

森の地面はやわらかく、足が沈み込む。このあたりは雪がすべて解けて水浸しになっている。乾季でもガマが育つほど湿気が多い場所だ。赤い葉のハンノキに上着が引っかかりながら、木立を押し分けて進む。地面は粘土質で、一歩ごとに足を取られ、泥まみれになる。

空はどんどん明るくなる。谷が輝きを増す。

よく見えないが、前方から場違いな色が目に飛び込んでくる――ピンク。三、四十メートルほど先か。砂と泥と格闘しながら駆け出す。流砂のようだがそこまでではない。フィンチの新しい手袋がサルトリイバラに絡め取られている。とげから手袋を剝がす。地面にはフィンチの日記帳。それも拾って上着の内側に抱える。ポケットからルガーを引き抜く。そのとき、髪の毛が視界にはいる。長い赤毛が広がり、砂と泥にまみれている。上半身だけが見える。腕、首、頭。下半身は泥に沈んでいる。いまの時期は雪が解けると水かさが増え、泥も流されて川の流れを変えることもある。遺体が土に還ろうとしている。寒気で腐食が抑えられ、顔は白く膨れあがり、唇は紫色に腫れてひび割れている。とはいえ、おれたちが目撃した少女、保安官がマリーに渡した写真、この長い赤毛――変わり果てた姿だが同一人物だ。ケイシー・ウィンターズ。

あたりにさっと目を走らせると、しばらくここで過ごしていた形跡が見て取れる。まっすぐ前方には、石をまるく並べたかまどがある。中央には黒ずんだ炭があり、調理用の金網がのっている。茶色と焦げ茶のテントを立て、そのてっぺんから数メートル先の地面まで、迷彩柄の大きなタープを天幕のように広げて杭で留めている。二本の木のあいだにはロープが張られ、シャツが一枚かかっている。しかし、緑色のキャンピングチェアはひっくり返り、上半分が泥に深く刺さっている。青いエナメルのケトルとフォークとナイフが、キャンプ地のあちこちに散らばっている。天幕の下には鋳鉄製のスキレットがあり、縁に血がこびりついている。おれは小声で毒づき、遺体のところにもどる。しゃがんでなんとか顔を見る。さっきは気づかなかったが、今度は気づく。左目にあざがあり、頬骨あたりのやわらかい皮膚が裂けている。スズカケノキの乾いた落ち葉を拾って自分の手をくるみ、少女の頭を持ちあげる。押しつぶされていたカルカヤの上に血だまりがあり、後頭部に血がついている。ぱっくりと傷口がひらいている。

「フィンチ！」大声で叫んであたりを見回し、ヤナギとガマの群生地のあたりを目で探す。フィンチがここに来たのはゆうべか今朝だ。だが、正確にはいつ？　そして少女をこんな姿にしたやつは――そいつもここにいたのか？

ぱっと向きを変え、初めてケイシー・ウィンターズを目撃した日のことを思い返す。〈森の王〉の上に設置した狩り用の見張り台にのぼった日だ。そして自分でも理由はわからないが、その方角へ、南へと歩き出す。引き寄せられるように、願いをこめて。額に手をかざす。太陽がのぼり、谷は真っ赤に燃えている。〈森の王〉の太く白い枝が上へと伸びている。フィンチと一緒につくり、窪地を越えてここまで引きずってきた、小さな見張り台。いない。ここではない。

エリマキライチョウが一羽、藪から飛び出してきて、おれも相手もぎょっとする。ライチョウは必死に翼をばたつかせて森へと消える。

〈森の王〉に近づいてよじのぼり、見晴らしのいい場所から谷全体を一望する。霧を燃やすような日光に目がくらむ。広い川は間断なく流れ、白く泡立ち、岸に跳ね返り、雪解け水のせいで危険なほど水かさが増している。もうひとつ、耐えがたい考えが首をもたげる。フィンチがもしも川に落ちていたら？　その光景を想像する――小さな足で走ってきて滑り、川にのみこまれる。その冷たさ。そうなったらひとたまりもない。誰も助からない。フィンチの話を聞くべきだった。一緒にここへ来るべきだった。フィンチに何かあったらおれのせいだし、自分を責めずには生きていけない。

一匹のマスクラットが川に突っ込む。しなやかに、すばやく。

おれは目を凝らし、集中し、隅々まで目で探る。ガマの群生、ハンノキ、樫。パニックですべてがぼやけて見えはじめる。自分が神を信じている自信はないが、そのときのおれは祈りを捧げる。何かをつぶやく。懇願。**頼む**。

「フィンチ！」

何時間も湿地をさまよい、足を引きずるように歩き回り、くまなく探す。フィンチがいた形跡はどこにもない。とうとう家に帰ることにし、おぼつかない足取りで窪地をもどる。ここに来たフィンチが遺体とキャンプ地を発見したあと、すぐに家に帰ったという可能性にわずかな希望を託す。もしかしたら別のルートを使ったのかもしれない。厚い氷が張った小川を渡る。急な斜面をのぼってキャビンに向かいながら、いつものように岩場に目を走らせる。習慣だ。ほら。ピンクの何かがある。おれは駆け出し、斜面をよじのぼる。疲れて息があがりながらも、巣穴の数々に棲んでいる可能性のある動物を思い浮かべ、万が一フィンチを襲う可能性のある動物か人間が――いた。頭から足の先まで迷彩柄を着込み、片手だけピンクの手袋をはめ、洞窟にうずくまり、小さくまるくなって、おれを見ようともしない。体を前後に揺らしている。おれは駆け寄って抱きあげる。すっかり冷えきり、濡れていて尻は泥まみれだ。

「間に合わなかった」おれの肩に顔をうずめ、激しく身を震わせて泣きじゃくる。

「わたしたち、間に合わなかった」

31

フィンチを家に運ぶ。濡れていて重く、ぐったりしている。できるだけ早足で松林を抜ける。フィンチはおそらく脱水状態で、ほぼ確実に低体温症に陥っていて——ここまで死の扉に近づいたのは初めてだ——不思議なことにおれはパニックに襲われていない。軍事訓練の成果が発揮され、目の前の緊急事態だけに集中する。それに対処する訓練は受けてきたし、技術もある。ケトルを火にかけ、薪ストーブの給気口を開ける。フィンチが濡れた服を脱ぐのを手伝って毛布でくるみ、すでに薪が音を立ててはぜているストーブの真ん前に座らせる。フィンチは歯をガチガチいわせ、全身が震えている。おれは両腕を回し、背中をさする。摩擦、熱。強すぎず、速すぎず。

湯が沸く。ホットチョコレートの粉をスプーンに山盛りにしてマグカップに入れ、湯をそそぐ。フィンチに渡すが、手の震えがひどくて持てない。口にあてがったあと、フィンチの横に置く。ステンレスのボウルに水を入れ、布巾を浸して絞る。フィンチの横に膝をつき、布巾を額に当てて、顔にこびりついた泥をぬぐう。頬にはとげでひっかかれた傷ができている。赤く細い線で、真ん中が引きつっている。優しくこすると、フィンチは顔をゆがめて体を引く。

「大丈夫だ、シュガー。大丈夫だから」

しばらく経つと、そのとおりになる。少なくとも肉体的には。フィンチをソファに運び、毛布でしっかりとくるむ。もうすっかり乾いて、あたたまっている。ひたすら眠る。三十分おきに起こしてホットチョコレートを飲ませ、ブイヨンのキューブでつくったスープも少し飲ませる。時間が過ぎていく。闇がおりる。自分の体もソファにねじこませ、フィンチに膝枕をする。

フィンチが寝ているあいだに、日記帳をめくる。いままでは、見てと頼まれたときしか見ていない。プライバシーを尊重しようと努力した。だが、ここ最近のできごとを考えると、無許可で見てもいいと判断する。

十二月十九日。森できれいなおねえさんを見た。長くて赤いかみのおねえさん。クーパーはパニック発作になって、休まなきゃいけなかった。こわかったけど、ひとりで詩をあんしょうしてしまった。シチメンチョウのむれを見た。すぐ近くまでよってきた。シチメンチョウに気づかれないように、どのくらいじっとしなきゃいけないか、しってる？　めちゃくちゃじっとするの。シチメンチョウはすごく目がいいから。エボシクマゲラも一わ見た。

十二月二十日。森で見たおねえさんのことが頭からはなれない。だれなの？　名前は？　どうしてカメラをもって森にいたの？　くうそうごっこをしようとしたけど、クーパーはのってくれなかった（そうぞうりょくってなると、クーパーはぜんぜんだめ）。とにかく、おねえさんを見た谷に、もういちど行くってきめた。そしてほんとうに行った。おねえさんはもどってきていた！　テントをはって、かまどをつくっていた。ときどき歌いながら。おとなりさんになってくれたらいいな。お友だちになりたいな。シカを三頭と、リスを四ひき、カタアカノスリを一わ見た。

十二月二十一日。おねえさんのキャンプ地に男のひとがいた。かみはくるくるしてて茶色くて、おねえさんのとなりに立つとすごく大きかった。そしておねえさんをどなりつけて、ドンておした。おねえさんがこわがってるみたいだったから、パチンコで男のひとに石をぶつけた。助けをもとめてる人がいたら手をかしなさいって、いつもクーパーに言われてるから。男のひとは止まって、こっちを見てから追いかけてきたから、わたしはさっと森へにげた。ぜったいに捕まらないし、もしも近くにきたらかくれる。わたしはかくれるのがめちゃくちゃじょうずだから。クーパーに話したいけど、わたしがあそこに行って、ふたりに見られたって言ったら、げきどしそう。げきど＝めちゃくちゃおこること。

十二月二十二日。きのうのところに、あたらしいお友だちができたって書かなきゃいけなかった。ゆうべ、青い車にのってきた。いままでの人生で、お友だちはジェイクとスコットランドと、あとクーパーしかいなかったけど、クーパーはお父さんだから、お友だちに入れていいのかわからない。だから、三日間であたらしいお友だちがふたり？！？　しかも、ちょうどクリスマスまえだ。いちばんあたらしいお友だちはジェイクのいもうとで、名前はマリー。いろんなにもつをはこんできてくれて、それはジェイクが死ぬまえにマリーにおねがいしたから。マリーのかみはやわらかくて茶色くて、目はメスのシカみたい。わたしはマリーがだいすき。クーパーを谷にもういちどつれていこうとしたけれど、しっぱいした。雪がふって、そりで遊んだ！　もうひとりのお友だちがだいじょうぶだといいんだけど。

夜遅く、フィンチは目を覚まし、肘をついて体を起こす。薪ストーブの木炭が鈍い光を放ち、フィンチの顔を照らす。髪を耳の後ろにかけてやる。「気分はよくなったか？　何か欲しいものは？」

フィンチはおれに目を向ける。おれの言葉が聞こえているのはわかる。目は――苦しんでいるようでも、混乱しているようでもない。唇をわななかせ、おれの目を見つめる。

「フィンチ？」

フィンチはまばたきする。涙がひとすじ頬を伝う。

「シュガー」

フィンチはおれの目をひたすら見つめる。そこにあるのは空虚。光は消えた。

次の日はほとんど家のそばにいる。おれはポーチに座って森への警戒を続け、何か動きがないか目を光らせつつ、わずかな物音も聞き逃さない。何かしらの重みで折れる枝の音、葉のきしみ。一時間ごとにキャビンのまわりを一周し、誰かが侵入した形跡がないかを確認する。

フィンチはポーチを離れることすらせず、そしてまだ口を利いていない。ひとことも。

認めよう。まわりに何もない場所で完全な沈黙という仕打ちは──怒りをぶつけるには最強の方法だ。あのおしゃべり、尽きることのない質問の嵐。誰がこの世界をつくったのか、昆虫の脚にもとげがあるのに気がついたか、一番好きなホイットマンの詩はどれか。そのすべてが恋しい。

しかも、沈黙のせいで考える時間ができる。これは危険なことのように思える。フィンチを判事夫妻から奪い返した日以来、深く考えすぎないようにすることで日々を乗り越えてきたが、その理由は自分の選択をじっくり考えはじめると自信が揺らぐからだ。ただすべきことをし、結果に対処するほうがいい。だが、フィンチの沈黙ですっかり調子が狂わされる。会話の流れというものが皆無になったせいで、あらゆることを考えはじめ、すぐに頭のなかが罪悪感と疑念と恐怖で騒々しくなる。とにかく次から次へと湧いてくる。

赤毛のケイシー・ウィンターズ。

マリーと約束を交わし、破ったこと。

ケイシー・ウィンターズへの暴行をフィンチに見られたと自覚している殺人犯。新聞によれば少年は逃走していないから、森にもどってくるつもりだろう。遺体と荒らしたキャンプ地がそのままだし、凶器も残っているかもしれない。すべての証拠が手つかずで、発見されるのを待っている。もちろん目撃者も。おそらくすぐに、あるいはあとで、いずれにせよいつか、少年は放置した仕事を片づける必要に迫られる。つまり、おれたちの家、おれたちの聖域であるこの森は——もはや安全ではない。二度と安全を感じられないかもしれない。しかもその原因は、おれがしでかしたことだけではない。

まあ、突きつめればおれがしたことのせいだから、耐えがたい。

しかしともかく、数々の懸念事項と同じくらい悩ましいのが、フィンチがおれに向けるまなざしの変化だ。感嘆や敬意は消えた。子どもが親に向ける瞳には、魔法めいたものがある。口には出さなくても、親のことを世界で一番賢く、強く、興味深い人間だと思っているのが伝わってくる。親を信頼しているということが。親の存在が、子どもに生きる意味と安心感を与えているということが。ちょっと感傷的になりすぎているかもしれないけれど、言いたいのはフィンチのなかで何かが変化したということだ。以前は、フィンチの立ち居ふるまいにも表情にも自信のようなものがあったが、いまそこにあるのは不信感で、それがちらつき、浮きあがり、あふれだしている。まるで、フィンチがひと回り小さくなったような、世界を見る目が心もとなくなっているような感じだ。

フィンチの変化に心が張り裂けそうになる。自分の子どもが、自分がいままですべてを犠牲にして守ってきた人間が、その子のためにと法を犯し、越えてはならない一線を越えてきた相手が、親に不信を抱き、ひるがえって自分自身にもこの世界にも不信を抱くと言うのなら、いままでしてきたことにいったいなんの意味があるのだろうか。

そのあと、スコットランドが来る。庭にはいってくるが、汗をかいて息を切らせている。眩しい日射しに伏し目がちなスコットランドが、知り合ってから初めて老け込んで見える。心配そうだ。顎を引き締め、骨ばった顔がそのときはなぜかやつれて見える。「悪い知らせだ」髪をなでつけながら言う。「ちょっと来てくれ、クーパー。座って」

こんなに動揺しているのは見たことがない。取り乱している。外は寒いのに額に玉の汗が浮いている。「クーパー、まずいぞ」尻のポケットから三つ折りにした新聞を出す。新聞の一部だ。「見ろ」

おれは手を伸ばして、新聞を受け取る。広げると、そこには、第一面に——嘘だ。フィンチとおれの写真。〈森の王〉の見張り台に座っている。

写真のすぐ下に見出しがある。一行だけ、でかでかと大きく太字で書かれている。

このふたりは誰?

膝の力が抜け、がくっとポーチにへたりこむ。パニックが膨れあがり、雷鳴と列車の轟音が耳をつんざく。フィンチが飛んできておれの脇の下にもぐりこみ、一緒に読む。

行方不明のケイシー・ウィンターズが所持していたカメラに残された二千三百八十一枚の写真のなかから、捜査官は注目すべき一枚の写真を発見した。成人男性と少女の写真だ。ウィンターズの家族は、このふたりについてまったく面識がないと証言している。捜査は引き続き急ピッチで進められており、新たな捜査方針に基づいて……

おれは柱にどさっともたれる。フィンチはまだ読んでいる。視界がぐるぐると回転して真っ白になり、まぶしさに目を閉じる。あの保安官。保安官がブロンコを見落としていたとしても——見落とすかどうかなんとも言えないが——ふたつ目の手がかりを入手したことになる。ケイシー・ウィンターズが失踪したころ、ガソリンスタンドでおれたちと遭遇したことを思い出す可能性はきわめて高い。

「すでにＦＢＩに協力を要請している」スコットランドが言う。「クーパー、そいつらの技術が投入される」落ち着きなく行ったり来たりしながら続ける。「二十四時間。おまえに残された時間は最大そこまでだ。今朝、新聞に載った。あしたには――あしたにはおまえのことが知れ渡るだろう。現場近くに住んでいると。おまえを探しに来る。クーパー、どうにかしないと。すぐに。ぼやぼやしている時間はない」

おれは膝を抱える。

「顔認識。身元が割れる。おまえとフィンチの」

「何を言わせたいんだ、スコットランド？」

「わからん。緊急時の計画はあるのか？」

「緊急時の計画？　なんのための？　ひとりの少女がおれたちの土地をほっつき歩き、おれたちの写真を撮り、死んだ。そう、死んだ」スコットランドにしばらく会っていなかったから、まだ伝えていなかった。「谷で見つけた。きのう。それで――」さっとフィンチに目をやり、スコットランドに家の脇までついてこいと合図する。「事故じゃなかった。誰かがやった。殺した」

「フィンチは知っているのか？」

おれはうなずく。「彼女を探しに谷まで行った」

スコットランドは頭を左右に振る。「フィンチは大丈夫か？　現場を見たあとで、ということだが」

「すっかり参っている」

「きちんと話さないと。乗り越える手助けをしないと」

「そんなことはあとでいい」それはちがうとわかっているが、いまは時間がない。ケイシー・ウィンターズの恋人のことと、暴力を振るっているのをフィンチが目撃したことを伝える。「相手もフィンチを見た。追いかけられた」言葉が口をついて出てくる。

スコットランドはまたかぶりを振り、すっと息を吸い込む。怒りが顔をよぎり、眉の上の傷跡が浮き出る。森に目を向けて見つめる。「わたしもここにいようか？　見張りを手伝う。なんでも必要なことはやるぞ。言ってくれ」

頭上には、十二月の空が広がっている。果てしない、吸い込まれるような青。疲れた、と感じる。疲れ果てた。諦める人間になろうとしたことは一度もない。根性なしには。だが、状況を見極めた上で手を引くべきときもある。退却。降参。「いや、大丈夫だ。申し出はありがたいが。先に知らせてくれたのも助かる」

「そうか。大丈夫ならわたしは家に帰る。CB無線を傍受しておく。監視もする。もし誰かがここへ向かってきたら、わたしも駆けつける」スコットランドは重い足取りで庭を突っ切り、森へと帰る。

おれは良心の呵責（かしゃく）を覚える。ケイシー・ウィンターズの失踪にスコットランドが関与しているのではと疑ったことや、おれたちを裏切るのではと考えたことに。「恩に着る」後ろから声をかけると、スコットランドは片手を挙げて応える。

とある計画が浮かび、断片が集まって全体像が見えてくる。気に入らない計画だが、いざ考えてみると――真剣に検討すると――ほかには方法がないとわかる。いくつか決断をしなければ。秘密もいくつか打ち明けることになる。どちらも必要なのはよくわかっている。

32

パラシュートで降下するとき、地球の引力に身をゆだねなくてはならない瞬間が訪れる。高度六千メートル、ときには九千メートルで待機する。純酸素を吸引し、体内の窒素をすべて外に出す。手元にあるのは背嚢（はいのう）とパラシュート。生き延びるために必要な準備はすべてしてきた。高高度降下低高度開傘（HALO）では、飛行機から足を踏み出して空中を降下するが、空を飛ぶようでいて厳密にはちがう。飛ぶ場合はコントロールが利くからだ。ある種の美しさがある。ＨＡＬＯにはない。ひたすら落ちる。高度数百メートルにさがるまでパラシュートはひらかず、それまでは何もない空間を時速百六十キロで突き進む。

最初の数回は、本能的にパニックに襲われた。パラシュートがひらかなかったらどうしよう、パラシュートが絡まって腕や脚を広げられなかったらどうしよう、死んだらどうしよう、という思いが頭をよぎった。だがしばらくすると、楽しみ方がわかってくる。すべてを手放し、何もかもゆだねる感覚の。

ブロンコに乗るようフィンチに言う。

「警察に行くの？」

「ああ。でも、いますぐじゃない。一旦帰ってきてからだ——ちょっとやらなきゃいけないことがある」

「ウォルト・ホイットマンも連れていっていい？」

「ああ」

「どこに行くの？」フィンチはウォルトを抱え、後部座席に乗り込む。

「電話をかけに。片づける用事がある」

門に着く。錠をはずし、ふたたび施錠する。砂利道をゆっくりと進む。最近の雪解けでやわらかくなり、轍が残っている。地面はぬかるんでいて、やわらかい。舗装された道路に出ると、フィンチがラジオをつけてもいいかと訊くので、音楽を流している局に合わせる。ガソリンスタンドに車を停め、ポケットから小銭を何枚か出して、マリーが紙切れに残した番号にかける。

おれはマリーに、状況をできるかぎり説明する。何が明るみに出たかを伝え、こっちに来てもらえないかと打診する。マリーはあれこれ質問したりせず、目撃情報を警察に通報する約束だったじゃないとも言わなかった。本当に頭がさがる。マリーは、すぐに荷物をまとめるから朝までにはキャビンに着くとだけ言い、おれはフィンチとふたりで初めてここへ来たときに、まさに同じ公衆電話でジェイクに連絡し、キャビンにいると伝えたときのことを思い出す。すぐに駆けつけてくれたことを。受話器を置き、車にもどる。

「あの少女のことを警察に話しに行ったら」帰りの車のなかでフィンチに言う。「おれはもう帰ってこないから」

後部座席でフィンチは鼻にしわを寄せる。「帰ってくるかもだし」

「いや、フィンチ。帰らない」フィンチに告白する準備はできているか？　予定どおりにいくとしたら、いましかチャンスはない。この世界が、おれが抱え続けた秘密が、ふたりで築きあげた、奇妙で脆くて美しい生活が、崩れようとしている。しかも急速に。深呼吸する。「おまえが知っておくべきことがある。おまえに話しておかないといけないことが。おれたちが一緒にいるために、おれがしたことがあると言っただろう？　実は、話はもっと複雑なんだ。おまえはおれから引き離された。だから取り返さなきゃならなかった。でもそのために人を傷つけた。縛りあげて放置し、おまえをここへ、この森へ連れてきた。つまり法律を破った。そしていつも言っているように、自分がしたことには結果が伴う。重く受け止めるべき結果だ。何十年も刑務所にはいる」

「やらなきゃいけないことをしたんだよね」何年も前に覚えた台詞だ。

おれは咳払いする。「それだけじゃない。おまえをおれから引き離して取りあげたのは——おれが手足を縛って放置したのは——おまえのお母さんの両親だ。おまえのおじいちゃんとおばあちゃんに当たる」

「おじいちゃんとおばあちゃん!?」

「ああ」

「いるなんて知らなかった」

「まあ、仲良くなかったからな」

「じゃあわたしも仲良くなれない」フィンチは胸の前で腕を組む。反抗的な態度に安心感を覚える。フィンチの内なる光が復活する。

「いや。ふたりが嫌いだったのはおれだけだから。おまえにはちがった態度を取っていただろう。おまえを愛したと思う。彼らなりに」

「そんなこと言ったたって。わたしをクーパーから引き離すなんて間違っていたよ」

そうなのか？　いま多少冷静になって振り返ると、当時は悲しみでまわりが見えていなかった。後部座席に座っているフィンチの膝をぎゅっとつかむ。「ともかく。おれはいくつか決めたことがあり、もう後戻りはできない。つまりは、この決断にも結果が伴い、警察に行くということはそのふたりに会わなきゃいけないってことだ。心の準備はできている」

おれの考えはこうだ。もしもこれが最後なら、もしもフィンチを失うのなら、おれの思いどおりにけりをつけたいと。例の少年が野放しになっているなら、何をしでかすかわからない。それに、おれたちが逃げても隠れても、警察は見つけ出すだろう。最悪の展開になりかねない。おれはフィンチの目の前で逮捕されるだろう。負傷者が出るかもしれない。それがフィンチにとって、おれとの最後の思い出になる。抵抗し、連行され、手錠をかけられる父親の姿。おれの選んだ方法なら、おれにも多少、状況をコントロールできる。少しは尊厳がある。少なくとも、別れの言葉を伝えられる。

フィンチがおれの手を軽く叩く。「思うんだけどね、クーパー。正しいことをすれば、帰ってこられるよ。きっと、全部大丈夫」

「フィンチ、これは物語の世界じゃないんだ。めでたしめでたしで終わるような。今回はそうはいかない。だからおれが帰らないと言えば、そういうことなんだと、しっかりわかってほしい。ここでおれのことを待っていてほしくないんだ」最初は、警察署に行って遺体と恋人の少年のことを報告し、あれこれ書類を記入したら解放されるのでは、と淡い期待を抱いた。でももちろん、そういう展開にはならない。写真が出回ったいまとなっては。顔を見られたらおしまいだ。

おれは帰ってこない。森でのこの生活にもどることは二度となく、フィンチにもわかる範囲で納得してもらわなくてはならない。ジェイクを待っていたように、窓の外を眺めてひたすら待ち、おれの車が角を曲がる音が聞こえるんじゃないかと耳をすますなんて——

「あしたの朝、マリーが来る」おれは言う。「おれが出かけたら、荷物をまとめること。マリーがお母さんの実家まで送ってくれる。心配はいらない。マリーがしっかり面倒を見てくれる。それから、知っておいてほしいことがある。この森でふたりで暮らし、おまえを育てたこと——それは何ごとにも代えがたい経験だった。いろんなことをしてきた人生のなかで」言葉が喉に詰まる。「おまえの父親になったこと、それがおれの最大の功績だ」

ふと気がつく。フィンチに詩を贈らないといけない。美しい詩を。おれがいなくなったあと、心の支えとなるようなものを。フィンチなら詩を選ぶ。だからおれは探す。フィンチを寝かしつけ――今夜はあっという間に済むが、引き延ばしたい気分だ。シンディの話をして、とせがんでほしい。もっと本を読んで、と。でもフィンチは疲れ切っていて、おれの頰にキスするとベッドにもぐりこみ、背を向ける。おれはしばらくその場に留まり、フィンチのすべてを目に焼きつける。まるまった背中、小さな肩、もつれた金髪。本当にこの子と離れられるのか？　本当にこれが正しい選択なのか？　いまこの瞬間、正しいことだなんて、おれにはこれっぽっちも思えない。

足音を立てないように主室に行き、ドアは少し開けておいて、フィンチが何かしら理由をつけておれを呼ばないか、何かを頼んだりしないかと心のなかで期待する。太い樫の薪をストーブにくべる。戸棚を開けて重ねた皿の縁をなぞり、赤いカウンターに手を滑らせる。主室の本棚にある本をめくりはじめる。一ページ、一ページ。どれもしっくりこない。どれも完璧じゃない。今回は、そういうものじゃだめだ。しっくりきて、完璧なものでなくてはならない。心が滅入るようなものもだめ。間違った愛を謳ったものもだめ。明言されていなくても、何かアドバイスになるような含みがあるものでなくては。何かしらおれを彷彿させる詩。フィンチを彷彿させる詩。世界を創造する詩。「おお、幼き少女よ、我がインゲンマメよ」アン・セクストンはちがう。

シルヴィア・プラスの本も、脇へよける（ふたりとも心の病により命を絶った女流詩人）。一番上の棚から、簡素な装幀の小さな本を引き出す。『メアリー・オリヴァー名詩選』という本で、この八年間、なぜか一度も読んでいなかった。表紙をめくると背表紙がぱりっと音を立てる。表紙をめくると、ジェイクの名前。ひとつひとつの詩を読んでいく。そして、『夏の日』という詩が目に留まる。

草むらに転がり込み、身をかがめ、世界に浸るフィンチ。質問の数々、ここで過ごした日々。自然のなかでのかけがえのない生活。すぐに、これだと思った。この詩を、おれのくせのある字で娘に書き残してからブロンコに乗り込み、人生の終焉へと向かおう。

33

しばらくベッドに横になり、フィンチの寝息や寝返りに耳をすます。ベッドから這い出てフィンチの隣に膝をつき、金髪をなで、背中に手を当てる。この家でここに眠るフィンチを見るのはこれが最後になるだろうと考える。成長し、変わっていくフィンチ。筋肉も骨も大きくなり、外見も変わって、おれの知らない人間になる。顔を見てもわからないかもしれない。そしておれも変わっていく。成長するわけではないが、変化するのは変わらない。

おれには乗り越えられない。無理だ。嫌だ。

体を起こす。おれはいまや涙が止まらず、体がひどく震えている。静かに主室に行き、ソファに座り込んでフィンチのキルトで涙を拭く。ちょうど完成したばかりだ。四角く切った、フィンチが着てきた服のかけらのすべて。歩きはじめたころの、青と白のワンピース。去年の冬じゅう着ていた黄色のスウェットシャツ。ゾウの絵が描いてあるピンクのロンパース。フィンチが生まれる前にシンディが選んだものだ。

「ここはもう安全じゃない」声に出して言う。シンディに向かって。シンディがいないことの重みが石のように腹にのしかかる。

安全だとしても、大事なのはそこではない。少女が悲惨な死を遂げたと知ったいまは。両親が娘の帰りを願っている、待っていると知ったいまは。おれは自分の服の袖で顔をぬぐう。「あの子に起きたことを、黙っているわけにはいかない。そんなのはおれじゃない。おれがなりたい姿じゃない。フィンチもおれも望まない姿だ」

立ち上がり、マッチの箱と発炎筒を手に取る。八年前、スコットランドが初めて庭に来たときに持ってきた発炎筒だ。玄関ドアの錠をはずし、取っ手の下のシャベルを脇にどけて夜の外に出る。なぜか、聖書に出てきた場面が繰り返し頭に浮かぶ。キリストがゲッセマネの園にいたときの話で、キリストは神にほかの道はないかと尋ねる。念のために言っておくが、自分をキリストと同等だと言っているわけじゃない。でもほかの選択肢はないのか、と願う気持ちは一緒だ。別の道。これから待ち受ける苦難を避けるためのなんらかの方法。まだ自分のところまで達してはいないが、悪いことがじりじりと近づいていると知っているなんて、最悪の気分だ。そして、実は選択肢はあり、自分次第だとわかっていることも。やらないと決断することもできる。あとに引くことも。逃げることも。

ポーチの階段をおりて草地に横たわり、伸びをして空を見あげる。庭は明るく、月はほとんど満月で、空には雲ひとつない。満天の星空で、ひとつひとつの星がくっきりと見える。オリオン座、牡牛座。空は変わることがないと思うとなんだか安心する。わざわざ見には行かないが、ニワトリのお嬢さんたちは鶏小屋のなかで静かに無防備に眠っているだろう。

発炎筒に着火すると、夜空に炎が飛び出す。遅い時間だが、見ていることを願う。ポーチから焚き付けと薪を何本か持ってきてまるく並べ、火をつける。最後の贅沢、純粋に楽しむためだけのキャンプファイア。冷え込んだ夜の空気と、対照的な暖かさ。石に腰かけ、残り火が木片をなめるのを見守る。火花が暗闇に散る。これが最後だと考えてもいいことはないが、そうする。そのことを考える。

おれの世界がここでどんなに小さくなったか。いかに素朴で、良い暮らしだったか。八年だぞ、クープ。平和と静けさと幸せ。たいていの人はなかなか手にはいらないものだ、本当に。感謝しろよ。

しばらくすると、人影があらわれ、こっちへ動いてくる。炎の明かりに照らされ、庭に長い影が伸びる。

「クーパー？」

初めてスコットランドが来た日を思い出す。まさにここにあらわれた。ＡＫをかつぎ、発炎筒と死んだウサギを入れたバックパックを背負って、カラスを肩のあたりに従えていた。「来てくれて助かる」おれは言う。

「大丈夫か？」

「頼みたいことがある」

スコットランドはおれの向かいの石に座る。額に汗が浮かび、やや息があがっている。早足でここまで来たのだろう。「もちろん。なんでもやる」

「朝になったら、おれは町に行く。例の少女のことを警察に話す。遺体の場所まで案内する。マリーがこっちに向かっている。フィンチを祖父母の家に連れていってもらう」自分の発した言葉でこんなに悲しみが生まれるなんておかしなものだ。込みあげるものが喉に詰まる。「あんたに頼みたいのは、ニワトリのことだ。ここに残すわけにはいかない。森にも放したくない。ひと晩ももたないからな」

スコットランドは目をしばたたく。炎が顔を照らし、目に苦痛と苦悩が浮かぶ。

「匿(かくま)うこともできるぞ。場所ならある。助けさせてくれ」

「気持ちはありがたい、スコットランド。あんたが思う以上に」本心だ。長年の監視やおせっかい――いまになって初めて、ひょっとしたらこいつはずっと、本気で手を貸そうとしていたのかもしれないという思いが湧く。スコットランドなりの奇妙なやり方で。「例の写真のせいで、フィンチとおれにとってはすべてが変わる。あんたが言っていたように、FBIはもうおれたちの身元を割り出しているかもしれない。シンディの両親も、おれたちが生きていると知ったら探しに来るだろう。捜索隊を再結成し、顔写真を公開しまくって、また一からはじまる。前回みたいに、あらゆる場所に貼り出される」

「別の土地に行けばいい。引っ越せ。やり直すんだ」

「今回は行く当てがない」持っていた枝の先に火をつける。「崖っぷちに追い込まれた。自業自得なのはわかっている。報いを受けるときが来た」

スコットランドは黙って座ったまま、火を見つめている。「迷いはないのか？」

おれはうなずく。

「ペンと紙はあるか？　もし構わなければ、フィンチに手紙を書きたい」

「わかった」おれは立ってキャビンにはいり、引き出しからノートとペンを持ってくる。

焚き火の前にもどると、スコットランドはポーチに座り、壁にもたれて書きはじめる。長いことそこに座ったまま、夜を見つめては書き、やっと立ち上がる。「テーブルの上に置いてくる」そう言って家のなかにはいる。

外に出てくる。「フィンチには――」顔の傷跡がゆがみ、数々の苦悩がちりばめられる。

「おれから伝えておく」

「あしたまた来て、ニワトリを預かる」

「午後まで待ってくれ。差し支えなければ。マリーとフィンチが確実にいなくなってからにしてほしい。もし――もしも、あの子があんたを見たら」

「わかった。じゃあ、あしたの午後に来る」

それから、おれは自分でも驚くことをする。スコットランドの肩に手を置き、つかの間、憎むという選択をしてこなければよかったと悔やむ。「ありがとう」

「じゃあ達者で、お隣さん」

そう言うと、スコットランドは帰っていった。

しばらくうとうとし、目が覚めると背中と首がこわばっていて、火は消えて冷え切った石炭の山と化している。どうにか立ち上がり、体を伸ばす。鶏小屋を開けて中をのぞく。「お嬢さんたち、いままでどおりに頼むぞ。新しい家に行くことになるが、大丈夫だ」手を入れて一羽ずつ頭をなでる。暗くてよく見えないから連中は逃げない。「じゃあな」

クープ、おまえもいかれた鳥の仲間か？　またニワトリに話しかけてるし、しかもちょっと泣いてるみたいだぞ。

夜明けにマリーが到着する。フィンチはまだ眠っているが、おれはポーチで待っている。熱いコーヒーを飲みながら。最後だから、フレンチプレスで淹れた。キャビンでの最後の夜明け。森は赤く染まり、薄くなってピンクになると、やがてすべてが黄色く、明るくなる。ポンプからの最後の水汲み。最後のコーヒーの粉。すべてこれが最後だ。

マリーはプリウスを停めておりると、おれを見つけて駆け寄る。両腕をおれに回し、きつく抱きしめる。おれはマリーの額に顎をのせ、深く吸い込む。

「ごめんなさい」マリーが言う。「わたしのせいだったらごめんなさい」

「きみのせいじゃない。運が悪かった。それだけだ。それと、何年も昔の誤った決断が悪い。でも片をつけてくる。すべてを正してくる」

ふたりで立ちつくし、どんな未来になっていただろうかと思いを馳せる。あのクリスマスの週、限りなく幸せに近いものを感じたこと。幸せの翼がおれたちをなでるところだった。もう少しで。

フィンチの祖父母の名前と住所を書いた紙をマリーに渡す。「判事は一筋縄じゃいかない。判事夫人はもっとひどい」砂利を蹴る。「ここでおれたちを見つけたと伝えてくれ。孫がきちんと世話をされていたことも。愛情もそそがれていた。たっぷりと。それから——すまなかったと。もしもきみにできることがあるとすれば、もしもきみの手を借りれるなら、これからもあの子と会えるよう——」

マリーはおれの手を包み込む。「まかせてちょうだい」

八時に別れを告げる。おれは膝をつき、フィンチに腕を回す。フィンチはスコットランドが残した手紙をしっかりと握りしめているが、おれのことは見ようともせず、きっぱりと拒絶し続ける。まっすぐ前を見つめたままだ。おれはブロンコに乗り込む。ドアを引いて閉め、窓をさげる。マリーは袖で涙を拭いて手を振り、フィンチはマリーのスカートに顔をうずめて立っている。おれは勇気をふりしぼる。キーを回す。ゆっくりと車を走らせる。この場所のすべてを心に焼きつける。キャビン、洗濯紐、井戸のポンプ、果樹園、垣根。ここでおれは悲しみに暮れ、苦労を重ね、心身の健康を取りもどした。庭にいるマリーとフィンチ。幸せをつかむ二回目のチャンスだが、ここを去るという選択肢しかない。バックミラーに映るふたりが小さくなっていく。そのときフィンチが――フィンチが追いかけてくる。長い手足を必死に動かして。おれはブレーキを踏み、ギアをパーキングに入れて車からおりる。

フィンチが飛び込んできて、両腕をおれに回し、全力で抱きつく。おれの首に顔をすりつける。号泣している。「気が変わったの」泣きじゃくる。「行かないで」

「シュガー、やめてくれ」

「行かないで。お願い！　ごめんなさい。恥を知りなさいなんて言ってごめんなさい。そんなつもりじゃなかったの。わたしが間違ってた。取り消すから」

「いや、間違っていない。ケイシーのご両親のためにも。もう娘は生きていないと知る権利がある。真実を知る権利が。そしてケイシーのためにも、正義が果たされるべきだ。おれがやらなきゃいけないんだ、フィンチ。ケイシーの家族のためだけじゃない。おまえのためだ。おれのためにも」

「マリーが行けばいい」

「そうしたとしても、いろんな人がおれたちを探しに来る。あの写真のせいで。フィンチ——どうしようもないんだ」引き剝がそうとしても、さらに強くしがみついてくる。おれが立っても動こうとしない。万力のように脚を巻きつけている。

「お願い、お父さん」

そう呼ばれたことは、いままで一度もない。しかもその言い方——懇願するような、聞こえるか聞こえないかの声で絞り出す、心の底からの必死の言葉。思わず引き留められる。自分のすべての決断を問う。

マリーがこっちへ来る。フィンチの背中に手を当てる。「フィンチ」

フィンチはその手を払いのける。「さわらないで」鋭く言う。

「さあ、放すんだ、フィンチ」おれは優しく言い、決意を曲げまいとする。「いい子だから」

フィンチは激しく泣きじゃくる。

「手を貸してくれ」マリーに声をかけ、ふたりでフィンチを引き剝がし、フィンチは叫んで、叫んで、叫び続ける。体を離したおれは自由になり、マリーがフィンチを捕まえる。砂利道にしゃがみこみ、両腕と両脚を絡ませて押さえつける。フィンチは激しく抵抗し、全力で暴れ、足を蹴り、腕を振り回す。怒り狂う、獰猛な野生動物。

おれはブロンコに走って乗り込む。車を発進させ、百メートルほど先のカーブで視界からふたりが消えるところで、最後にもう一度だけバックミラーを見る。マリーを振りほどいたフィンチが追いかけてきていて、その後ろをマリーも走っていて、エンジン音に負けじとフィンチの泣き叫ぶ声が聞こえてくる。クーパー、置いていかないで！　クーパー、お願い！　これが、この森での娘との最後の思い出になる。行かないでと懇願する娘、無視して走り去る父親。これほど自分を憎んだことはないかもしれない。

34

ジェイクとおれの身動きが取れなくなり、ジェイクが死にかけ、おれがふたりの人間を殺した夜、暗闇が訪れた。静けさがしばらく続いたあとで、おれはジェイクを肩にかつぎ、建物の陰から離れないようにして歩き出した。絶対にたどりつけないと思いつつも、水は切れていたし、誰とも連絡する手段がなかったから、とにかくやってみるしかなかった。その夜、おれたちは絶対に死ぬと思っていた。おれは信仰心が厚い人間ではないが、その後があると信じていた。訊かれたことに答えるというのだろうか。弁明。おれが言っているのは天国や地獄そのもののことではなく、最後の審判のことだ。おれの醜い魂は、醜い過去と対峙する。自分がしたことは言い逃れようもないが、あのときでさえ、さらに厳しい選択肢があるのではと思っていた。自分の行為の責任を負って生き長らえるのも、地獄のようなものではないかと。まさに地獄だった。いまでも地獄だ。おれたちは生き延び、おれはあの日を何千回も追体験してきたから保証する。自分が父親になって、ますますつらくなった。なぜなら親になるということは——自分のなかの何かを開花させ、深めるからだ。かつてないほど愛情をそそぐことになる。

何カ月も経ってジェイクが回復してきて、おれが休暇を取った日、ジェイクはときどきこんな夢を見ると言った。テーブルの上で死にかけているところに、ふたりの人間がデーツとナッツのケーキを持ってきて、あまりにうまかったから天国の入り口にいるんじゃないかと思ったと。「モルヒネのせいかもな」ジェイクは病院のベッドの上で、さまざまな装置につながれたまま言った。それは夢ではない、全部が全部、夢というわけではない、とはおれは言わなかった。あの日の悲惨なできごとについてはジェイクに話していない。知らないほうが幸せだ。ジェイクの命を救うという行為が、おれの残りの惨めな人生を呪うことになるとは。そうすべき価値があったと、以来自分に言い聞かせている。ジェイクは最初からおれより優れた人間で、善良な心にあふれていたから、そうする価値があったのだと。

そんなことを考えながら町へ向かう。森のなかの道を二十キロ、ガソリンスタンド、田舎の家々、さらに何キロも。そして町。〝町〟というのはおこがましいほど、こぢんまりした場所だ。保安官がマリーに渡した名刺には電話番号と住所が載っている。メインストリート四〇一番。

メインストリートでひとつだけあいている場所にブロンコを停め、建物の番地を確認して進むべき方向を決める。小さな住みやすい町だ。本当に。信号もない。そして約百メートルおきに二本のイロハモミジが植えられ、その下に金属のベンチが置かれている。広い階段と意匠を凝らした柱が並ぶレンガ造りの建物の前を歩く。図書館だ。通りの少し先で、騒ぎが起きている。歩道にたくさんの人がいて、建物の前にテレビ局のバンが停まっている。ひとりの男が壁に寄りかかり、煙草をくゆらせている。

「いったい何ごとだ？」おれは人だかりのほうに頭を傾け、男に訊く。

「クリスマス前に行方不明になった女の子がいただろう？　見つかったらしい」男は煙草を吸い込む。

「そうなのか？」どうにか平静を装い、新聞記事のことを思い返す。

男は頭を左右に振る。「めちゃくちゃ奇妙な話でさ。今朝早く男が警察署に出頭して、少女は死んでいて、遺体の場所も知っていると言い出した。自分がやったわけじゃないが、そこまで案内すると言って」口から煙が吐き出される。何年も嗅いでいなかったし、喫煙者でもないが、そのときはそのにおいが心地よく感じられる。「出てきたぞ」男が言う。「保安官と保安官補と、捜査官が数人」通りの先の人たちを指す。「みんな、出てくるのを待ってたんだ」

「何を？」

男は建物を指さす。「例の男が保安官たちを連れ出すのを。森へ行くぞ」

どう解釈したらいいのか。どうしたら納得できるのか。この男の話は事実なのか。そして遺体のことを通報したのは誰で、どうやって発見したのか。そしてこいつら全員がおれたちの森に行き、そこらじゅう踏み荒らして、フィンチとマリーに近づくのか。「その男は遺体の場所を話したのか？」

煙草の男は肩をすくめる。「国有林の近く、だったかな」サングラスを下にずらし、眉根を寄せて淡い青の瞳でおれを見る。「それだけじゃない。行方不明の少女のカメラに写っていた人間がいるだろう？　大人の男と女の子。なんのことかわかるよな？　新聞にも載っていた。いったい誰だと大騒ぎになった写真だ」

おれは自分のサングラスに手を添え、相手がおれに気づかないことに感謝する。

男は最後にもう一度煙草を吸い込むと、歩道に捨てて足で踏み消す。「男の話じゃ、ふたりがそいつの敷地内に勝手に居座っていたから、殺したんだと。証拠も持ってきていた。男のドッグタグ。それから女の子の歯だ」足元に唾を吐く。「記念に取っておいたらしい。口に出すのも気分が悪い。地元の男だ。さりげなくまぎれている精神異常者（サイコパス）って奴だな。まさかこんなところで」

急速に押し寄せてくるのを感じる。パニック発作。太陽は眩しすぎ、歩道にも目がくらむ。建物や車がぐらぐらと揺れはじめる。かすんで形が変わる。建物にもたれてレンガをつかむ。「一本もらえるか？」

男はおれを見て、ちょっと考え、シャツのポケットに手を入れて煙草とライターを出す。「大丈夫か？」おれに渡しながら言う。

おれはうなずく。火をつけて軽く吸う。「ふたりの遺体は」おれは言う。「そいつは遺体をどうしたんだ？」

「肉を食べる昆虫を飼っているそうだ。その虫に食わせて骨は川に捨てた。少なくとも、男の話だとそういうことだ」

「誰なんだ、そいつは？」やっとのことで息がつけるようになり、尋ねる。

「剝製師。ここの北に住んでいる。昔は牧師だった。それから妻と娘を亡くしてね。自動車事故で、運転していたのはその男自身だ。腕にふたりの顔のタトゥーを入れて、森に住みはじめた。それからちょっとおかしくなったんだと思うよ。どこにも出歩かないし。食料品は地元の女が届けている。ポーチに置いておくんだ。でもみんな別に気にしちゃいない。そりゃ、誰だってそんなことがあったら少しはおかしくなるだろう？　特に害はないと思っていた」男は肩をすくめる。「おれも雄鹿の剝製を頼んだことがある。角は立派な四又五尖で、それまでに手に入れた剝製のなかでも最高の出来だった」もう一本煙草を出して火をつける。「いつもいい仕事をする。剝製師としては、ってことだが」

「名前は？」深く煙草を吸い込み、尋ねる。手がひどく震え、口に咥えた煙草も揺れている。

「マーカス・バーンズ」男は答える。「でも誰もその名前じゃ呼んでいない。通称スコットランドだ」

35

フィンチ。よろけるようにブロンコにもどる。目は太陽にくらみ、頭はどうにか状況を整理しようとするが、おそらくできない。おれのキャパをはるかに超えている。もしも事実だったら。もしもあいつがやったのなら。それが意味すること。そしてその中心にある疑問。なぜ？

でもその前にとにかく、フィンチだ。

フィンチとマリーはキャビンで荷物をまとめているか、もしかしたらすでに荷造りを終えて判事夫妻のもとに向かっていて、おれは二度と追いつけないかもしれず、そうしたらそのあとは？　キャビンに引き返し、残りの人生をひとりで暮らす？　あるいはフィンチを奪い返す？　もう一度？

置いてくるべきじゃなかった。行かないでくれと泣いてすがり、追いかけてきたのに。たったひとりの娘、命をかけた愛、世界の中心である存在にそんな仕打ちをするなんて、いったいどういう父親だ？　スコットランドに言われたように、おれも荷造りすべきだった。引っ越す。隠れる。洞窟で来年の冬まで暮らす。フィンチと離れるべきじゃなかった。永遠に失ったかもしれない。

車を飛ばす。おんぼろのブロンコはうなりをあげ、エンジンを限界まで駆動させる。熱く、サーモスタットがいかれてエンジンがオーバーヒートするかもしれないが構わない。フィンチ以外どうでもいい。集落を抜ける。ガソリンスタンドの前で速度を落とすと、駐車場はいっぱいになっている。さっき通ったときは気づかなかった。テレビ局の名前が車体に書かれた白いバンが二台。警察車両が三台。駐車場のまわりには人だかりができている。そっちに目を向けないようにする。

未舗装の道にはいると、まだ家まで何キロもあるが少し速度を落とす。砕石がタイヤの下でうるさい音を立て、砂利が後方に飛び散る。マリーの車が前から来ないか目を凝らす。手遅れでないことを願う。

ついに門まで来た。閉まっている。錠もかかっている。まだ出発していない可能性はある。のろのろと荷造りしているのかもしれない。フィンチが癇癪を起こしたり、マリーの足を引っぱったりしているのかもしれない。どちらもありうる。あるいは、さっさと出ていったということか。すでにここを出て、門を閉め、とっくに去っていったのかもしれない。パニックが押し寄せるが、なんとか気持ちを集中させる。とにかく家に行く。深く息を吸い、ゆっくりと吐く。名前を唱えながら呼吸する。吸って、吐いて。フィンチ、フィンチ、フィンチ。

最後の角を曲がるとキャビンが目に飛び込む。フィンチはポーチの階段に座って、骨でつくったナイフの持ち手に紐を巻きつけている。おれに気づくと立ち上がり、車へと全力で走ってくる。おれはイグニションを切り、フィンチに駆け寄って抱きあげ、しっかりと胸に抱く。

「帰ってきた」フィンチはおれにぴったりとくっつき、強くしがみつく。涙がこぼれ、頬を流れる。「やっぱり帰ってきた」唇を震わせる。

「こうなるはずじゃなかった」言葉が喉につかえる。「状況が変わった」

フィンチは体を離して首をかしげる。「大丈夫？」

マリーがポーチから走ってくる。戸惑い、心配そうだ。「何があったの？」

フィンチを地面におろす。「スコットランドが出頭して例の少女のことを話したらしい。現場に案内していると思う」

フィンチは唇を嚙む。「わたしたちのこと、まだ探してるの？」

「わからん」

フィンチはマリーを見る。「でも写真を撮られたから、安全じゃないと思ってた。わたしたちのことを探すから」

どうやって言葉にし、どうやって説明すべきか。「その件も片づけたらしい」

フィンチは石を蹴る。「どうやって？」

おれは立ち上がる。「話せば長いが、おれたちを守る方法を見つけたようだ。おれたちが一緒にいられるように。自分を犠牲にしてまで。すまん、ちょっと確かめることがある」おれは家に向かう。もしも本当なら、スコットランドが証拠品を持参したという話が事実なら、おれのドッグタグとフィンチの歯は〈レイジネット〉の缶からなくなっているはずだ。

ドアを押しあけ、薪ストーブのところへ飛んで行き、棚の缶を手に取る。蓋をあけると、折りたたまれた紙がはらりと床に落ちる。かがんで拾う。手紙だ。

クーパーへ

これを読んでいるということは家に帰ってきたということで、つまりケイシー・ウィンターズを発見したと報告しに町へ行き、おれが代わりに出頭したのを知ったということだな。きっと、名乗り出て間違いを正し、おれを助けるべきではと葛藤していることだろう。なぜならおまえは、自分では気づいていないようだが根はいい奴だからだ、クーパー。

キャンプ地と遺体を見れば、警察はケイシー・ウィンターズに起きたことを解明するだろう。これは自信を持って言える。そしてわたしの〝自白〟と提供する証拠品があれば、おまえとフィンチに関する捜査も打ち切りになる。言い換えれば、もうルートセラーに駆け込まなくてもいい。もう隠れなくて済む。

きっといま、わたしがおまえの代わりに重荷を負うのは不公平だと感じているだろう。しかしクーパー、無償の好意をあらわす言葉がある。恩寵――〝恵み〟だ。恵みというものは、それを受けるに値するかどうかは関係ない。自力で勝ち取るものでもない。ただ受け入れるだけだ。あるいは拒否するか。

これはわたしの決断だ。どういう結果が待っているかはわかっているし、後悔はしていない。おまえとフィンチのためにこうすることは――わたしにとって光栄の極みであり、最後の願いであり、受け入れるという選択をしてくれるよう祈っている。

隣人であり友である
マーカス・スコットランド・バーンズ

追伸　〝友のために自分の命を捨てること、これ以上に大きな愛はない〟ヨハネによる福音書十五章十三節

追々伸　フィンチの歯を持ち出して申し訳ない。ほかに方法がなかった。

いやはや。

手紙を元通りに折りたたむ。ポケットに入れる。ドッグタグと歯を探す。もちろんない。そして外に出る。バンクスマツの林にはいると、地面に積もったやわらかく茶色い松葉で足音が抑えられる。西へと歩き出し、家の裏手の丘をのぼって向こう側におり、歩を速めながらもどこを目指しているのか定かでなく、計画があるわけでもないが、やがて谷へ向かっていると気づく。

スコットランド。幾度となく庭にあらわれたこと。フィンチへの贈り物の数々。光沢を持つ白い骨や頭蓋骨。肉を食べる昆虫。腕のタトゥー。聖書の引用も。そのすべて。おれが作りあげていた勝手なスコットランド像。おれが放った言葉、勝手に考えたこと、こうしてやろうと思っていたこと。何もかも間違いで、間違いで、間違い

だった。こんなにも長いあいだ、本当におれは誤解し続けていたのか？

谷の縁に着くと、岩の陰に身を潜める。眼下では大勢の人が作業している。地盤の硬い場所にピックアップトラック二台とジープが停まっていて、ジープのほうは、フィンチとおれが買い出しに行ったときにガソリンスタンドに来た保安官の車だと気づく。ルートセラーに隠れた日にマリーに名刺を渡した保安官だ。遺体があった場所の周囲には、立入禁止の黄色いテープが張られている。集まっている人たちのなかにスコットランドを探す。やっと、片方のピックアップトラックの後部座席に、それらしい横顔を見つける。換気のために窓が少し開いている。あれにちがいない。

おれは地面にくずおれる。ポケットから手紙を出して広げ、もう一度読み返す。どういうことか理解したくて。そして、いままでの年月を取りもどしたくて。スコットランドを色眼鏡で見て、冷たい言葉を投げつけ、音も立てずに庭にあらわれることに怒りをあらわにした日々を。

近くで葉がこすれる音がする。心臓が喉元にせりあがる。

ヒュィピュルル……

合図の鳴き声。フィンチが森から出てくる。汗をかき、息があがっている。おれの隣に倒れ込む。「追いつけなかった」フィンチは言う。

「どうしてここだとわかった?」

フィンチは肩をすくめる。「ここ以外ないでしょう?」

フィンチの肩に腕を回して抱き寄せ、岩を背に座って静かに見守る。やわらかい風に押され、頭上の木々がしなる。

キャンプ地の光景を思い出す。血まみれのスキレット、傷。そこらじゅうから少年のDNAが検出され、ケイシー・ウィンターズの件ではスコットランドは無実だと証明されるだろう。谷では旧木材運搬道の終点に救急車が待機していて、ふたりの男が遺体袋をのせたストレッチャーを積んでいる。

「あそこにいる?」とうとうフィンチが口をひらく。

「車の後部座席に誰かが座っている。たぶんそれだと思う」

「クーパー?」

「なんだ?」

「選んでくれた詩、気に入ったよ」

おれはうなずく。「よかった」

しばらくのあいだ、黙ったまま座っている。それからフィンチは立ち上がり、ズボンについた松葉を払う。「そろそろもどる?」指先を森へと伸ばして言う。「マリーが待ってるよ」

いままでずっと、信じてきたことがある。起こるべくして起こることならば、二度目のチャンスもあると。だが三度目、ましてや四度目を信じるほどの図々しさはない。まるで、いままでおれに胸が張り裂ける思いばかりさせてきたこの世界が、何かよいものでも与えようとしているみたいに思えた。おれが何者で、何を手に入れられるかについて、方針を変えたのだろうか。好きなように呼べばいい。宿縁（カルマ）、幸運、あるいはそれ以上のもの。恩寵。神の恵み。

おれも立ち上がり、最後にもう一度、崖の向こうに目を向ける。一週間と少し前に、ひとりの少女が姿をあらわし、おれたちの生活にはいりこんできた場所。遺体をのせた救急車が出発して松林へと消え、警光灯と白い車体が木々に隠れて見えなくなる。スコットランドを乗せたピックアップトラックは停車したままで、まだ後部座席の横顔が見える。「ありがとう」おれはつぶやき、聞こえないのはわかっているが、何かしら感じてもらえたらと願う。おれが受け入れたことを。おれの感謝を。

フィンチが手を広げ、その小さな手をおれの大きな手で包み込む。毎日、毎日、日々は続く。失うと思っていたものが、ふたたび手にはいる。ふたりで静かに、手に手を取って、フィンチとおれは、松葉を踏みしめてキャビンへともどる。森が切れるところでフィンチは足を止め、息をのむ。前方を指さす。おれたちの庭を、ポーチの階段にいるマリーを。マリーは黒い鳥へと腕を差し伸べ、優しく呼びかけている。脚に赤い紐が結びつけられ、すぐ近くに浮かんで、応えようかどうしようかと逡巡している鳥。それは一羽のカラスだった。

エピローグ

もうすぐ着く。祖父母が卒業祝いに買ってくれた車が、家へと続く長い砂利道をガタガタ音を立てながら走っている。近くまで来ると感じる——森の引力を。川のせせらぎ、頭上で揺れる松、葉を散らす樫。さまざまな鳥と、なじみ深い鳴き声。すべてがわたしを招いている。祖父母と一年間を過ごしたあとも、大学の一年目を終えたいまも、変わらずここに、この森にあるものが。幼かったわたしが這い、歩き、走り、のぼった場所。世界の喧噪(けんそう)を忘れ、息をつける場所。ここは、かつてジェイクがマリーにわたしの父のことを話したときに言ったように、そしてのちに父がわたしにジェイクの言葉として伝えたように、拠りどころとなる場所だ。

クーパーが待っているだろう。マリーも。わたしが十一歳になった年、マリーはクーパーとわたしをいつものテーブルの前に座らせてこう言った。わたしたちが賛成するなら、ジェイクの家を売ってキャビンに引っ越してこようと思うと。一カ月後、マリーは身の回りの荷物と三箱分の本を運んできた。三人で結婚式を挙げ、マリーとクーパーは誓いを交わした。

キャビンの外の世界への道がひらかれたのは、ほとんどマリーのおかげだ。十四歳のとき、初めてマリーがその話を出した。特に、祖父母との関係を築くことに大きなメリットがあると強調した。父はわたしが十六歳になるまで頑として譲らなかったけれど、こういう問題に関してマリーは賢いから、最初からその頃を目標にしていたのかも。

たぶん、わたしの母とわたしを失って十六年が経ち、ふたりともまるくなっていたんだと思う。あるいは、父が思っていたほど残酷で頑固な人たちではなかったのかもしれない。当然、最初は衝撃だった。わたしたち全員にとって。でも正直、十六歳になるころには、あらゆるものに対する答えを知りたくてしかたがなくなっていたし、外の世界とつながりたくて、どんなにぎくしゃくしようとも絶対に祖父母に会いたいと思っていた。クーパーが予言したように、祖父母はすぐにわたしを受け入れた。わたしには優しかった。いまでも優しい。父のことは一切話さないという暗黙の了解があるおかげだ。

祖父母に初めて会ったのと同じ年に、近くの高校に通いはじめた。わたしが十三歳のときからマリーが司書として働いている学校だ。四年制の高校の三年生に編入した。勉強は好きだったけれど、白状しなきゃいけないことがある。学校は大嫌いだった。成績は優秀だった。でも友人関係はそうはいかなかった。おしゃれな服やメイク用品、美容院の費用は祖母が出してくれたけど、全然なじめなかった。大学のほうがましだ。高校生よりも大学生のほうがずっと寛容で、偏見もずっと少ない。友人たちはわたしのユニークな生い立ちに興味を持ち、わたしにとっては騒がしすぎたり限界だと感じる場所があることや、そういう場所から抜け出す必要があることをわかってくれている。

ふと気がつくと、森にいた少女のことを考えている日がある。しょっちゅうというわけじゃなくて、ときどき。もう十年以上経つけれど、気になっているのはこんなことだ。森のなかでもほかの場所でも、生きていたらどんな人生を送っていたのか。わたしたちは友達になれたのか。いつまで森にいるつもりだったのか。いまでもときどき、オウィディウスの『変身物語』に登場するダフネに重ねて想像する。求愛しようとするアポロンの力強い手から逃れるべく、月桂樹に変身するダフネに。

それよりもよく考えるのは、スコットランドのことだ。わたしが小さかったころ、近くに住んでいた人で、月日が経つにつれてどんな顔だったかおぼろげになっているけれど、なるべく忘れないように頑張っている。わたしが十二歳で、まだスコットランドのことを鮮明に覚えていたとき、父はスコットランドがどうやってわたしたちを助けてくれたのか、本当のことを話してくれた。すごいショックだった。さようならも言えず、ありがとうも言えず、彼の身に起きたことを知り、その意味が重くのしかかった。長いあいだ責任を感じていたけれど、時間をかけて、クーパーとマリーのおかげで、スコットランドが望んでいるのはそんなわたしじゃないと理解していった。むしろ、彼の贈り物を受け取ることが、スコットランドがわたしたちに送ってほしいと思い描いた生活を実現することが、彼の最後の願いだけでなく犠牲そのものにも敬意を示すことだと。マリーはスコットランド自身が残した言葉を証拠に挙げた。**恵みというものは、それを受けるに値するかどうかは関係ない。自力で勝ち取るものでもない。ただ受け入れるだけだ。あるいは拒否するか。**

最近考えているのは、父が祖父母からわたしを奪い返して森へ逃げるという決断をくだしたことについてだ。わたしも同じことをするだろうか。自分はそこまで衝動的じゃないと思いたいけれど、人生で一番大切な、たったひとつの愛する何かを失うことになったら、自分でも驚くようなことをするかもしれない。それから、子ども時代を祖父母の広大な屋敷で暮らしていたら、と考えることもある――いろんな人がせわしなく出入りして、おもちゃや服が山のように与えられ、さまざまな機会が簡単に手にはいる世界——そんな日常を送るわたしのもとに、父がときどき会いに来る。

　そんなのは絶対に嫌だ。

　庭に車を進ませ、エンジンを切る。ポーチで木を削りながら待っていたクーパーが、ナイフを脇に置いて立ち上がる。クーパーとわたしのあいだにはムクドリが集まり、粒餌か、マリーが撒いたパンくずをついばんでいる。わたしは車からおり、つかの間、その群れを眺める。一歩近づき、それから——なぜかわからないし、わたしは十九歳でもうこんなことをする年じゃないけれど、衝動に身をまかせ——そのまままっすぐ、群れに突っ込む。ムクドリは仰天してばたばたと飛び立ち、羽ばたきが千の鼓動となる。はじめのうち混乱して飛び回っていた群れは、頭上で集まって百の黒い点となり、広く青い空へと上昇していく。それぞれ別々のようでもあり、ひとつのようでもあり、神秘的な塊となって、高く高く舞いあがり、やがて視界から消えていく。

謝辞

この本を書くことはわたしの魂をかけた取り組みでした。数えきれない時間を、祈りや森の散策、登場人物たちが生きるべき物語を考えるために費やしました。そのあと、わたし以外の方々に読んでいただく段階となり、多くの寛大な方々にも目を通していただいて、読者のみなさんにお届けできることとなりました。この本を現在の形にするために手を貸してくださったすべての方々に、心からの感謝を捧げます。

大切な友人であり、いつも最初の読者であるべサニー・シュピーヘル・シェーンベルクへ。ほかの誰かがこの物語に目を留めるずっと前に読み、よい作品だと言ってくれました。文学面でのアドバイスと友情に深く感謝します。おいしい野菜もありがとう。

ベス・ロレットとローレン・サイラスへ。まだまだ磨かれていない初期の原稿を快く読み、フィードバックをくれてありがとう。時間を割き、サポートしてくれたことに感謝します。

ヘザー・ホレマンへ。原稿を読み、当初の結末で締めるべきではないというアイデアをくれてありがとう。あなたの励ましと知恵はわたしを導く光です。

後期の読者、メガン・ブリッジウォーターとコリー・パサヴァンへ。膨大な仕事を抱えているのに、改稿後の原稿を読むのをすぐに引き受けてくれてありがとう。それ以上に、長年の愛と友情をありがとう。

エージェントのエイミー・クローリーへ。原稿を読んで読んで読みまくってくれました。ことあるごとに忍耐と知恵を示してくれて、あなたがチームにいることをとても感謝しています。

凄腕(すごうで)編集者のサラ・グリルへ。あなたの不屈の努力がこの本をよりよいものとし、あなたの水準の高さがわたしをよりよい作家にしてくれました。わたしを信じ、この本にたくさんの情熱をそそいでくれてありがとう。

テリー・マクガリーへ。細部まですばらしい目を向けてくれたおかげで、見過ごしや間違いを正すことができました。ありがとう。

ミノトール社チームのほかのメンバーにも感謝申し上げます。ケリー・ラグランド、アンドリュー・マーチン、ポール・ホフマン、アリソン・ツィーグラー、ヘクター・デジャン、デイヴィッド・ロトシュタイン、リサ・デイヴィス、ケイシー・トゥリアーノ。熱意とともに、あたたかくこの小説を歓迎してくれました。

対テロ戦争における従軍場面を読んでくれた友人へ。その経験をより正確に描くために協力してくれてありがとう。それ以上に、あなたの長年に渡る奉仕と、その過程における尽きることのない献身に感謝します。

両親へ。常にわたしを信じ、もっと安定した職業や役に立つ職業を考えなさいとは一度も言わずにいてくれました。

わたしの夫、クリスへ。最初の最初からこの本を信じてくれました。それよりも大切なのは、わたしが作家であるがゆえに、あなたよりも想像上の人物たちと過ごす時間が多いという事実に耐えてくれたことです。わたしを愛し、わたしの仕事を支えてくれてありがとう。

ハドソンとホルトへ。この本の場面や台詞の多くは、あなたたちにインスパイアされたものです。あなたたちは永遠にわたしの大切な、最高にすばらしい創造物です。

ただ神のみに栄光を（ソリ・デオ・グロリア）。

著者インタビュー

ご自身のバックグラウンドについてお伺いします。作家人生を歩むことに決めたのはいつですか？

作家人生をはじめたのはとても早い時期です。学校にあがる前から母に読み書きを習い、二年生になるころにはノートを物語でいっぱいにしていました。大人になったら何になりたいかと訊かれたら、子ども時代から思春期にかけてほとんどずっと、作家と答えていたと思います。ほかのことに興味を持った時期もあったのですが、たとえば数学や科学よりも言葉に強いという自覚は常にありました。ですから、大学と大学院では英文学を学びました。英文学について専門的な教育を受けていなくてもすばらしい作家はたくさんいますが、わたしにとって読書と執筆に費やした日々はとても実り多いものでした。

フィクションについて考え方が変わるような作品を読みましたか？

はい、たくさん読みました。本を読むと、「えっ!? こんなことができるの？」と思うときがあるのですが、そう、どうやらできるのです。すぐに思い浮かんだのは、アンソニー・ドーア作『すべての見えない光』（藤井光訳／新潮クレスト・ブックス／二〇一六年刊）です。第一章ではなく第〇章からはじまり、最初の項目は二段落で完結します。この作品は、構成や文体についての概念を根本から考え直すきっかけになりました。さまざまな時代が舞台となる、エミリー・セントジョン・マンデル作『ステーション・イレブン』（満園真木訳／小学館文庫／二〇一五年刊）からは、物語の断片をしかるべきタイミングで提示すると、とてつもなく効果的だと学びました。セレステ・イング作『秘密にしていたこと』（田栗美奈子訳／アストラハウス／二〇二二年刊）が教えてくれたのは、ある登場人物が死亡していることを第一文目から提示しても、謎を明らかにしていく過程で手に汗握るミステリーを構築できるということです。

でも、ここ数年で読んだ本のなかで一番創作に影響を受けたのは、ジョン・ガードナー著『*The Art of Fiction: Notes on Craft for Young Writers*』の一節です。ガードナーは適切かつ雄弁に、作家が常に心に留めるべきことを語っています。読書中のどの瞬間であれ、読者は苦しんでいるかもしれないし、苦しんでいる人のそばにいるかもしれないということ。そして、作家には読者の心の健康に影響を及ぼす力があり、読者を絶望へ追いやることも、希望へと導くこともできるということです。ガードナーはわたしたち作家に、たとえ闇に囲まれているとしても、光を追求する姿勢を選ぶべきだと奨励しています。

わたしはこの一節に強い説得力があると思っていて、このメッセージを胸に執筆に当たるようにしています。わたしにとって、作家として持っている力や、読者に影響を与える言葉の力を思い出させてくれる、心の拠りどころとなっています。自分が書いた本をみなさんの家庭や人生に持ち込んでいただくというのは作家の特権であり、そこは決して見失わずにいきたいです。

どうやって作家になりましたか？　よかったら創作のコツも教えてください。

この件でアドバイスをするのはおこがましいのですが、わたしがいままで実践してきて、現在も続けていることをお伝えします。幅広いジャンルの本を読むこと。作家目線で読むトレーニングをすること。つまり、何を高く評価するかという目で読み、それをどうやって作家が実現しているかを読み解こうとすることです。そして、ペンや蛍光ペンを片手に読むこと。美しく響く一節に線を引き、感じたことを行間に書き込みます。なるべく多くの日々を執筆に費やし、作家であるということは——お尻を椅子に捧げる時間がほとんどだと理解すること。フィードバックを拒絶しないことも大事です。

この小説は何にインスピレーションを受けましたか？

わたしが何年も前に書いた短編小説があります。ある父親が、情緒不安定な母親から娘である赤ん坊を引き離し、信頼できる友人に託して森に消えるという物語です。森での父親は、残してきた娘のことで四六時中悩まされます。この作品は持ち込んだ文学誌すべてに断られたのですが、担当者の講評はいただいたので、この物語には可能性があるという意味だと解釈することにしました。完璧ではなかったし、良作でもなかったかもしれませんが、諦めきれませんでした。

また、別の物語のイメージが頭にはっきりと浮かびはじめていて、追い払うことができずにいました。ひとりの男が偶然、長い赤毛で若い女性の遺体を発見するというものです。まだクーパーのイメージはできていませんでしたが、この発見を通報するかどうか、この男に良心の葛藤が生じるのはわかっていました。通報したいけれど、通報すれば自分の平和な生活が危険にさらされるからです。どこかの時点で、このふたつのアイディアをひとつの作品に統合できるとひらめきました。短編小説の主人公の男が別の状況に直面し、別の道を選んだらどうでしょうか。娘を置き去りにする必要はなかったかもしれません。一緒に連れていったかもしれません。この可能性を掘りさげてみたとき、『この密やかな森の奥で』の形が見えてきたんです。

この小説を書く前に、何か事前調査をしていたら教えてください。

わたしはペンシルベニアの森に住んでいます。クーパーとフィンチが住んでいるところほど人里離れてはいませんが、ペンシルベニアに限らず、野外で過ごすことが多いです。家族でハイキングやサイクリング、カヤック、釣りに出かけます。わたし自身は狩りをしませんが、夫は狩りをします。だから物語のかなりの部分は、すっかりなじみのある経験に基づいています。また、おそらく一番重要なことだと思いますが、わたし自身、森のなかでふたりの子どもを育てたので、ふたりの興味や思いがけない言動、習慣はもちろん盗んで物語に縫い込みました！（フィンチとパチンコはその産物です）

そうは言っても、実際に調査したこともあります。わたしの父は退役軍人で、幸いクーパーのような苦しみを味わうことはありませんでしたが、戦争体験とPTSDを正確に敬意をもって描写することは非常に重要だと考えていました。この物語のなかでそれがきちんとできているといいのですが。対テロ戦争で戦った友人が、快く協力を引き受けてくれました。戦闘シーンとPTSDの描写を読み、言葉の選択についてフィードバックをくれました。大変助かり、おかげでその場面の描写について、自信を深めることができました。正直、彼の〝祝福〟なしにこの本を出版していたら、落ち着かない気分だったと思います。
また、パニック発作についても学びました。特に、サポート施設や専門家から遠く離れ、電気も通っていないような場所で、完全な自給自足生活をしている人はどう対処するのかを知りたいと思いました。

この物語を紡ぎながら学んだことで、特に興味深かったことや驚いたことはなんですか?

椅子に座って執筆に取り掛かったとき、物語の中心になるのは、大きな罪を犯し、大きな間違いも犯したけれど善良な男だとわかっていたと思います。近所には知りすぎている怪しい男がいるというイメージはありましたが、最初のうちはスコットランドがいい人か悪い人かまだよくわかりませんでした。いい人、あるいはいい人っぽい人にしたいとは思っていましたが、正確には彼が何をし、森でのクーパーとフィンチの生活にどう影響を与えるのかわかりませんでした。

また、執筆し推敲するなかで、フィンチの存在が大きくなっていました（編集者のサラ・グリルが手を貸してくれました）。はじめのうちは、物語におけるフィンチの役割の大きさは、特に知る必要がありませんでした。わたしがつくる登場人物は、書き進むうちに成長していくので、そこが楽しみのひとつです。

現在、次作に取り掛かっていますか？　もしそうなら、何についての物語か教えていただけますか？

はい。たまには休みを取るぞと自分に言い聞かせるのですが、いつも次の作品に取り組んでしまいます！　現在執筆中の作品は、直近の二作と同様にサスペンスです。わたしは常々、さまざまな面を持つ興味深い女性を書くのを楽しんでいますが、この作品は芯の強い女性が中心になるのでとても楽しみです。

ボーナスシーン

これは、最終的に『この密やかな森の奥で』から削除されたシーンです。個人的には好きな章で、マリーの人物描写に深みを与える場面だと評価していますが、最終的に——そして正直、制作過程のだいぶ終盤になって——編集者とわたしはカットすることに決めました。結局、読者のみなさんにお届けすることができて嬉しいです！

マリーは、イギリスでの一年間の留学中にトーマス・バーチと出会った。トーマスはオックスフォード大学クライストチャーチ・カレッジに在籍し、博士号取得候補者の三年生だった。二十歳のマリーは学部の三年生で、英文学を専攻していた。渡英して二週間が経ち、マリーがセインズベリーという大型スーパーの通路でピーナッツバターを探していたとき、トーマスが隣に来てこう言った。「それじゃあ見つからないよ」

マリーは突然の登場に驚き、渋い顔をしながら振り向いた。時差ぼけも残っていたし、石畳の道にもまだ少し不慣れで、立ち並ぶカレッジにもまだまだ圧倒されていた頃だ。ボドリアン図書館群や、永遠に晴れ間のない空に突き刺さる幻想的な尖塔の数々は、いったいなんなのだろう、と理解に苦しんでいた。

「何ですって？」マリーは言った。

「アメリカ人だね。オハイオ出身。どう、合ってる？」

このときマリーは知るよしもなかったが、トーマスは社会言語学者で、アメリカの方言を何年も研究していた。マリーはひどく苛立ち、同時に大いに動揺していた。世界有数の学術都市で田舎者に見えないように努力してきたファッション――寮の部屋という閉所恐怖症になりそうな牢獄(ろうごく)で、ああでもない、こうでもないと大騒ぎしたグレーのスラックス、黒いブーツ、黒のコート、首元に緩く巻いたスカーフ――が、無残な結果となったのだ。マリーは顔をしかめ、ピーナッツバターは欲しくてたまらないが諦めて、その場を去ろうとした。

「ごめん。気を悪くした？」トーマスはマリーの肘に触れた。そのとき初めて、マリーは顔をあげて相手の目をのぞきこんだ。

深い青。吸い込まれそうなほど濃く、知的で陽気な輝きがある。好感の持てる顔立ちで、気取らず、のちに何時間も見つめたあとで気づくことになるが、きわめて均整が取れていた。「恐ろしくハンサムね」セインズベリーでの一件から数週間後、友人のリサはそう言うことになる。

マリーは唾をのみ、言葉が喉に絡まった。その瞬間、セインズベリーの通路で、ピーナッツバターを探していたその場所で、何か新しく恐ろしいものがマリーの体を駆け抜けた。それまでの人生では、教授の娘マリー、メノー派(メノナイト)教徒のマリーとして生きてきた。特に後者は〝M〟が韻を踏むから音楽的な響きがあり、いじわるなクラスメイトはマリーのいないところで陰口を叩いただけでなく、マリーの面前でもぼそりと言ってからかった。でもトーマス・バーチの美しい顔を見たときに初めて、マリーはそこまで自分を制限しなくてもいいと気づいた。ほかの自分になれる。新しい自分に。

「別に気を悪くしてはいないわ」トーマスの目を見つめて言った。「あなたが間違っていただけ」

「まさか」

「本当よ」マリーは自分の肘にまだ触れている手を指した。「ちょっとこれ」

トーマスの手が離れると、自分から何かが抜けたように感じた。

「お茶でもどう?」トーマスは次の通路までマリーを追いかけながら言った。「紅茶かコーヒーか、それともギネス?」

「あなたはスーパーで若い女をつけ回さなきゃならないほど女に困ってるタイプには見えないけど」マリーは振り向き、もう一度目を合わせる。こんなふうに話すのは慣れていないから、声には自信と照れが入り混じっているけれど、そのこと自体に酔いしれる——自分にもできるんだ、素質があるんだ！——そのまま自分のものにしたかった。

「まさか、女に困ってるとかじゃないよ。ぼくのことを勘違いしてる。粘り強いのかも。忠実というか。でも必死ではない。それはちがう」

「ひとつ目とふたつ目は紙一重ね」(大胆な声音に、その機知(ウィット)——あなたいったい誰?)

そう聞くとトーマスはほほえんだ。少し声を立てて笑う。「じゃあ、クッキーにしよう」マリーが店のベーカリーで選んだ五枚入りクッキーの白い小袋を取りあげ、棚のインゲンマメの缶詰の隣に置く。「ちゃんとしたクッキーだ。こういうのじゃなくて。さあ行こう」肘を曲げて構える。マリーのすべて——母にそれとなくしつけられてきた女らしさ、メノナイトとしての礼節、元来の慎重な性格——が断れと言っていたが、マリーはその腕に自分の腕を絡め、何も買わずに店を出た。

セント・アルデート通りを北に向かうと、灰褐色の建物が立ち並び、通りには人々のざわめきが満ちていた。ブルー・ボア通りの細道にはいり、アルフレッド通りを折れると、このあたりは静かで、両側の建物に反響する自分の足音が聞こえるほどだった。それからツリ通りを進み、トーマスは浮浪者の瓶に二ポンドを落とす。マリーはどこをどう歩いているのか覚えておこうとした。初対面で名前もまだ知らない青い瞳の男に連れ去られた場合にそなえてだ（理性に欠けた妄想だけど、まんざらでもない）。

マリーは足を止めた。「まだ名前を聞いてない」

彼はトーマス・バーチだと名乗った。それからカバード・マーケットにはいる。このときはまだ、皮を剝がされた牛や豚が肉屋の軒先に上下逆さまにつるされ、軽く揺れているのを見て怖じ気づいていた。肉は傷まないの？　事前にカットしておけないの？　なんて大虐殺の痕。マリーは後ずさり、トーマスの向こうに隠れようとして、面白がられた。

トーマスはマリーをベンズクッキーズという専門店に連れていき、マリーはまるくて厚い、自分の手のひらよりも大きなチョコレートクッキーを選んだ。最初のひと口が口のなかでとろけると、マリーは言った。「あなたの言うとおりね」クッキーはまだあたたかかった。「セインズベリーのクッキーよりいいわね」

一週間以内に、ふたりは恋人同士になった。二週間以内に、マリーはほとんどの夜をペンブローク通りにあるトーマスの小さなアパートで過ごすようになっていた。ちょっと変わった狭いアパートで、小さな寝室と、狭すぎて横歩きしないとはいれないバスルームと、明るいキッチンがあった。キッチンにはくすんだ空色に塗られた戸棚があり、マリーはよく紅茶を飲みながらその戸棚を眺めた。毎日午後になると、バックパックに着替えと本を詰めて寮を抜け出した。ネブラスカから来たルームメイトは、アメリカでも同じ大学で同じ授業を二クラス取っていた仲だが、マリーの変化に愕然とした。マリーと同じく——少なくともミシガン州ホランド出身のマリーと同じく——勉強熱心で奥手で、知り合ったばかりの男と寝るなんて、考えただけでも不道徳と思っていたから、マリーの行動は理解の範疇を超えていた。だからはっきり意見した。

「彼のこと、まだろくに知らないじゃない」ささやくように言い、マリーがピンクの下着を選んでバックパックに突っ込むのを見てうろたえた。

マリーのほうは、ルームメイトの非難を受けてさらに大胆になり、トーマスがいざなう本とアルコールと官能の世界に溺れた。学業で後れを取ることはなかった——むしろ、その逆だった。トーマスはマリーが自分でも気づいていなかった知識欲や、成功への渇望を駆り立てた。マリーは、賢くなりたい、世界を知りたい、理解したいと望んだ。オックスフォードでの日々、こうしたトーマスとの生活は、マリーにとって目の醒めるような体験だった。当時は、トーマスの友人たちがよそよそしい——何人かはきわめて失礼だった——理由を知らなかった。みんなは博士号取得候補者で、マリーはまだ学部生だからだと思っていた（トーマスがそう言っていた）。しかし本当の理由は、ひとつ前の学期に、トーマスが別のアメリカ人学部生に同じことをしたからだった。ロンドンのヒースロー空港から来たばかりで、きょろきょろしながらさまよっていた女子学生に声をかけたのだ。

誰かがマリーにそのことを教えてくれていれば。マリーが知ってさえいれば。でも、知ることはなかった。三年後、初めてパズルのピースがはまりはじめる。トーマスの同僚のひとりが飲みすぎた。目は赤く、腫れぼったくなっていた。彼は〝オックスフォード時代のトーマス武勇伝〟を延々と語りはじめ、女の子の名前もいくつか挙げた。そして豪快に笑った。

高級カントリークラブのパティオでのできごとだ。八月のうだるように暑い夜、マリーとトーマスの結婚披露宴がひらかれていた。マリーはひとり席を立ち、ミシガン湖へと目を向けた。水面に映る自分のパーティのきらめきを見つめながら、思いを巡らせる。どっちにしろ、ちがう結果になっていたのだろうかと。トーマスの過去を知っていたとしても。

おすすめ本

ハンナ・ティンティ『父を撃った12の銃弾』（松本剛史訳／文藝春秋／二〇二一年刊）

この本を見つけたのは、ちょうど『この密やかな森の奥で』の原稿を編集者に送ろうとしたときです。類書を探していたので、本の仲間全員にメールを送り、父娘の感動物語を知らないかと尋ねたのですが、そのなかのひとりがこの本を紹介してくれました。ハンナ・ティンティはサスペンスの名手で、この本にはまさに緊張感がありつつも涙を誘うシーンがいくつもあります。

メアリー・オリヴァー『*Devotions: The Selected Poems of Mary Oliver*』

わたしにとって、詩を読むことは執筆工程の一部だと考えています。詩を読むと、もっとゆっくり進めようという気持ちになります。言葉はひとつひとつが大切だから、ひとつひとつの単語に注意を向け、それが文章のなかでどう感じられるか、どう響くかを意識しなくてはならないと思い出させてくれます。メアリー・オリヴァーはわたしの大好きな詩人です。世界をよりはっきりと見せ、その美しさに気づかせてくれます。

ディーリア・オーエンズ『ザリガニの鳴くところ』(友廣純訳/早川書房/二〇二〇年刊)

登場人物はもちろん、ストーリーも『この密やかな森の奥で』とは異なりますが、深く没入でき、胸を打つ大好きな作品です。主人公カイアと、彼女の世界である湿地を舞台にした、心に残る物語です。

アンドリュー・クリヴァク『The Bear』

この作品では、山奥に暮らす父と娘――地球に住む人類最後のふたり――が、孤独な世界を渡っていかなくてはなりません。父は、娘の過去に関する品々を、時間をかけて大切に譲っていきますが、それより重要なのは、娘が将来ひとりになったときに必要な、生きるすべを身につけさせることでした。見事な文体で描かれる、胸が張り裂けるような美しい物語です。

デビッド・アレン・シブリー『イラスト図解　鳥になるのはどんな感じ？　見るだけでは物足りないあなたのための鳥類学入門』（川上和人監訳・解説／嶋田香訳／羊土社／二〇二一年刊）

わたしの長男は熱心なバードウォッチャーで、うちには鳥に関する本が十冊以上あります。わたし自身は鳥を見分けるのがそれほど得意ではありませんが、見るのは大好きです。最初はどのガイドブックでもよいと思いますが、これは特に面白く、しかも美しい本です。

聖書

わたしは何冊かの本を平行して読むことが多いのですが、これは毎日欠かさず読んでいる一冊です。

アンドリュー・J・グラフ『Raft of Stars』

大好きな作品です！『この密やかな森の奥で』の読者は、グラフがこの作品で実現している、純文学らしさとスリリングなエンタメ作品らしさのバランスのよさを楽しめると思います。登場人物は愛しく魅力的で、わたしは一ページ目から物語に引き込まれました。

読書会のための論題

1. クーパーとフィンチは、キャビンと森での生活がほとんどで、文明社会からは完全に切り離されています。孤立した設定は、この物語のトーンや雰囲気にどのような影響を与えていますか？

2. クーパーとスコットランドは物語の大部分で、互いに好印象を抱いていない（少なくとも信用していない）ように描かれています。ふたりはどういうところが似ていますか？ それぞれの感情には根拠がありますか？ あるいはありませんか？

3. 物語を通して、〝喪失〟が重要なテーマのひとつとなっています。ジェイクが死んだと知ったとき、スコットランドはフィンチに子猫をプレゼントし、悲しみを乗り越える相棒が必要だと言います。物語のなかで、それぞれの登場人物はどのように悲しみに対処していると思いますか？　また、悲しみは登場人物の行動にどのような影響を与えていますか？

4．クーパーは、根はいい人ですが、道徳的に疑問を感じる決断もくだしています。彼自身、世の中を白か黒かでは見ていないと認めています。一方、フィンチは、高い道徳意識に基づき、傷つけられている人を見かけたときに本能的かつ迷うことなく行動します。得てして、子どものほうが大人よりも道徳的なのでしょうか？　それとも、大人はただ、世界を複雑で微妙なニュアンスに満ちたものとしてとらえ、行動しているのでしょうか？

5．シンディの家族（ラヴランド家）は、名声が高く、裕福で、コミュニティから尊敬されている一家として描かれていますが、クーパーは低所得で社会的立場も弱い一家の出身です。ラヴランド家の階級と地位は、親権争いにおいてどのような影響力を発揮したと思いますか？

6．困難の渦中にありながらも、クーパーとマリーは互いに親しみ――もしかしたらそれ以上のものも——を覚えます。それぞれ心の傷を癒すのに、どのように助け合ったと思いますか？　ふたりの関係は今後どうなると思いますか？

7．クーパーは、行方不明の少女について目撃情報を提供するか、自分の娘を守るために隠れたままでいるかで大いに葛藤します。あなたが同じ状況に陥ったらどうしますか？　クーパーの対応の仕方に賛同しますか？

8．詩——特にウォルト・ホイットマンの作品——は、物語においても、フィンチが世界をどう捉えるかにおいても、大きな役割を果たしています。フィンチはなぜ、ウォルト・ホイットマンの詩に強く惹かれたと思いますか？　クーパーが物語の終盤でフィンチに残す詩について、重要な点は何ですか？　あなたならどの詩を選びますか？

9．スコットランドはクーパーとフィンチが一緒に暮らし続けられるよう、自分を犠牲にします。あなたは、本来ならば自分が受けるに値しないものを受け取ったことはありますか？　そのときどう感じましたか？

10. エピローグのみ、フィンチの視点で書かれています。この視点の変化をどう思いましたか？ フィンチの生活が最終的にどうなったかを知り、意外だったことは何ですか？ また、意外ではなかったことは何ですか？

訳者あとがき

キミ・カニンガム・グラントの初邦訳作品『この密やかな森の奥で』(原題 *These Silent Woods*) をお届けします。

本書は、アパラチア山脈に広がる美しい森を舞台にしたサスペンスであり、人間ドラマです。主人公のクーパーは、人には言えない過去があり、幼い娘とともに名前を変えて森の奥でひっそりと暮らしています。交流があるのは、クーパーの陸軍時代の親友で、年に一度物資を届けてくれるジェイクと、しょっちゅう顔を出す自称隣人のスコットランドだけ。スコットランドはなぜか、クーパーの過去を知っています。両腕には大人の女性と女の子のリアルなタトゥーを入れ、初対面のときにはAK-47アサルトライフルを背負ってきたスコットランドは、いったい何が目的でクーパーの生活に首を突っ込んでいるのでしょうか。

そんなスコットランドに警戒心を抱きながらも、クーパーは森での生活に安らぎと満足を感じていました。ところが、八歳になったフィンチは外の世界に興味を持ちはじめ、いつもの日に来るはずのジェイクもあらわれず……。さらに、森の中でとある事件が起きて、クーパーは大きな決断を迫られます。

美しい情景描写や、大自然における人間の営み、そして愛と憎しみや、罪と罰といったテーマは、日本でも話題になり、著者自身もおすすめしている『ザリガニの鳴くところ』に通じるものがあります。『ザリガニの鳴くところ』とはまた違った世界を、本書でお楽しみいただけたら幸いです。そして読み終わったとき、身近な人たちへのあたたかな気持ちが湧きましたら嬉しく思います。

著者のキミ・カニンガム・グラントは日系四世のアメリカ人で、今回の初邦訳を大変喜んでくださっています。母方の曾祖父母は二十世紀初頭に日本からカリフォルニアへ渡り、第二次世界大戦の際には日系人強制収容所に送られ、そこで祖父母が出会いました。デビュー作『*Silver Like Dust*』（二〇一二年）は、著者が自分のルーツを探るために、当時のことを祖母に聞き出す形で書かれたノンフィクション作品です。アメリカ人の父を持ち、日本人がほとんどいない環境で育った著者にはいまいちピンとこない〝恥の文化〟など、むしろ日本人にはうなずけるところが多いでしょう。

フィクション作品では、『この密やかな森の奥で』（二〇二一年）が二作目になります。一作目『*Fallen Mountains*』（二〇一九年）は、ペンシルベニアの田舎町で起きた失踪事件の謎を追うサスペンスで、こちらも現在と過去を織り交ぜながら、さまざまな人間模様が描かれています。そして、著者インタビューにも書かれていますが、次作『*The Nature of Disappearing*』も来年の刊行が予定されています。大自然を舞台にした、女性が主人公の作品とのこと。いまから楽しみです。

また、著者は詩の創作もおこなっており、若手詩人に贈られるドロシー・サージェント・ローゼンバーグ記念賞を二度受賞しました。本書でも詩は大きな役割を果たしています。クーパーがフィンチに贈る詩『夏の日（*The Summer Day*）』は、限りある命の美しさを讃え、一度きりの人生をどう生きるかを問いかけた作品で、引用されることも多い詩です。この詩を書いたメアリー・オリヴァーはピューリッツァー賞と全米図書賞を受賞した詩人で、自然をモチーフにした作品を数多く残しました。

巻末には著者のおすすめ本が紹介されていますが、わたしからも以下の作品を紹介したいと思います。少しずつ本書と重なる部分をお楽しみいただけたら幸いです。

『塩狩峠』三浦綾子
『泣いた赤鬼』浜田廣介
『世界の終わりの天文台』リリー・ブルックス＝ダルトン（東京創元SF叢書、佐田千織訳）
『PTSD』ギヨーム・サンジュラン（グラフィックノベル、未邦訳）

本書は、わたしにとって初めての長編訳書になります。多くの方にお力添えをいただき、愛をこめて訳しました。質問に快く答えてくださった著者のキミ・カニンガム・グラントさん、さまざまな学びの場で長年ご指導くださっている越前敏弥先生と三辺律子先生、翻訳者かつクリスチャンとして全体に目を通してくださった八紅とおこさん、応援してくれた友人たち、そして素晴らしい本との出会いを与えてくださった二見書房の山本則子さんに、心から感謝申し上げます。また、緑豊かな里山と自宅の庭をこよなく愛した亡き父と、著者のご両親と同じように、もっと安定した職業や役に立つ職業を考えなさいと言わずにいてくれる母にも、感謝いたします。

二〇二三年十月吉日

＊聖書からの引用は聖書
聖書協会協同訳を使用

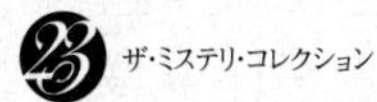

ザ・ミステリ・コレクション

この密(ひそ)やかな森(もり)の奥(おく)で

2023年11月20日　初版発行

著者　キミ・カニンガム・グラント

訳者　山﨑美紀(やまざきみき)

発行所　株式会社 二見書房
東京都千代田区神田三崎町2-18-11
電話 03(3515)2311 [営業]
03(3515)2313 [編集]
振替 00170-4-2639

印刷　株式会社 堀内印刷所
製本　株式会社 村上製本所

ISBN978-4-576-23100-6
https://www.futami.co.jp/

＊の作品は電子書籍もあります。

誠実な嘘＊
マイケル・ロボサム
田辺千幸［訳］

恋人との子を妊娠中のアガサと、高収入の夫との三人目を妊娠中のメグは出産時期が近いことから仲よくなるが…。二人の女性の数奇な運命を描く戦慄のスリラー！

完璧すぎる結婚＊
グリア・ヘンドリックス&サラ・ペッカネン
風早柊佐［訳］

裕福で優しいリチャードとの結婚を前にネリーには悩みがあった。一方、リチャードの前妻ヴァネッサは元夫の婚約を知り…。騙されること請け合いの驚愕サスペンス！

メイドの秘密とホテルの死体＊
ニタ・プローズ
村山美雪［訳］

モーリーは地元の高級ホテルで働く客室メイド。ある日清掃のために入った客室で富豪の男の死体を発見。人づきあいが苦手で誤解を招きやすい性格が災いし疑惑の目が

プエルトリコ行き477便＊
ジュリー・クラーク
久賀美緒［訳］

暴力的な夫からの失踪に失敗したクレアは空港で見知らぬ女性と飛行機のチケットを交換する。だがクレアの乗るはずだった飛行機がフロリダで墜落、彼女は死亡したことに…

私の唇は嘘をつく
ジュリー・クラーク
小林さゆり［訳］

キャットは10年前、自分の人生を変えた詐欺師メグを捜しつづけていたが、ついにあるパーティーで見つける。今度は自分がメグに復讐する番だと心に誓うが…。

メーデー 極北のクライシス
グレーテ・ビヨー
久賀美緒［訳］

ロシアとノルウェーの国境近く、軍事的な緊張が高まるなか、ノルウェー空軍の女性パイロットとアメリカ空軍パイロットがのるヘリがロシア領内に墜落、二人は国境を目指すが

一ドル銀貨の遺言
ローレンス・ブロック
〔マット・スカダー シリーズ〕
田口俊樹［訳］

タレ込み屋が殺された！ 残された手紙には、彼がゆすった三人のうちの誰かに命を狙われていると書かれていた。自らも恐喝者を装い犯人に近づくが…

過去からの弔鐘
ローレンス・ブロック
田口俊樹［訳］〔マット・スカダー シリーズ〕
スカダーへの依頼は、ヴィレッジのアパートで殺された娘の過去を探ること。犯人は逮捕後、独房で自殺していた。調査を進めていくうちに意外な真相が…

皆殺し
ローレンス・ブロック
田口俊樹［訳］〔マット・スカダー シリーズ〕
友人ミックの手下が殺され、犯人探しを請け負ったスカダー。ところが抗争に巻き込まれた周囲の人間も次々に殺され、スカダーとミックはしだいに追いつめられて…

死への祈り
ローレンス・ブロック
田口俊樹［訳］〔マット・スカダー シリーズ〕
NYに住む弁護士夫妻が惨殺された数日後、犯人たちも他殺体で発見された。被害者の姪に気がかりな話を聞いたスカダーは、事件の背後に潜む闇に足を踏み入れていく…

死者との誓い
ローレンス・ブロック
田口俊樹［訳］〔マット・スカダー シリーズ〕
弁護士ホルツマンがマンハッタンの路上で殺害された。その直後ホームレスの男が逮捕され、事件は解決したかに見えたが意外な真相が…PWA最優秀長編賞受賞作！

死者の長い列
ローレンス・ブロック
田口俊樹［訳］〔マット・スカダー シリーズ〕
年に一度、秘密の会を催す男たち。メンバーの半数が謎の死をとげていた。不審を抱いた会員の依頼を受け、スカダーは意外な事実に直面していく。（解説・法月綸太郎）

慈悲深い死
ローレンス・ブロック
田口俊樹［訳］〔マット・スカダー シリーズ〕
酒を断ったスカダーは、安ホテルとアル中自主治療の集会とを往復する日々。そんななか、女優志願の娘がニューヨークで失踪し、調査を依頼されるが…

獣たちの墓
ローレンス・ブロック
田口俊樹［訳］〔マット・スカダー シリーズ〕
妻を誘拐され、無惨に殺された麻薬ディーラー・キーナン。復讐を誓うキーナンの依頼を受けたスカダーは、常軌を逸した残虐な犯人を追う！映画『誘拐の掟』原作

＊の作品は電子書籍もあります。

処刑宣告
ローレンス・ブロック
田口俊樹［訳］
〔マット・スカダーシリーズ〕
法では裁けぬ『悪人』たちを処刑する、と新聞に犯行を予告する姿なき殺人鬼。次の犠牲者は誰だ？ NYを震撼させる連続予告殺人の謎にマット・スカダーが挑む！

償いの報酬
ローレンス・ブロック
田口俊樹［訳］
〔マット・スカダーシリーズ〕
AAの集会で幼なじみのジャックに会ったスカダー。犯罪常習者のジャックは過去の罪を償う〝埋め合わせ〟を実践しているというが、その矢先、何者かに射殺されてしまう！

聖なる酒場の挽歌
ローレンス・ブロック
田口俊樹［訳］
〔マット・スカダーシリーズ〕
裏帳簿を盗まれた酒場の店主と、女房殺害の嫌疑をかけられたセールスマン。彼らを苦境から救うべく同時に二つの事件の調査にのりだしたスカダーだが…

石を放つとき〔単行本〕＊
ローレンス・ブロック
田口俊樹［訳］
〔マット・スカダーシリーズ〕
エレインの知り合いが名前も知らぬ男から脅迫を受けていた。老スカダーは単独で調査を始める……。待望の新作「石を放つとき」＋傑作短篇集「夜と音楽と」を収録

倒錯の舞踏
ローレンス・ブロック
田口俊樹［訳］
〔マット・スカダーシリーズ〕
レンタルビデオに猟奇殺人の一部始終が収録されていた！ スカダーはビデオに映る犯人らしき男を偶然目撃するが…。MWA最優秀長篇賞に輝く傑作！

冬を怖れた女
ローレンス・ブロック
田口俊樹［訳］
〔マット・スカダーシリーズ〕
警察内部の腐敗を暴露し同僚たちの憎悪の的となった刑事は、娼婦からも告訴される。身の潔白を主張し調査を依頼するが、娼婦は殺害され刑事に嫌疑が…

墓場への切符
ローレンス・ブロック
田口俊樹［訳］
〔マット・スカダーシリーズ〕
娼婦エレインの協力を得て刑務所に送りこんだ犯罪者がとうとう出所することに…復讐に燃える彼の目的は、スカダーとその女たちを全員葬り去ること！